SV

Jorge Semprun
Der weiße Berg

Roman

Aus dem Französischen
von Eva Moldenhauer

Suhrkamp Verlag

Titel der Originalausgabe: *La Montagne blanche*
Erschienen 1986 bei Editions Gallimard, Paris.

Erste Auflage 1987

Druck: Wilhelm Röck, Weinsberg
Printed in Germany

für Colette Leloup und Franca Castellani

»Die Frauen sind Liebende und die Männer sind einsam. Sie stehlen sich gegenseitig die Einsamkeit und die Liebe.«

René Char

»... daß Roheit und Liebe nicht weiter von einander entfernt seien als der eine Flügel eines großen bunten stummen Vogels vom anderen.«

Robert Musil

Erster Teil

KAPITEL I

Eine Postkarte von Joachim Patinir

1.

Antoine ist hinten im Atelier, er hat sie noch nicht gesehen. An einem Lappen wischt er sich die mit blauer Farbe verschmierten Hände ab.

– Antoine!

Er dreht sich zu Franca um.

– Du hast die ganze Nacht gearbeitet? fragt sie.

Er sieht sie an.

– Ich bin fertig, sagt er.

Eine Leinwand von kleinem Format – etwa dreißig auf zwanzig Zentimeter, nach einem ersten Blick zu urteilen – steht auf einer Staffelei, da hinten. Sie sieht nur die Rückseite.

Franca beginnt näher zu kommen. Er hält sie mit einer Handbewegung auf.

– Warte, sagt er, die Sonne!

Ja, die Sonne.

Sie ist soeben hinter den Hügeln aufgetaucht, draußen, flußaufwärts. Ein Strahl streift die breite Glasscheibe des Ateliers. Das Licht zerfranst das fahle Weiß eines Vorhangs, bringt es zur Geltung, gewinnt Raum; hat aber noch nicht die Stelle erreicht, wo die Leinwand steht.

Sie lacht, übermütig. Zu sehr vielleicht.

– Was macht das schon?

Er beobachtet sie, zweifellos erstaunt über soviel Unbesonnenheit.

– Ich habe die Nacht über gemalt, sagt er, aber das Licht auf dem Ozean. Du mußt das Bild in voller Helligkeit sehen.

Sie versteht, sie stimmt zu; sie wird warten.

– Wie nennst du es? fragt sie.

Er errötet, als habe sie eine indezente Frage gestellt. Eine indiskrete zumindest. Als zwinge sie ihn zu einer Antwort, die das eine oder das andere wäre. Eine zu intime zumindest.

– *Helles Seestück,* murmelt er schließlich.

Sie warten, getrennt durch eine Sonnenlache, die sich ausbreitet.

Sie hat vergessen, daß sie noch immer eine Postkarte in der Hand hält, auf der ein Gemälde von Joachim Patinir abgebildet ist. Sie hat sie von einem Möbel genommen, als sie ins Atelier kam.

In allen Kunstbüchern und Katalogen heißt dieses Bild des flämischen Malers *Die Überfahrt über den Styx.* Doch auf der Rückseite der Postkarte stand *El Paso de la Laguna Estigia.* So wie im Prado-Museum übrigens auch, Franca erinnert sich. Warum wurde in der kastilischen Bezeichnung des Gemäldes der Styx zur Lagune? Es war rätselhaft. Jedenfalls schien, unter der in Großbuchstaben gedruckten Bezeichnung, eine Übersetzung in Englisch und Französisch zu bestätigen, daß der Styx aufgehört hatte, ein Fluß zu sein. *Le passage de la lagune stigienne. The crossing of the Stigian lagoon:* das erklärte die Postkarte. Lagune also, in dieser unumstößlichen, aber zweifelhaften zweisprachigen Übersetzung. Es sah nämlich nicht so aus, als sei »stigienne« angemessen. Ausgeschlossen, es auf der Stelle zu überprüfen. Selbst wenn sich in Antoines Atelier ein Wörterbuch befunden hätte, war es nicht der günstigste Zeitpunkt, dort nachzuschlagen. Aber »stigienne« war Franca nicht ganz geheuer.

Sie betrachtet Antoines eckiges Gesicht, seine hohen vorspringenden Backenknochen. Er lächelt sie scheu an. Sie wartet, die Zeit verstreicht. Die Sonne ergreift Besitz vom Raum.

– Komm, sagt er, jetzt.

Sie geht vor, umgeben von einem Lichthof, in dem Myriaden winziger durchsonnter Staubpartikel wirbeln.

Sie steht vor der Leinwand, die Antoine in dieser Nacht fertig gemalt hat.
Sie betrachtet sie, lange. Eine Art Zärtlichkeit durchflutet sie; ihr Herz klopft. Helles Seestück, kein Zweifel. Sie schüttelt sich, sie erwacht aus ihrem Entzücken. Eine Sekunde lang lehnt sie den Kopf an Antoines Schulter, der neben ihr steht. Sie sagt nichts. Was gäbe es zu sagen? Sich die Augen füllen mit all diesen Himmel- und Marineblaus. Sie in sich einsaugen; sonst nichts.

Antoine bemerkt die Postkarte, die sie in der Hand hält. Er nimmt sie ihr fort, liest mit lauter Stimme, in einem Zug.
– »Madrid, 6. April. Viele Grüße von Judith. Ich machte ihr soeben meine Aufwartung. Dann habe ich mich wie gewohnt überzeugt, daß das Patinir-Blau noch immer ist, was es war. *Solía ser.* Fixes Blau, irres Blau: unverwüstlich; ganz das unsere. Ganz der Eure.«
Zwei Initialen unter dieser knappen Botschaft: J. L.
Er dreht die Postkarte um, betrachtet die Reproduktion des Gemäldes von Patinir. Er kräuselt die Lippen, angewidert.
– Die Farben sind erbärmlich, sagt er. Der Styx hat das Geheimnis seiner Blautöne eingebüßt... Der Himmel hat nicht mehr seinen Gewitterschein. Eine sehr schlechte Reproduktion!
Er wirft die Karte auf einen Tisch vor ihm.
– Bestimmt nicht wegen der Farbreinheit, sagt sie, hat Juan diese Karte aus dem Prado ausgesucht!
Er hat die Augen geschlossen, eine Sekunde lang, in einer Art Grimasse. Oder einem schmerzlichen Grinsen. Dann sieht er sie an, schüttelt den Kopf.
– Richtig, warum?
Sie haben sich von der Leinwand abgewandt, die Antoine in dieser Nacht fertig gemalt hat. Etwas regt sich zwischen ihnen. Zweifellos in der Ferne; jenseits. Etwas Zweideutiges oder Dumpfes, das ist nicht ausgeschlossen.

– Warum hat Juan dir diese Karte geschickt? beharrt er.
Die jähe Kälte seiner Stimme beschwört Gefahr herauf. Es erstarrt in Francas Brust, irgendwo auf der linken Seite.
– Uns, sagt sie schroff.
Aber die Änderung des Tons ist unbedacht. Sie möchte ruhig bleiben.
– Was?
– Uns beiden hat er diese Karte geschickt, präzisiert sie.
Stark den Plural betonend.
Er nimmt das Papprechteck erneut zur Hand. Er sieht ihrer beider Vornamen, in sorgfältiger Schrift, vollkommen leserlich, auf der rechten Seite der Postkarte. *Franca/Antoine de Stermaria.* Dann die Adresse, natürlich, wie es sich gehört.
– Tatsächlich, sagt er.
Er dreht sich zu ihr um, sein Blick ist noch immer verfinstert.
– Aber Judith, auf wen...
Sie unterbricht ihn, im Frohlocken über eine harmlose Gewißheit.
– Ja doch! Judith! Die *Judith* von Goya!
– Eben, sagt er.
Die aufgehende Sonne hat nun das ganze Atelier überflutet. Das Schweigen verdichtet sich. Doch Franca will Klarheit haben. Vielleicht hat sie unrecht.
– Worauf willst du hinaus? fragt sie.
Die Postkarte war vor zwei Wochen angekommen. Franca hatte sie neben den Teller ihres Mannes gelegt, zusammen mit der übrigen Post, zur Zeit des Mittagessens. Er hatte sie gelesen. Augenblicklich hatte ihn wieder der blendende, aber verschwommene Eindruck einer chiffrierten Sprache befallen; deren Code er nicht kennen würde.
Es war nicht das erste Mal.
Der Weg, an den Juan Larrea wie selbstverständlich erinnerte – »dann, wie gewohnt« –, von dem Saal mit Goyas schwarzen Bildern, in dem sich *Judith* befindet, bis zu dem

im Stockwerk darüber, dem Saal 43, in dem man die Patinirs sehen kann, die Boschs und einige Breughels d. Ä., worauf bezieht er sich?
Er selbst jedenfalls hat diese Strecke des Prado nie mit Juan zurückgelegt. Nie haben sie zusammen darüber gesprochen. Sie haben wohl über Joachim Patinir gesprochen, das ist wahrscheinlich. Sogar sicher: so viele Jahre der Gespräche über die Malerei. Wegen des Blau, vermutlich. Und wie sollten sie nicht über Goya gesprochen haben? Auch über Malraux, über Goya sprechend: es war banal. Aber nie haben sie diese Strecke gemeinsam zurückgelegt, weder im Leben noch in einem Gespräch. Nie haben sie darauf angespielt.
Auf welche dunkle Quelle spielte Juans Text also an, so kurz, sogar elliptisch, weil zweifellos bedeutungsschwer?
Er sieht Franca an.
– Darauf will ich hinaus, antwortet er.
Er deutet mit dem Finger auf seine Leinwand. *Helles Seestück*. Sie seufzt oder atmet tief. Sie nimmt die Dinge wieder in die Hand, ehelich.
– Ich mache uns Kaffee, sagt sie beschwingt.
Er streichelt ihr Ohrläppchen.
– Was für eine gute Idee, Franca!
Aber er hält sie fest, spricht, ohne sie anzusehen.
– Es ist für dich, sagt er. Ein Geburtstagsgeschenk.
Sie betrachtet das Bild; noch einmal bewundert sie dessen unpathetische Vollkommenheit.
– Das hatte ich mir fast gedacht, siehst du? sagt sie lächelnd.
Doch eine Angst keimt plötzlich auf, schnürt ihr die Kehle zu, bricht dann auf.
– Ich mag die Vorstellung nicht, daß ich so alt bin, wie ich bin, sagt sie.
In einem Murmeln, das ein geflüsterter Schrei sein könnte.
Er macht ein paar Schritte, schüttelt sich, findet sein Selbstvertrauen wieder.

– Was für ein Unsinn! Wir müssen feiern, Franca. Das triumphale Alter! Übrigens habe ich Juan eingeladen. Er kommt am Nachmittag.
Sie unterdrückt eine Art Schluchzer, wendet sich ab, um ihre Verwirrung zu verbergen; geht zu ihm zurück.
– Juan! Warum denn?
Er lacht, glücklich über die erzielte Wirkung. Unglücklich, weil sie so offensichtlich ist.
– Aber, Franca! An dem Tag, an dem du geboren wurdest, morgen, am 25. April 1942, vor vierzig Jahren, da haben Juan und ich uns kennengelernt, in Nizza. Ein doppelter Geburtstag: du bist so alt wie unsere Freundschaft. Ist das etwa kein Festtag?
Sie sieht ihn an, zwingt sich zu lächeln.
– Es ist ein Festtag, sagt sie. Ich mache uns Kaffee. Und dann kümmere ich mich darum. Du wirst stolz auf mich sein.
– Immer, sagt er.
Sie sehen sich an. Sie wissen sofort, daß sie soeben die gleiche Erinnerung hatten. Ist er wirklich stolz darauf? Sie nickt, geht hinaus.
Er spricht zu ihr, als sie die Türschwelle erreicht, nicht früher.
– Juan kommt mit einer seiner kleinen Freundinnen, sagt Antoine. Er bestand darauf. Einer gewissen Nadine.
Es ist unmöglich, denkt sie. Daß Juan darauf bestanden hat, zumindest. Aber sie reagiert nicht, dreht sich nicht um, zittert nicht. Ihre Stimme ist neutral, fast flach, als sie antwortet.
– Also werden wir vier sein. Eine runde Zahl, das ist gut.

2.

Die Leinwand steht auf der Staffelei, niemand betrachtet sie. Antoine hat sich entfernt. Er wühlt in Papieren, Fotografien, am andern Ende des Ateliers.

Helles Seestück, hatte er gesagt.
Er wußte noch nicht, daß er es so nennen würde, als Franca ihn danach gefragt hatte, ein paar Minuten zuvor. Er hatte versucht, während vieler verbissener, manchmal frenetischer, üppiger Stunden, manchmal völlig freudloser, dürstender, verödeter, trübsinniger Stunden – als wäre eine sengende Flaute schwül auf die Seelandschaft gesunken, deren außergewöhnliche vertikale Leere, deren endloses chromatisches Beben er zu zeigen träumte –, hatte einfach versucht, alle Nuancen des Blau einzufangen.
Aber niemand betrachtet die Leinwand, die er für Francas vierzigsten Geburtstag gemalt hat.
Helles Seestück, warum nicht?

Antoine hatte nach Francas Weggang die Postkarte wieder in die Hand genommen. Vielleicht hatte er sie nicht genau gelesen; zumindest falsch interpretiert. Vielleicht war es ein ganz unschuldiger Text. Warum aber hatte sie mit solcher Heftigkeit, solch verhaltener Angst reagiert?
Wieder einmal hatte er diese Frage beiseitegeschoben. Wozu die bitteren Wonnen des Argwohns aufgeben für ein sicheres Wissen, wenn der Argwohn das Blut in Wallung bringt, beweist, daß man noch lebendig ist?
Er dreht die Postkarte um.
Die Reproduktion der *Überfahrt über den Styx* ist abscheulich, in der Tat. Er geht zum Regal, das eine ganze Wand des Ateliers einnimmt. Er findet sofort, was er sucht. Man muß schon sagen, daß Franca viel Sinn für Ordnung, Klassifizierung, Nomenklaturen hat. Er findet in dem dafür vorgesehenen Ordner die Fotos, die er in einer bestimmten Epoche von den Bildern Joachim Patinirs hatte machen lassen. Wegen des Blau, versteht sich. Er nimmt die durchsichtige Plastikhülle heraus, die die Fotos der *Überfahrt* enthält.
Er setzt sich an einen langen Tisch, ins helle Licht. Aber er verkneift es sich noch, eine Zigarette anzuzünden.

Die erste Fotografie zeigt das Bild als Ganzes. Antoine vergleicht sie mit der Postkarte *(Printed in Spain – Ediciones Artísticas Offo – Los Mesejo 23 – Madrid 7)*. Auf der Karte sind alle chromatischen Werte des Bildes verfälscht. Die Kontraste verschwinden oder werden schal. Die blättrigen Schichten der inneren Leuchtkraft des Gemäldes verflachen ins Einfarbige und Eintönige. Die prächtige Skala der Blautöne driftet ins Fahle; fragwürdiges Weiß, verwaschenes, rotziges Grün.

Die zweite Fotografie des Ordners zeigt ein Detail des Bildes, stark vergrößert. Ein Stück von der Landschaft des glücklichen, paradiesischen Ufers des Styx. Menschliche Wesen, in der Unschuld ihrer Nacktheit, wandeln an der Seite von Engeln mit ausgebreiteten Flügeln, schweren Gewändern aus Brokat und Seide, reichem Goldschmuck. Zwischen den mit schimmernden Früchten beladenen Bäumen laufen Hirschkühe und -kälber frei umher.

Antoine nimmt eine Lupe und bemüht sich, in der Vergrößerung dieses Details des Bildes von Patinir das hüpfende Kaninchen zu finden, das darin nicht fehlen darf. Es scheint nämlich – er erinnert sich, in irgendeinem kunstgeschichtlichen Werk eine solche Behauptung gelesen zu haben –, daß, auf allen Bildern des flämischen Meisters, unter dem minutiös gemalten Laub immer irgendwo ein Kaninchen kauert.

Heute jedoch gelingt es Antoine nicht, das symbolische Kaninchen aufzuspüren. Zumindest nicht in diesem Detail des Bildes, das er mit der Lupe untersucht.

Er unterbricht seine Betrachtung, steht auf; geht zur Glaswand des Ateliers; betrachtet das Seinetal in der Aprilsonne.

Damals, vor vierzig Jahren, morgen – aber es war kein Sonntag gewesen – hatte er Juan gefunden, auf einer Stufe vor seiner Tür, in Nizza.

Antoine kam von einem Spaziergang am Meer zurück. »Was

machen Sie da?« hatte er den Unbekannten gefragt. »Ich lese *Paludes*«, hatte der junge Mann geantwortet. Es stimmte, er las *Paludes*. Er hatte den dünnen Band umgedreht, damit Antoine den Titel lesen konnte. Es war *Paludes*.
Sie hatten beide gelacht, in einer sofort geteilten Fröhlichkeit. Einer Art *coup de foudre* der literarischen Komplizenschaft. Oder, primitiver, der männlichen Komplizenschaft. Dann war Juan aufgestanden.
Im Hausflur, während Antoine seinen Schlüssel suchte, hatte er mit zwei Worten die Gründe für seine Anwesenheit genannt. Er müsse einen gewissen Daniel treffen – nur der Vorname überlebt noch das Vergessen, während er das Seinetal betrachtet –, der in der Stadt eine Gemäldegalerie führe. Man habe ihm gesagt, daß Antoine ihm helfen könnte, seine Privatadresse zu finden: die Galerie schien geschlossen zu sein. Es sei ziemlich dringend.
Antoine de Stermaria hatte die Tür aufgeschlossen. Er hatte verstanden, worum es ging. Es ließ sich machen, zweifellos besaß er die Möglichkeit, hatte er gesagt, Daniel eine Botschaft zu überbringen. (Er hat vergessen, wer Daniel war; er erinnert sich, daß er eine Botschaft übermitteln konnte, das ist alles.) Aber das werde wohl den Tag in Anspruch nehmen.
Dann, in dem riesigen, völlig nackten, bis zur Unbequemlichkeit kargen Zimmer – zumindest bis zum Ausdruck einer grenzenlosen, aber stillen Verachtung seitens der Gegenstände und der Möbel, die sich zur Bequemlichkeit des möglichen, zweifellos prekären Benutzers darin befanden –, das erleuchtet wurde vom subtilen, aromatischen Licht eines doppelten Horizonts in der Ferne, eines unsichtbaren, aber latenten, maritimen und alpinischen, hatte er gesehen, wie Juan vor dem Bild erstarrte, das er, in jenem April, gerade malte.
Jetzt, als Antoine scheinbar das Seinetal betrachtend, diese Bilder wiedersieht, ob sie nun aufblühen oder verschwimmen – oder auch zerfressen werden vom Dunkel, vom

Nichts, wie von einer Flammenhaut, die sich in Glutspiralen bis über die Ränder des Rahmens hinaus verzehren würde –, sieht er sich dort mit seinem heutigen Aussehen, seinem wirklichen Alter. Kurz, ein sechzigjähriger Mann steht etwas abseits und betrachtet diesen sehr jungen Unbekannten, aufgepflanzt vor dem Bild, das er, der alte Mann, gerade malt. Lange Zeit reglos, der Unbekannte, der *Paludes* las. Aber Antoine konnte seinen Blick nicht sehen, der auf der roten Landschaft ruhte. Er konnte die gemalte Landschaft sehen, zweifellos, den Rücken des jungen Unbekannten, seine Schultern und seinen Nacken, sichtlich verkrampft, angespannt, fast in einer Haltung fehlenden Gleichgewichts, den ganzen Körper zur Leinwand gebeugt, dem Gegenstand dieses Blicks, von dem man vermuten konnte, daß er genau war. Fasziniert?

Wo ist das Bild heute?

Antoine löst sich von der Glaswand. Er hatte die Landschaft kaum gesehen, die, von grasbewachsenen Hügeln, Baumgruppen durchschnitten, in sanfter, unregelmäßiger Neigung zum Fluß abfällt. Er hatte keinen Schleppzug auf der Seine bemerkt. Auch nicht den Ton einer Glocke gehört, da unten, zur Rechten, in Richtung Freneuse. Der Raum vor seinem Blick, von der Einfassung der Glaswand begrenzt, war nur eine Art Schirm für die Bilder seiner Erinnerung gewesen.

Nun löst er sich von ihnen.

Er fragt sich, wo die rote Landschaft hingekommen ist. Er verspürt den plötzlichen Wunsch, sie zu betrachten, sehr stark. Heftig sogar. Er erinnert sich, daß die Leinwand einem amerikanischen Sammler gehört. Unmöglich also. Zumindest im Augenblick.

Damals hatte Juan sich endlich umgedreht. Sein Blick drückte eine Art Jubel aus. Er hatte gelacht, ein kurzes, triumphierendes Lachen.

– Es ist ein Anfang, nicht wahr? hatte er gesagt. Oder ein Neu-Anfang?

Die erste Silbe betonend.

Es stimmte, etwas Neues begann in Antoines Arbeit mit diesem Bild. Eine neue Art, die Welt zu erkunden, die Malerei, die Beziehungen zwischen der einen und der anderen. Aber der Unbekannte – er nannte seinen Namen erst später, Juan Larrea, mehrere Stunden später, nach einem scheinbar zusammenhanglosen Gespräch, das ständig um diese rote Landschaft kreiste, in einem Wirbel von Ideen, Anspielungen, Vergleichen – hatte ihm keine Zeit gelassen zu antworten. Er hatte selbst erklärt, kategorisch, trotz des scheinbar fragenden Tons seiner Worte, warum das Rot des Himmels und des Wassers – in dieser Landschaft, die voller Himmel war, über der gradlinigen Furche eines Kanals –, warum dieses Rot zwangsläufig neu war.

Aber er hört Francas Stimme. Der Kaffee scheint fertig zu sein.

Wenn er es wissen will, weiß er sehr gut, wann im letzten Jahr sie sich in Madrid haben wiedersehen können. »Kommst du mit mir nach Toledo?« hatte er Franca gefragt. »Toledo in Spanien?« sagte sie. »Nein, Toledo in Ohio.« Sie wunderte sich, schüttelte ihr kurzes Haar. »Herrje, Ohio! Das ist doch in den Western, wie?« Er sah sie Tee trinken, in kleinen Schlucken. »Es gibt dort angeblich ein sehr schönes Museum. Jedenfalls haben sie einen herrlichen Greco.« Sie beobachtete ihn, perplex. »Du willst die Grecos in Toledo, Ohio, ansehen, statt nach Toledo in Spanien zu fahren? Ist das nicht ein bißchen kompliziert? Sogar snobistisch?« Augenblicklich fügte sie hinzu: »Außerdem bin ich nicht sicher, ob ich El Greco wirklich mag!« – »Ich auch nicht«, sagte er. Er lachte. »Ich habe eine Ausstellung, im April, in Toledo, Ohio. Hast du es vergessen?« Offensichtlich hatte sie es vergessen. Es tat ihr leid.

Aber sie war nicht mit ihm nach Toledo, Ohio, gefahren. Drei Tage lang war es ihm nicht gelungen, sie telefonisch zu erreichen von da unten. Es hatte, sagte sie danach, Probleme

mit der Leitung gegeben. Aber er weiß, versteht sich, wenn er wissen will. Gewöhnlich will er nicht wissen. Plötzlich weckt diese Postkarte wieder seinen schlummernden Argwohn. Oder vielmehr seinen Hang zu Katastrophen.
Er nimmt die Karte der *Überfahrt über den Styx* wieder in die Hand. Juan kommt nachher, am Nachmittag; er wird mit ihm darüber sprechen, das ist abgemacht.

KAPITEL II

Der Rauch

1.

Er hatte den Kopf gedreht, um das Seinetal zu betrachten, zu seiner Rechten.
Nicht, daß die Landschaft ihn sonderlich interessierte oder erregte. Er kannte sie. Er wußte genau, daß er bald das Kraftwerk sehen würde, das sich um eine Flußbiegung schmiegte. Die Gebäude, die hohen Schornsteine, das Gewirr der metallenen Strukturen auf dem gegenüberliegenden Ufer, in Höhe seines Blicks, hinter einem schütteren Vorhang von Bäumen.
Weiter entfernt, auch höher, an eben dem Ufer, dem die Autobahn folgte, sich dem Gefälle der Hügel anpassend, würde ein Friedhof kommen. Weißer Staub würde die Umgebung bedecken. Kurz danach, bei der Geschwindigkeit, mit der Nadine das Auto fuhr, die Mautstation von Mantes.
Alles in allem weckte die Landschaft an diesem Samstag, um die Mitte eines Frühlingsnachmittags, seine Neugier nicht sonderlich.
Aber zweifellos hatte er mit dieser Drehung seines Körpers nach rechts, die das Profil der jungen Frau am Steuer seinem Blickfeld entzog, den Wunsch gehabt, ein wenig Abstand, sei er auch scheinbar, ja illusorisch, zu gewinnen zu dem Bericht, den er für weitschweifig, mitunter irritierend zu halten begann, dem Bericht eines Abends, den Nadine im Theater verbracht hatte.
Nun, vielleicht war Theater zuviel gesagt. Oder zuwenig, je nachdem.
Denn es sah so aus, wenn er den Mäandern von Nadines Erzählung richtig gefolgt war, als hätten die Zuschauer einen Sonderzug an der Gare du Nord nehmen müssen. Gleis 13, Abfahrt Punkt 20 Uhr 40.

Er hatte gelächelt über die Begeisterung, mit der die junge Frau diese Pünktlichkeit betonte. Sollte man den Regisseur dazu beglückwünschen oder sie ganz einfach der SNCF zugutehalten? Er hatte sich wohl gehütet, diese allzu offen ironische Frage zu stellen. Wie dem auch sei, eine Viertelstunde nach Abfahrt von der Gare du Nord verließ der kleine Sonderzug, in dem die Zuschauer sich drängten, die normalen Gleise, zumindest in Nadines Bericht.

Danach, fügte sie hinzu, fährt man langsam in eine trostlose Landschaft, einen Alptraum: verfallene Fabriken, unbebautes Gelände, hohe lepröse Mauern...

Er war zusammengezuckt, im Mark getroffen von dieser Anhäufung abgedroschener Redensarten, die in der Sprache der jungen Frau unüblich waren.

Aber Nadine Feierabend fuhr fort mit dem Bericht dieses Abstiegs in die Hölle. So oder ähnlich nämlich hieß das Stück, *A propos de l'enfer.* Etwas in dieser Art.

Schließlich gelangte man, sagte sie, in einen großen, mit Stacheldraht umzäunten Hof. Schauspieler begannen sich unter die Zuschauer zu mischen. Laurent Terzieff war am besten zu erkennen, großartig in einem langen Ledermantel: eine Art Phantom, der Nacht der Zeiten entstiegen.

Er erinnerte sich, daß der Kritiker eines Pariser Wochenblatts denselben Ausdruck gebraucht hatte. *Laurent Terzieff, ein neuer Vergil, großartiges Phantom, der Nacht der Zeiten entstiegen...*

Das hatte ihn frappiert, vor ein paar Tagen.

Er fragte sich, warum die im allgemeinen erfinderische Nadine auf stereotype Formeln verfiel.

Personen in Lederjacken sorgen für Disziplin, erzählte sie. Man trennt die Männer von den Frauen, diese tragen weiße Peplen. Die Angst beginnt einem die Kehle zuzuschnüren in dem mit Stacheldraht umzäunten Hof: man könnte meinen, man sei im Eingang eines Konzentrationslagers!

Ein bitterer Geschmack stieg ihm in den Mund, mit einem Brechreiz.

Er verlor die Fassung. Jahre, sogar Jahrzehnte gebändigten Schweigens zersprangen jäh wie eine Glasscheibe, in einer Aufwallung von Entsetzen. Und Zorn.

– Und das Krematorium? schrie er mit plötzlich heiserer Stimme. Wo war es, das Krematorium? Am Ende des Hofs? Rechts? Hinter Azaleenbeeten?

Sie wunderte sich über diese unvorhersehbare, ungerechtfertigte Aggressivität. Er auch, ehrlich gesagt. Er konnte es nicht begreifen.

Sie wechselten böse Worte.

Aber sofort lenkte er Nadines Aufmerksamkeit ab, die durch seine ungewohnte Wut geweckt worden war. Er gab der Wut eine andere Richtung, machte sie zu einer rein ästhetischen Frage. Er erklärte ihr, warum ihm diese Art Theater unerträglich erschien.

– Das Theater, Nadine, ist ein leerer Raum. Ein Diskurs entfaltet sich darin, nimmt Gestalt an. Erstarrt manchmal auch. Dann wird das Wort nicht Fleisch, sondern lediglich Fett: Zellulitis der Emphase. Oder Predigt. Gewäsch. Pädagogisches Blabla. Verfall des Brechtschen Lehrstücks, bei einem Heiner Müller zum Beispiel. Wie dem auch sei, wir brauchen einen leeren Ort, volle Wörter. Und die Körper und die Hände und die Stimmen der Interpreten. Das ist die edelste Definition: Interpreten. Vermittler eines Diskurses, der ohne sie keinen Sinn hätte. Geber von Sinn und nicht von Lektionen, die Schauspieler. Das ist die Magie des Theaters: dieser Atem, dieses Wort, diese Leere, dieses Nichts, die Alles werden. Diese Abwesenheit, die sich füllt, um uns zu erfüllen. Denn wir sind notgedrungen dort, im Halbschatten, sitzend, Zuschauer. Manchmal begeistert, bestenfalls. Aber notgedrungen passiv, der Definition nach. Dem Wesen nach. Die einzig zulässige Aktion des Zuschauers während des Schauspiels ist eine geistige. Imaginäre. Also, Nadine, wenn es nötig ist, daß er in Züge steigt, daß er das Seinige tut, körperlich, daß er selber Schauspieler wird, dann ist alles verfälscht, die Magie verflüchtigt sich. Es ist in

Mode, um so schlimmer für das Theater. Das Ereignis, das Drama, als ob man dabei wäre. Aber wir sind eben nicht dabei, können niemals dabei sein, wir sind abwesend: metaphysisch. Die dramatische Kommunion, und das ist ihr Paradox, ist eine begeisterte Passivität. Beseitigt man diese, dann wird es etwas anderes: eine Zeremonie, Kirmes, kollektive Gymnastik, eine Volksversammlung, ein Prozeß, irgendwas ...

Doch das war ein wenig früher, irgendwo bei Flins. Jetzt hatte er den Kopf gedreht.
Er erblickte das Kraftwerk, es war voraussehbar. Weniger voraussehbar war der in riesigen Buchstaben geschriebene Name oben auf einem der Gebäude längs des Flusses: FORCHEVILLE. Es war ihm nämlich noch nie aufgefallen, daß das Kraftwerk den Namen von Gilberte Swann trug. Wie hatte ihm dieses wichtige Detail in so vielen Jahren entgehen können?
Aber es war nur ein Lesefehler.
Auf den zweiten Blick kam alles wieder ins Lot. Der richtige Namen war PORCHEVILLE. Es ging ihm sogar eine Abkürzung voraus, die jeden Abstecher in die Phantasie verbot: E.D.F. – *Electricité de France*.
Er lächelte.
Nadine plauderte weiter. Der Wagen fuhr weiter. Das Leben, der Fluß, auch die Gestirne zweifellos – aber unsichtbar am milchigen Himmel des Frühlingsnachmittags – zogen weiter ihre Bahn. Kurz, es drehte sich. Es war banal, ein wenig fade vielleicht, aber erträglich.
Man durfte kaum mehr erhoffen.
– Im übrigen, sagte Nadine, bist du unredlich. Vergiß deine Theorien über das Theater. Du verabscheust dieses Schauspiel ganz einfach deshalb, weil ich allein hingegangen bin. Aber warum wolltest du nicht mit mir kommen?
Er verließ Gilberte und Albertine, die in seinen verschwom-

menen Gefühlen schwammen oder schweiften, sogar abschweiften. Er wandte sich wieder der lebendigen und gefräßigen jungen Frau zu.

– Ich bin bei dir, sagte er.

Nadine warf ihm einen kurzen Blick zu, zuckte die Achseln.

Sie ahnte nichts von der duftigen Anwesenheit Gilberte Swanns, begriff aber, daß er sie ein wenig vergessen hatte. Zerstreut zweifellos. Anderswo, wie man sagt.

Sie hatte Lust, wieder die Oberhand zu gewinnen.

– Allein, präzisierte Nadine, das stimmt nicht ganz ... Karel hat mich begleitet!

Sie sahen einander ins Gesicht, für den Bruchteil einer Sekunde. Sie gab ihm ihren Blick preis, prickelnd vor unschuldiger, um so perverserer Blauäugigkeit. Nadine hatte blaue Augen.

Sie wandte ihn sofort wieder ab, um auf die Straße zu achten.

Ihn packte eine finstere Lust zu lachen.

Er sah das Gesicht der jungen Frau, ihr reines Profil, ihre vortretenden Backenknochen. Er sah die Rundung der an die Rückenlehne geschmiegten geschmeidigen Schulter. Die feste hohe Brust. Die Schenkel, die der zur größeren Bequemlichkeit beim Fahren absichtlich hochgezogene Rock entblößte. Anstößige Bilder schwebten vor seinem inneren Auge, wie Fische im Aquarium. Warme, moussierende Blasen drückten auf seine Lenden, seine Lider.

Eine Lust zu lachen, auf der zuerst ein wenig sinnliche Zärtlichkeit schwamm, als er die weibliche List konstatierte. Doch bald gewann der Ärger die Oberhand. Sie hatte nichts begriffen von seinem jähen bangen Zorn, sie bezog alles auf ihre eigene Person. Glaubte sie wirklich, die kleine Gans, er werde eifersüchtig sein auf einen Abend mit Karel Kepela? Aufgereizt in seiner flauen Begierde durch diese Eifersucht? Sie verlangte zuviel. Er hatte Lust, sie für so viel Dämlichkeit zu bestrafen.

2.

Vor einem Jahr, in Nanterre, auf der geräumigen, nackten Bühne des Theaters der *Amandiers,* hatte Karel Kepela zwischen zwei Arbeitssitzungen mit seinen Schauspielern ihn lächelnd begrüßt.

– Wir kennen uns bereits, sagte er, kaum daß die Zeremonie des Händeschüttelns beendet war.

Er hatte Karels Worte für eine banale Höflichkeitsfloskel gehalten. Zweifellos kannte der Tscheche einige seiner Stükke. Oder er hatte seinen Essay über das Prager Barock gelesen, das war wahrscheinlich. Er selbst hatte einen Film von Kepela gesehen, er kannte seinen Ruf als Regisseur. Genau deswegen war er nach Nanterre gekommen, um ihn aufzusuchen.

Er hat also genickt, die Floskel schierer intellektueller Höflichkeit hingenommen.

Aber Kepela insistierte.

– Erinnern Sie sich? Es war in Karlovy Vary, beim Filmfestival, im Juli 1966.

Er lachte: schon vierzehn Jahre her!

Aber Larreas Blick hatte wohl den stumpfen Glanz fehlender Erinnerung.

– Aber ja, entsinnen Sie sich! rief Kepela. Im großen Salon des Hotels *Pupp*!

Dieser kurze Name, der auf fast obszöne Weise knallte, hat angefangen, eine gewisse Wirkung zu tun. Es regte sich, in der Ferne, es enthüllte sich. *Pupp*? Irgend etwas begann zu dämmern.

– Das Hotel *Pupp*? sagte er. Es war dieser Name?

Natürlich entsann er sich der Festspiele von Karlovy Vary, 1966. Doch keine Erinnerung an eine Begegnung mit Karel Kepela trat zutage.

Der war verdrießlich geworden.

Doch plötzlich tauchte der vollständige Name dieses Hotels von Karlovy Vary in Larreas Gedächtnis auf.

– *Grand Hôtel Moskva-Pupp!* sagte er in einem Zug.
Das war es, der andere stimmte zu. Die Präzisierung schien ihn jedoch nicht zu erfreuen.
– Wenn Sie so wollen, sagte er mit spitzen Lippen. Aber *Moskva* ist hinzugefügt worden. Vorher hieß es einfach *Pupp!*
Da erklang die Musik.
Eine Redensart, zweifellos. In Wirklichkeit erklang keinerlei Musik auf der jetzt, nachdem die Probe unterbrochen worden war, leeren Bühne des Theaters von Nanterre. Der zumindest fast leeren. Eine Schauspielerin hielt sich im Hintergrund, vielleicht in der Hoffnung, daß Kepelas Gespräch mit jenem ungelegenen Besucher kurz sein würde. Ihrem Alter und ihrer edlen Gestalt nach zu urteilen – selbst in Straßenkleidung und aus der Ferne gesehen, im Halbdunkel –, spielte diese Frau bestimmt die Rolle der Volumnia. Jedenfalls war die Bühne still.
Die Musik, die war in seinem Kopf, falls dieser wirklich der Sitz des Gedächtnisses ist. Die Musik begann hervorzuquellen, entfernt, doch deutlich. Es war damals, vor vierzehn Jahren, im Speisesaal des Hotels *Moskva-Pupp*.
Juan Larrea lächelte. Er erinnerte sich an Libuše. Sie spielte die erste Geige in der Damenkapelle, die die Abende im *Pupp* verschönte. Denn die Abende mußten schon damals so gewesen sein, mit Tanz, bevor man dem Namen des Hotels *Moskva* hinzufügte, um den Sieg des slawischen und sowjetischen Großen Bruders zu ehren.
Genauer gesagt, diese Kapelle bestand nur dann ausschließlich aus Personen des weiblichen Geschlechts, wenn sie Walzer spielte oder Stücke von Smetana, was sie mit Vorliebe tat. Aber wenn sie irgendeine Jazzmusik anstimmte, trat unter all diesen Damen ein Mann in Erscheinung und übernahm das Schlagzeug.
Er schob den pflaumenblauen schweren Samtvorhang hinter dem Podium der Kapelle beiseite und nahm seinen Platz hinter den Damen mit dem Streichbogen ein. Das heißt, nicht alle waren mit diesem Requisit ausgerüstet. Es gab in

dem Orchester ein Klavier, zwei Gitarren und verschiedene Blasinstrumente. Aber nur das Schlagzeug wurde von einem Mann bedient.

Im gegebenen Augenblick, also, erschien er.

Er war eine Person von weniger als vierzig Jahren, dem Ausdruck seines Gesichts nach zu urteilen. Aber sein Haar war grau. Er lächelte nicht, blickte nur selten auf die Tischgäste. In diesem Fall trat aus seinen hellgrauen, eisigen Augen eine hochmütige, schlankweg herablassende Ironie. Jedenfalls war er ein unvergleichlicher Musiker, und man konnte sich fragen, welche biographische Katastrophe ihn zu diesem mittelmäßigen Badeexil verdammt haben mochte.

Doch kaum war die Reihe der im Programm vorgesehenen Jazz-Stücke beendet, stand er auf und verschwand hinter dem Vorhang, wie ein Schatten, bis zur Tanzgesellschaft am nächsten Abend. Tagsüber war er unauffindbar. Larreas Bemühungen, ihn zu treffen, waren an einer dumpfen Schranke bürokratischen Unverständnisses gescheitert. Höflich, aber undurchdringlich.

Libuše dagegen war leicht aufzufinden. Er hatte sie die ganze Zeit zwischen den Beinen gehabt, wie man hier durchaus sagen könnte.

Am ersten Abend im *Moskva-Pupp* hatte man Larrea an einen Tisch am Fuß des Podiums gesetzt. Fast wäre er wieder gegangen, hätte gebeten, daß man ihm einen anderen Platz gebe, so schwer erträglich erschien ihm die Nachbarschaft der Kapelle. Da bemerkte er die junge Frau, die die erste Geige spielte.

Libuše, deren Vornamen er noch nicht kannte, befand sich einige Schritte von ihm entfernt, ihn überragend. Sie trug ein eng anliegendes schwarzes Samtkostüm, das ihre Silhouette zur Geltung brachte. Aber es war der Anblick des Knöchels der jungen Frau, der ihn bewog, an diesem Platz zu bleiben. Dieses fragile und dünne, mit seidiger Transparenz umspannte Gelenk brachte sein Blut in Wallung.

Er setzte sich an den Tisch und suchte Libušes Blick.

Aber nun, vierzehn Jahre nach diesem Filmfestival, wurde Karel Kepela ungeduldig.

– Aber ja doch! Sie standen im Eingang zum großen Salon, Sie sprachen mit Tonda Liehm. Ich bin mit Milos gekommen... Milos Forman. Etwas weiter weg saß Sadoul mit seiner Frau an einem Tisch, sie sprachen mit Alain Resnais...

Karel häufte präzise Details an, Namen berühmter Leute, als könnte das der verschwimmenden Wahrheit seiner Erinnerung Gewicht, Wahrscheinlichkeit verleihen.

Tatsache ist, daß Larrea sich an alle diese Dinge erinnerte. Er sah von neuem die Gesten von Ruta Sadoul, Resnais zugewandt, der sich kerzengerade hielt, anscheinend ungerührt. Ein Sonnenstrahl spielte auf dem Silber eines Teeservices zwischen ihnen. Er erinnerte sich an alle Details. Aber Karels Gesicht tauchte nicht auf in diesem immer wahreren Bild, das vor Wahrheit schrie, zumindest sprach.

Doch er tat, als erinnerte er sich.

Er rief, ja, natürlich, ich hab's, es fällt mir wieder ein. Er sprach mit Karel über die Unterhaltung, die sie mit Liehm und Forman geführt hatten. Was einfach war, denn er erinnerte sich sehr gut an die Worte, die an jenem Tag, 1966, gewechselt wurden, auch wenn er Kepelas Anwesenheit vergessen hatte.

Jedenfalls war er nicht nach Nanterre gekommen, um mit Karel über ein vierzehn Jahre zurückliegendes Filmfestival in Karlova Vary zu sprechen. Er war gekommen, um mit ihm über *Coriolan* zu sprechen. Die Presse hatte angekündigt, daß der Tscheche, der sich vor kurzem gezwungen gesehen hatte, das Exil in Frankreich zu wählen, die Tragödie von Shakespeare in den *Amandiers* inszenieren werde. Nun fügte es sich aber, daß Larrea von diesem Stück fasziniert war. Fasziniert auch von seinem Schicksal im 20. Jahrhundert: seit den Aufführungen der *Comédie Française* in den Februartagen des Jahres 1934, in Paris, bis hin zur Inszenierung der Brechtschen Bearbeitung in Berlin, zur Zeit der Arbeiterrevolten auf der Stalinallee – die einen Theaterkommentar von Günther Grass hervorgerufen hatten, man erinnert sich, *Die Plebejer proben den Aufstand* –, sieht es ganz so aus, als habe Shakespeares *Coriolan* das düstere Licht seiner widersprüchlichen Wahrheit auf den endlosen Hohn unserer Epoche geworfen.

Bei dieser Gelegenheit hatte er, vor einem Jahr, Karel Kepela kennengelernt, oder wiedererkannt, vielleicht.

3.

Er rückt von Nadine, von ihren weiblichen Listen ab. Dumme Kuh, denkt er.

Er wendet sich der Schleife der Seine zu, die jetzt tiefer liegt. Er betrachtet die Landschaft, mechanisch. Es steht nicht mehr zu erwarten, daß ein glücklicher Lesefehler das liebliche Phantom Gilberte Swanns hervorzaubert.

Er dreht den Kopf, ohne Hintergedanken. Er betrachtet die Schleife der Seine.

Sein Blut stockt.

In der Ruhe des Aprilnachmittags krönt eine Rauchsäule einen der Schornsteine des Kraftwerks von Porcheville. Ein flockiger Rauch, fast reglos, aschgrau, über der Schleife der Seine.

Wie der Rauch des Krematoriums, einst.

Der Rauch auf dem Hügel des Ettersberg, einst, in einem früheren Tod.

Er versucht, der Flut von Angst zu widerstehen, die in ihm hochsteigt. Er zwingt sich, die Landschaft zu betrachten, methodisch, unvoreingenommen, in der natürlichen Ordnung ihrer Reliefs und Perspektiven. Er zählt die sichtbaren Gewißheiten auf. Es ist das Seinetal, sagt er sich. Du kennst es. Es ist das Kraftwerk von Porcheville, sieh doch, du weißt es genau. Wir fahren zu Antoine, nach Freneuse, um dort den Sonntag zu verbringen. Heute ist Samstag, der 24. April 1982. Morgen ist Francas Geburtstag. Und es ist auch vierzig Jahre her, daß du Antoine kennst. Ich heiße Juan Larrea. Und ich bin lebendig. Lebendig! schreit er zum Schluß, ganz leise, im eisigen Lärm seines Bluts.

Aber so sehr er sich auch an diese winzigen Tatsachen klammerte, es half nichts. Der Rauch breitete sich über der Landschaft aus, wie einst über den Buchenwald: es war der Rauch des Krematoriums, und er betrachtete ihn von jenseits seines eigenen Lebens. Oder von diesseits?

Er war von dieser nicht einzugestehenden Gewißheit vernichtet. Er schloß die Augen, versuchte, wieder Fuß zu fassen, wie ein von der Woge erfaßter Schwimmer.

– Nadine, murmelte er kurz darauf.

Die junge Frau hatte soeben Münzen in einen Korb der automatischen Mautstation von Mantes geworfen. Augenblicklich wandte sie ihm den Kopf zu, betroffen von der Nacktheit, der verwüsteten Tonlosigkeit dieses Murmelns.

– Was ist los? sagte sie.

Er verschlang Nadine mit dem Blick, in der panischen Angst – deren Sinn sie nicht erfaßte, gewiß nicht –, sie könnte sich auflösen wie eine Fata Morgana.

– Ich wollte wissen, ob du existierst, ob du lebendig bist, murmelte er wieder.

Sie war erschüttert von der Gewißheit, die auf sie einstürmte: wenn er in meinen Armen stürbe, sagte sie sich, dann würde er mir dieses Gesicht zeigen. Es ist eine Totenmaske, die ich betrachte.

Sie ahnte nicht, was ihm widerfuhr, wie auch? Sie befürchtete einen Herzanfall. Ein Herzversagen, wer weiß? Sie reagierte sofort, lenkte das Auto zu dem etwas abgelegenen Parkplatz der Mautstation. Vielleicht gab es einen Arzt unter den Reisenden, die ihren Wagen für eine kurze Rast dort abgestellt hatten.

Sie ging um das Auto herum, schnell, öffnete die Tür auf seiner Seite, um ihm aussteigen zu helfen.

Er sah zu ihr auf.

– Es geht schon besser, sagte er.
Seine rechte Hand strich leicht über den Schenkel der jungen Frau unter dem leichten Rock.
Sie lächelte, beruhigt.
– In der Tat, ich seh's!
Er schloß die Augen.
Er hatte Lust, Nadine in die Arme zu nehmen – »aber nein, nicht dich«, sagte er sich, »Franca weiß es, sie ist es ...« –, ihr alles zu sagen. Bis zur Erschöpfung der Worte, des Atems, der Sinne. Sie war lange nach diesem alten Tod geboren worden, aber sie hatte ein familiäres, obgleich imaginäres Verhältnis zu diesem alten Leiden. Ihr Nahestehende hatten diesen Tod gekannt. Sie hatten den Rauch der Krematorien über der Ebene von Oswiecim gekannt.
Und sie waren daran gestorben, in Rauch aufgegangen. Er dagegen erinnerte sich noch, ein scheußliches Privileg. Er hatte ein Gedächtnis voller Asche.
Aber er würde nichts sagen.
Er schwieg seit so vielen Jahren, daß es jetzt nicht mehr möglich war zu reden. Ein so spätes Wort würde überdies verdächtig wirken.
Nadine beugte sich zu ihm und küßte ihn leicht auf die Lippen.
– Was ist mit dir passiert? fragte sie. Ich hatte den Eindruck, als sähe ich ...
Sie wollte sagen den Tod, hielt sich aber zurück.
– Als sähe ich das Leben aus deinem Gesicht weichen, schloß sie, das Unumgängliche umgehend.
Er stand dicht bei ihr, er lächelte.
– Eine Blendung, sagte er. Eine Art metaphysische Übelkeit.
Er zeigte ihr die Welt, ringsum.
Die Bäume, die Hügel, die Betriebsamkeit der arbeitenden Menschen, die unendlichen Nuancen des Frühlingsgrüns, die flockigen Wolken, das sich verändernde Blau eines Himmels mit blauen Flicken. Er zeigte ihr nicht den Rauch, es

gab keinen Rauch mehr. Er schwebte nicht mehr über dem Seinetal, auch nicht über den Ebenen von Thüringen oder Polen. Er schwebte nur in seiner Erinnerung. Wenn wir alle tot sein werden, dachte er, wird man es dann noch glauben? Ein Gedanke kam ihm, furchtbar in seiner Evidenz, aber er bemühte sich, ihn zu verscheuchen, er wandte sich Nadine zu.

– Warum ist überhaupt Seiendes, *Dasein* und nicht vielmehr Nichts? verkündete er, gerade emphatisch genug, daß die junge Frau den Spott wahrnahm.

Aber sie hatte den unbestimmten Eindruck, daß er das Gespräch ablenkte, daß er den wahren Grund seiner Übelkeit verdeckte. Vielleicht war er krank? Unheilbar? Befallen von irgendeiner langen schweren Krankheit, wie man gewöhnlich sagt? Sie träumte sich sanft und geduldig an seiner Seite, eine Vestalin seiner alten Tage.

– Machen wir ein paar Schritte, sagte er.

Sie gingen zusammen.

Plötzlich blieb er stehen, drehte sie zu sich, legte die Hände auf ihre Schultern.

– Karel begehrt dich sehr, Nadine, sagte er zu ihr. Er bildet sich sogar ein, er sei verliebt. Das zumindest hat er mir versichert. Denn er spielt mit offenen Karten, nicht wahr? Das ist wohl ein Rest von Anhänglichkeit an die revolutionäre Tugend. Oder im Gegenteil die Entdeckung des Postzynismus. Wie dem auch sei, lassen wir ihm die Illusion dieser Wahrheit... Oder die Wahrheit dieser Illusion...

Er unterbrach sich.

Sein Blick glänzte in einer Art munterer Verzweiflung. Doch absoluter Verzweiflung.

– Wenn ich es beschlossen haben werde, falls ich es beschließe, was nicht sicher ist, fuhr er fort, mit kaum hörbarer Stimme.

Nadine zuckte zusammen, als sie erraten hatte, was er sagen würde.

– Bin ich es, der dich Karel geben wird, schloß er.

Sie hatte Lust zu schreien, ihn zu schlagen. Das Blut schoß ihr in die Wangen. Sie kehrte ihm das Gesicht zu, die Fäuste geballt, mit der Glut der Revolte. Aber sein Blick war so nackt, so neutral, so bar jeder Perversität, auch jeder Hoffnung, daß sie den Kopf senkte, voller Scham und Bestürzung. Dann heftiger Sanftmut. Seltsamerweise.
Wenn es dir Vergnügen macht, dachte sie. Aber das war eine Redensart, natürlich. Es ging nicht unbedingt um Vergnügen, sie wußten es beide.

KAPITEL III

Feuerabend

1.

Vor sechs Monaten, im Oktober 1981, war die junge Frau im Laufe einer Abendgesellschaft auf ihn zugegangen.
Sie habe, sagte sie, sein letztes Stück gesehen, im *Athenée*.
Sie wolle ihm eine Frage stellen, sagte sie, diesbezüglich.
– Nadine Feierabend, hatte sie sich vorgestellt.
– Ein ganzes Programm, sagte er sich verbeugend.
Sein Blick hatte sie von Kopf bis Fuß gemustert.
– Zumindest hoffe ich es!
Sein Ton war von anstößiger männlicher Selbstsicherheit, hatte Nadine gefunden.
– Ich verstehe nicht, sagte sie, gereizt.
Es fing schief an.
Sie hatte Lust, auf dem Absatz kehrtzumachen, ihn einfach stehenzulassen.
– Wissen Sie nicht, was Ihr Name bedeutet? fragte er, Überraschung mimend.
Aber er hatte ihr Zurückweichen bemerkt. Er hielt sie leicht am Arm fest.
– Feierabend, fuhr er fort, das ist das Ende des Arbeitstags! *Soir de loisir:* so würden Sie heißen, wenn Sie Chinesin wären.
– Im Morgengrauen, fügte er hinzu, immer noch ihren Arm festhaltend, heulen die Sirenen in den Arbeitervorstädten und rufen zur täglichen Mühsal. Am Abend aber rufen fröhliche Stimmen durch die Werkhallen: *Feierabend! Feierabend!* Sie verkünden die Ruhe des Arbeiters, die der des Kriegers durchaus ebenbürtig ist, finden Sie nicht?
Die junge Frau entspannte sich.
Sie stellte die Fragen, die sie bezüglich des letzten Stücks von Larrea, *Das Tribunal im Askanischen Hof,* zu stellen hatte.

Franz Kafka saß sehr gerade auf seinem Stuhl, er sagte nichts. Er atmete keuchend, den Mund leicht geöffnet. Es war Grete Bloch, die sprach, mit dem Ungestüm der Verzweiflung, so schien es. Es war heiß, es war Juli. Bald würde ein großer Krieg ausbrechen. Erna tupfte sich die Schläfen ab. Dann kam der Kellner in weißer Weste von links mit Getränken.

Ein Salon des Hotels war für diese Familienzeremonie reserviert worden. In gewisser Hinsicht ist in bestimmten Familien auch eine Entlobung eine Zeremonie. Kafka bezeichnete diese hier als »Gerichtshof«, aber das ist seine persönliche Meinung: es geht nur ihn an.

Der Salon war voller Grünpflanzen, die die Personen umgaben, sie halb verbargen. Im Hintergrund erlaubte die von Kepela für das *Athenée*-Theater vorgesehene Bühnenvorrichtung, daß man den Garten des *Askanischen Hofs* gewahrte, des Berliner Hotels, das Kafka so teuer war. Wo er zumindest seine Gewohnheiten hatte. Wo er wußte, woran er war, was er zu erwarten hatte, und sollte es das Ärgste sein.

In dem Moment, wo der Kellner die kühlen Getränke auf den Tisch stellte, unterbrach Grete Bloch ihr Parlament. Franz Kafka schloß die Augen, niedergeschlagen. Oder erleichtert? Wie soll man das wissen bei jemand so genial Hinterhältigem? Hinter ihm jedenfalls, sichtbar jenseits der breiten, eine Rotunde bildenden Glaswand des Salons, betraten drei Personen den kleinen belaubten Garten. Drei Herren, nach der Mode vom Ende des 19. Jahrhunderts gekleidet, bürgerlich. Einer von ihnen, der älteste, stützte sich auf einen Stock zwischen seinen Knien. Sie redeten, um einen kleinen Tisch sitzend. Man hörte ihre Worte nicht, versteht sich. Man sah, daß ihre Lippen sich bewegten. Man sah ihre Gesten der Zustimmung oder des Interesses. Doch hörte man nur Grete Bloch, im Vordergrund, die ihre Schmährede wieder aufgenommen hatte.

Später, gegen Ende des Stücks, drehte sich die Bühnenvorrichtung um sich selbst. Nun befand sich der Garten des *Askanischen Hofs* im Vordergrund. Der Herr mit dem Stock, der älteste der drei, war Franz Grillparzer, der Wiener Dramatiker. Er erzählte den beiden anderen – leicht zu erkennen jetzt, da sie ganz nahe waren: Gustave Flaubert und Fjodor Michailowitsch Dostojewski – vom Tod Heinrich von Kleists.

Grillparzer war 19 Jahre, als er 1810 Kleist begegnete, der 33 Jahre alt war und im Jahr darauf Selbstmord begehen sollte. Heute, als er mit Flaubert und Dostojewski im Garten des *Askanischen Hofs* sprach, war es Ende des Sommers 1871. Bestimmte Einzelheiten des Gesprächs erlaubten nämlich, die Szene ziemlich genau zu datieren. Es mußte einige Monate nach der Zerschlagung der Pariser Kommune sein. Das Ereignis kommentierend, hatte Dostojewski proklamiert – Flaubert pflichtete ihm sogleich bei; nur Grillparzer hatte sich gehütet, seine Meinung zu diesem Thema abzugeben –, »was kann man vom Traum eines irdischen Paradieses erwarten? Nach der Erfahrung von 1848 zeugt diese Bewegung von einer entwürdigenden Unfähigkeit, irgend etwas Positives anzukünden.«

Aber die Äußerungen über die Kommune waren nur eine kurze Abschweifung. Eine sehr kurze Parenthese. Augenblicklich kamen sie auf Kleist zurück, auf seinen Selbstmord. Sie kamen auf das einzige Thema zurück, das sie wirklich interessierte: die Literatur. Einstimmig, mit Nachdruck, erklärten Flaubert und Grillparzer, daß man wählen müsse: das Schreiben oder das Leben. Jedes Leben, insbesondere das Eheleben, ist verhängnisvoll für das Schreiben. Sie wandten sich Dostojewski zu, inquisitorisch, leicht angewidert: Wie schaffte er es, zu überleben, das heißt zu schreiben, bei dem Leben, das er führte? Kein Geld, eine junge Frau, die obendrein schwanger war? Dieser letzte Aspekt der Situation schien den Normannen und den Wiener besonders aufzubringen. Anna Grigoriewna war offensichtlich eine wahre Legehenne. Wie organisierte Dostojewski sein

Leben, in Dresden, mit einer kleinen Tochter in zartem Alter, einer hirnlosen und sentimentalen, hochschwangeren Frau? Es war die Hölle, wie? Man mußte wählen, ein für allemal, Fjodor Michailowitsch: das Schreiben oder das Leben!

Dostojewski versuchte ihnen zu erklären, mit ruhiger Stimme, wie das für ihn ablief. Komisch war, objektiv, daß er zu jener Zeit *Die Dämonen* schrieb. Mit einer schwangeren Frau, einem plärrenden Baby, einer unerträglichen Wohnung, in Dresden. *Die Dämonen:* das verwies alle diese Reden an den ihnen gebührenden Platz, in gewisser Weise!

Nadine Feierabend hatten diese Szenen gefallen.

Doch die Stellen, die sie noch mehr bewegt hatten, waren jene, wo zu zwei Malen die Bühnenvorrichtung den geschlossenen Raum des Hotelsalons wegrücken und verschwinden ließ; wo der winzige belaubte Garten sich verbreiterte und zum Berliner Tiergarten wurde, in dem, wie inmitten eines Traums oder einer Erinnerung oder eines schwärmerischen Todeswunschs, Franz und Felice spazierengingen und redeten: Gespräche, die von langen Pausen unterbrochen waren.

Sie hatte also die kurzen Szenen zu schätzen gewußt, in denen Grillparzer, Flaubert und Dostojewski auftraten. Sie hatte, versteht sich, die Beziehung ihrer Äußerungen zu Kafkas Problem verstanden: die Frage der Wahl zwischen einem normalen Leben – mit Frau, auch Kindern wahrscheinlich, wie beängstigend! in einer Wohnung voll solider, bequemer Möbel, deren bloßes Aussehen die Bequemlichkeit und Solidität einer ehelichen Verbindung symbolisieren würde; genug, um sich aus dem Fenster zu stürzen! –, zwischen einem so beschaffenen, oder abgeschafften, Leben und der Literatur.

Aber warum ausgerechnet diese drei Schriftsteller?

– Vier, hatte Larrea gesagt.

– Wieso?

Er zog sie zu einem ruhigeren Ort.
– Vier Schriftsteller, sagte er. Der wichtigste ist zweifellos Kleist. Der Bericht, den Grillparzer von seinem Selbstmord gibt.
– Einverstanden, vier. Aber warum diese? Woher haben Sie diese überraschende Idee? Großartig, übrigens!
Er nahm im Vorbeigehen ein Glas Schnaps von einem Tablett. Sie lehnte ab.
– Von Kafka selbst natürlich!
Er trank einen Schluck, sah ihr in die Augen.
– Ich bin ein Autor ohne Phantasie. Ich arbeite nur mit der Realität der Texte.
Er wollte hinzufügen, wegen seiner ironischen Vorliebe für die Feuerbachsche Umkehrung der Formeln: oder den Texten der Realität. Aber er hielt sich zurück. Mit dieser jungen Frau gab es Besseres zu machen als Witze, dachte er plötzlich.
– Welcher Text von Kafka? fragte Nadine.
Genau in diesem Augenblick begriffen sie, beide gleichzeitig, was zwischen ihnen geschehen würde. Daß etwas geschehen würde, vielmehr. Das, was man ein Abenteuer nennt: ein zweideutiges Wort, das sowohl die Liebeleien, die Kapriolen, die winzigen Augenblicke sinnlichen Glücks, als auch die echten Geschichten bezeichnet: jene, in denen es Bilder gibt, Wörter, Gedächtnis, Träume, Leid, Phantasma und Verzückung. Zweifellos ein zweideutiges Wort, weil auch die Situation es ist: köstlicher Moment der Begegnung, der Ungewißheit, der Zeichen, die lesbar werden in den Augen und auf den Lippen des anderen, des Bluts, das sich mit einemmal verdickt, des Herzens, das anders zu schlagen beginnt; Moment, in dem noch nichts klar ist, alles möglich ist; in dem man nicht weiß, ob man nehmen, sich nehmen lassen wird, um sich sogleich wieder loszumachen, in zeitweiliger Dankbarkeit, oder amüsierter Gleichgültigkeit, im Eindruck des Fiaskos, oder sogar vagen Ekels; oder aber, ob es fürs Leben ist.

Er lächelte, als er auf das große Wort stieß: Leben.
Er streifte ihr Handgelenk, um sie noch weiter wegzuführen. Er hatte soeben Kepela auftauchen sehen, den er vor ein paar Minuten in einem anderen Raum verlassen hatte. Der Tscheche beobachtete sie aufmerksam. Larrea zog Nadine fort, ihr Handgelenk streichelnd, um den unausweichlichen Augenblick hinauszuzögern, da Karel kommen und sie ansprechen würde.
– In einem Brief von Kafka an Felice Bauer habe ich den Ursprung dieser Szenen gefunden, sagte er.
Er hielt noch immer in seiner rechten Hand das linke Handgelenk der jungen Frau. Blut zirkulierte zwischen ihnen, von einem zum andern, durch diese winzige Hautfläche, diese unfaßbare fleischliche Berührung. Er dachte an den Titel eines Stückes von Grillparzer, das er gut kannte. *Des Meeres und der Liebe Wellen*. Eine Welle der Liebe, ja, ein Ozean des Glücks und kleiner Tode bildete sich in der Tiefe, in dem kaum wahrnehmbaren Pochen ihres Bluts. Sie sahen einander an.
Das Blau von Nadines Auge war ein Gewitterhimmel.
– *Luces de cruce, señorita, por favor,* murmelte er.
– Wie? Was? sagte sie, in einem Hauch.
– Blenden Sie das Licht Ihres Blickes ab, Mademoiselle, Sie blenden mich ... Ein spanisches Kompliment!
Sie lachte, errötete ein wenig, schüttelte den Kopf, kam auf ihr Anliegen zurück. Aber sie ließ ihr Handgelenk in der Hand des Mannes.
– Was sagte Kafka?
– Ungefähr folgendes, sagte er. Daß von den vier Schriftstellern, denen er sich am nächsten fühle, Grillparzer, Dostojewski, Kleist und Flaubert, nur Dostojewski geheiratet und vielleicht nur Kleist den richtigen Ausweg gefunden hat, als er sich den Tod gab.
Sie schüttelte den Kopf.
– Man hat mir einmal gesagt, man solle diese Briefe von Kafka nicht lesen, es sei unschicklich.

– Man hat Ihnen etwas Dummes gesagt, sagte er schneidend.
Er zog sie noch näher an sich. Die Eiswürfel klirrten wie zerspringendes Kristall in dem Schnapsglas, das er in der freien Hand hielt: wahrscheinlich zitterte sie.
– Alles ist unschicklich im Leben, liebes Fräulein F., wobei das Initial hier natürlich für Feierabend steht! sagte er mit heiterer Stimme. Zwischen dem Mutterleib und dem Sarg, den einzigen Stätten, wo der Mensch eine geziemende Position einnehmen kann, eine unschuldige und würdige Haltung, ist alles übrige unschicklich! Und der Gipfel des Unschicklichen ist gewiß das Schreiben, denn es verstärkt und verherrlicht die Unschicklichkeit des Lebens.
Doch nichts konnte Karel Kepela davon abhalten, seine Neugier zu befriedigen. Plötzlich stand er neben ihnen.
– Ich gehe, Juan, sagte er.
Sie warteten, er war immer noch da.
– Stellst du mich vor? drängte er.
Juan Larrea leerte das Glas in einem Zug.
– Nadine Feuerabend, sagte er.
Die junge Frau lächelte, sie reichte Kepela mechanisch die Hand. Mit einemmal kam ihr die winzige Veränderung zu Bewußtsein, die Larrea an ihrem Namen vorgenommen hatte, um sie vorzustellen. Ein ausgewechselter Vokal, das war alles: ein u für ein i. Sie wandte sich ihm zu, mit einem wilden Lachen, einer Art brutalem Verlangen, das ihren Körper ergriff. Feuerabend! *Soirée de feu:* so würde ich heißen, wenn ich Chinesin wäre, dachte sie. Sie akzeptierte dieses Vorzeichen, Versprechen, Risiko.
Feuerabend, nur zu!

2.

Aber er hatte Nadine erst am Ende des Abends bemerkt, als er sich von der Gastgeberin verabschiedete.
Vorher hatte er ein paar Gläser getrunken, von einer Gruppe

zur andern ernste oder seichte Worte gewechselt, jedoch im einen wie im andern Fall mit Gleichgültigkeit. Alle Gäste dieser Abendgesellschaft galten als intelligent, zumindest als gebildet. Oft waren sie auch schön. Das heißt die Frauen: denn sie betrachtete er, das wird nicht überraschen.

Er war in der Hoffnung gekommen, Franca Castellani zu treffen. Es war nämlich die Art Milieu, das Franca hätte frequentieren können, gelegentlich, auch wenn Antoine sie nicht hätte begleiten wollen. Seit einigen Wochen empfand er das gleichsam körperliche Bedürfnis – anders gesagt, ein sich in seinen Körper wie ein Hunger, ein Durst, eine Übelkeit, ein quälendes Bild, ein Traum, ein Pochen des Bluts eingrabendes Bedürfnis: kurz, ein Begehren –, Franca wiederzusehen.

Hätte er sie nicht anrufen können, ganz einfach?

Zu einfach, zweifellos. Fast unmöglich, offen gesagt. Sogar undenkbar. Die lange Geschichte ihrer Beziehung war zu sehr befrachtet mit Geheimnissen, Ungesagtem, Untersagtem, Aufschwüngen und Brüchen, als daß er eine so direkte Geste wie einen Telefonanruf gewagt hätte. Derart primitiv nach so vielen Wochen des Schweigens, des Delikts der Flucht: Delirium der Flucht. Man mußte Franca schreiben. Oder den Zufall walten lassen, ihm allenfalls ein wenig nachhelfen.

Aber Franca de Stermaria schien sich nicht zeigen zu wollen an jenem Abend. Er hatte vergebens auf sie gewartet.

Am Ende eines der Salons dagegen, in einem stillen Winkel, wo sich Rosen befanden, ein Kaminfeger von Eduardo Arroyo sowie eine ganze mit *Pleiade*-Bänden tapezierte Wand, hatte er Kepela getroffen.

Auf einem niedrigen Tisch, vor ihm, waren die Figuren eines alten Schachspiels verteilt.

Er hatte sich Karel gegenübergesetzt.

– Bravo! sagte er, du verstehst es, einen Rahmen zu wählen, um dich zur Geltung zu bringen!
Der Tscheche rückte einen Bauern vor, hob dann den Blick. Eine Art blaues Leuchten, sehr blaß, von ironischem Glitzern durchzogen.
– Ich bin Regisseur, sagte er in selbstverständlichem Ton.
– Ich glaubte dich in Meran, sagte Larrea.
Der andere zuckte die Achseln.
– Ich bin nach der neunten Partie vom letzten Samstag geflüchtet.
Seine Hände waren in Bewegung. Harte und schöne lange Hände.
– Beim siebten Zug, sagte er, hat Karpow ein abgelehntes Damengambit in ein angenommenes Gambit verwandelt. Für Kortschnoi war es dann ein Desaster!
Kepela zog eine andere Figur auf dem Schachbrett.
– Um jeden Preis mußten die Weißen verhindern, daß Karpow einen Turm auf d5 unterbringt, murmelte er.
Er tippte mit der Fingerspitze auf das erwähnte Feld. Sein Blick hob sich, um den von Larrea zu fixieren.
– Kortschnoi ist verloren, sagte er kategorisch.
Er schien der Sache große Bedeutung beizumessen.
– Eine Schachpartie, sagte Juan. Erstens verstehe ich nicht viel von diesem Spiel. Und zweitens ist es schließlich nicht das Ende der Welt!
Das Ende der Welt, dachte Karel, hat bereits begonnen. Man kennt sogar das genaue Datum dieses Beginns. Das Ende einer Welt zumindest, unserer Welt. Die nicht die des süßen Lebens ist: nur die Schwachköpfe tun so, als glaubten sie es. Nichts ist von der Süße weiter entfernt als das wahre Leben. Das Ende der Welt des wahren Lebens, das ist es.
Er erinnerte sich an die neunte Partie.
Seit Beginn dieses Finales der Weltmeisterschaft in Meran am ersten Oktober hatten Kortschnoi und Karpow sich gegenseitig ignoriert. Kein Händedruck, kein Wort, nicht einmal eine Geste wurden gewechselt. Doch an jenem Tag,

am Ende der neunten Partie, hatten sie plötzlich das Wort aneinander gerichtet. Als Karpow beim siebten Zug eine Neuerung einführte und Kortschnoi sichtlich in angespanntes Nachdenken versank, setzte der amtierende Weltmeister ein zweideutiges Lächeln auf, zweifellos entzückt über seinen Kniff und die Verwirrung seines Gegners. »Wenn Sie weiter so lächeln, während ich nachdenke«, rief der Dissident Kortschnoi, »werde ich Sie einen Faschisten nennen!«

Wieder einmal überstieg der Einsatz bei diesem Finale die Grenzen der Schachwelt.

Karel Kepela schüttelte den Kopf. Eine Art inneres Fieber war in seiner äußerlichen Reglosigkeit.

– Nein, sagte er, nicht das Ende der Welt. Aber ich gebe in letzter Zeit ziemlich viel auf Vorzeichen! Wenn Kortschnoi noch einmal geschlagen wird, kommt ein harter Winter auf den Westen zu.

Er machte eine Geste der Gleichgültigkeit, so als wolle er sich für diese Emphase entschuldigen.

Aber Juan gelang es nicht, sich an jenem Abend ernsthaft für das Schicksal des Westens zu interessieren. Er interessierte sich nur für Franca Castellani, die Frau von Antoine de Stermaria. Es war das einzige Stück Westen, das zu besitzen er träumte.

Kurz zuvor, als er auf der Suche nach ihr durch die Salons lief, hatte er lächeln müssen bei der Feststellung, daß er das Adjektiv *stechend* verwandte, um sein Bedürfnis nach ihr zu bezeichnen: das Verlangen, sie wiederzusehen. Das stechende Bedürfnis nach Franca. Am Ende drücke ich mich noch aus wie Delly, hatte er gedacht und sich über dieses Adjektiv seiner inneren Sprache mokiert.

Dabei war das Wort passend, vollkommen angepaßt. Es stimmte, daß dieses Verlangen zerreißend war. Es stimmte, daß es, wie in der Definition der Wörterbücher, sich durch

scharfe Stiche bemerkbar machte. Daß es peinigte. Und gerade weil es stimmte, konnte es ein Klischee werden.
Aber Karel betrachtete ihn mit einem Ernst, in den sich Ironie mischte. Oder umgekehrt.
– Es sieht nicht so aus, als würdest du dich heute abend für das Schicksal des Westens interessieren! sagte er.
Juan lächelte, den Kopf schüttelnd.
– Eine Frau? fragte Kepela.
– Noch besser: die Abwesenheit einer Frau.
Kepela hob die Arme zum Himmel.
– Es gibt nichts Besseres, du hast recht! rief er. Die Abwesenheit einer Frau, die alle Dinge mit ihrem Licht zeichnet, die sie gerade durch ihr Strahlen verdunkelt. Die Abwesenheit einer Frau, die die Welt gegenwärtig macht, in der Angst und der Hoffnung!
Larrea pfiff durch die Zähne.
– Du redest gut für einen Emigranten aus Mitteleuropa!
– Kenne ich sie, fragte Karel.
– Nein... Es ist ein Geheimnis.
– Wem gegenüber?
– Gegenüber aller Welt, sagte Larrea. Auch mir selbst gegenüber, manchmal.
Sie schwiegen.
Die Abwesenheit einer Frau erfüllte ihr Schweigen. Zweier Frauen vielmehr. Kepela nämlich dachte an Ottla, mit einer Freude, in die sich Wehmut mischte. Er hatte sie in Venedig wiedergesehen, auf der Rückreise von Meran. Er war sogar aus Meran abgereist, um Ottla wiederzusehen, offen gestanden. Und nicht weil Kortschnoi sich dort im Finale der Schachweltmeisterschaft schlagen ließ.
Die Abwesenheit einer Frau – zweier Frauen: der Frau – erfüllte ihr Schweigen mit stechenden Akkorden.
Aber Karel kam auf sein Thema zurück.
– Jedenfalls, sagte er, durfte man nichts Erfreuliches erwarten, in Meran!
Alles schien mit einem Wort, einem Namen gesagt. Ein

schmales, wechselseitiges Lächeln hatte genügt, um dieses Einvernehmen zu betonen.

Von nun an konnten sie Schweigen bewahren. Wie man einen Schatz bewahrt, ein Familiengeheimnis, eine beunruhigende Erinnerung, eine Frau in seinen Armen, eine Narbe der Seele: Meran.

KAPITEL IV

Die »Dialektik« von Veronese

I.

– Kennst du das Porträt der Dialektik von Veronese? hatte Kepela am Ende des langen Schweigens gefragt.
Juan sah ihn aufmerksam an, brach dann in Lachen aus.
– *Ace!* rief er. Wart mal! Ich passe! Du siehst mich baff, platt, geplättet! Wovon sprichst du, mein Nächster, mein Bruder?
Karel war nicht unzufrieden, ihn in Verlegenheit gebracht zu haben. Er warf sich in die Brust, zog einen Läufer auf dem Schachbrett.
Gewöhnlich wußte Larrea auf alles eine Antwort. Auf fast alles. Zumindest wenn es um Literatur ging, um Kunst. Über Meran, zum Beispiel, war er unschlagbar. Freilich hatte er ein Jahr lang mit Franz Kafka gelebt – mit seinen Büchern, seinen Briefen, seinen Heften, seinen Tagebüchern –, während er *Das Tribunal im Askanischen Hof* schrieb. Aber Nikolai Nikolajewitsch Krestinski hatte offenkundig nichts mit Kafka zu tun, noch weniger mit den Briefen an Milena. Und doch kannte Larrea die Episode von Krestinski in Meran.

Es war in den *Amandiers* von Nanterre, eines Abends, vor ein paar Monaten. Larrea wohnte manchmal den Proben zu *Coriolan* bei, seit er beschlossen hatte, den Tschechen mit der Inszenierung seines nächsten Stücks zu betrauen.
An jenem Abend also hatte Kepela mit ihm über die Bühnenvorrichtung gesprochen, die er sich dafür ausgedacht hatte. Der Garten des *Askanischen Hofs,* hinten im Bild, hinter dem Salon, sollte für die Dialogszenen zwischen den von Kafka geliebten vier Schriftstellern in den Vordergrund rük-

ken. Er könnte sich auch verbreitern, dieser Garten, für die Szenen im Tiergarten zwischen Franz und Felice.

Ganz von selbst, nachdem Larrea diese Idee gutgeheißen hatte, waren sie auf Kafkas Briefe zu sprechen gekommen. Nicht nur auf jene, die er Felice Bauer schrieb, von denen Larrea sich für sein Stück hatte inspirieren lassen, sondern auch auf jene, die er, einige Jahre später, an Milena Jesenská richtete, als er in Meran eine Kur machte.

Denn Meran ist nicht nur die kleine Stadt – Bade- und Kurort – in den heute italienischen, früher österreichischen Dolomiten, in der, im Oktober 1981, das Finale der Schachweltmeisterschaft stattfinden sollte. Nach Meran kam auch einmal Franz Kafka, um sein Leiden zu behandeln, die lange schwere Krankheit seines Lebens. (Des Lebens?) In Meran, in der Pension Ottoburg, begann er, Milena die Briefe der leidenschaftlichen Liebe zu schreiben.

– Es gibt da nicht nur das, hatte Juan an jenem Abend lakonisch gesagt.

Kepela zuckte zusammen. Augenblicklich war er sicher, daß der andere auf Krestinski anspielen wollte, daß er mit ihm sogleich darüber sprechen werde.

– Es gibt da auch Krestinski, sagte Larrea tatsächlich.

Kepela atmete tief.

Es wurmte ihn allmählich, daß Juan dasselbe imaginäre Territorium besetzt hielt wie er. Denn das passierte nicht zum erstenmal: sie schienen dieselben Obsessionen zu haben, sie wurden von denselben Personen heimgesucht. Aber Meran, das war nun doch sein eigener Bereich! Larrea konnte hier nur ein Eindringling sein.

– Du kennst die Episode Krestinski also auch? fragte Kepela mit zischender Stimme.

Larrea wandte ihm einen fälschlich arglosen Blick zu.

– Die kennt doch alle Welt!

Das war ein wenig übertrieben.

Nicht alle Welt weiß nämlich, daß Nikolai Nikolajewitsch Krestinski, ein alter Bolschewik, der, als er sein Geständnis

am ersten Verhandlungstag im Prozeß des »Blocks der Rechten und Trotzkisten« am 2. März 1938, in Moskau, widerrief, es ablehnte, sich schuldig zu bekennen, zur großen Empörung des Gerichts, des Anklägers Wyschinski und sogar – vor allem, vielleicht – seiner Mitangeklagten.
»Ich bekenne mich nicht schuldig«, verkündete Krestinski, kaum hatte der Vorsitzende mit der Vernehmung der Angeklagten begonnen. »Ich bin kein Trotzkist. Ich war nie Teilnehmer des ›Blocks der Rechten und Trotzkisten‹, von dessen Bestehen ich nichts wußte. Ich habe auch kein einziges der Verbrechen begangen, die mir zur Last gelegt werden.«
Eines dieser Verbrechen war die Organisierung eines geheimen Treffens mit Trotzki just in Meran, im Oktober 1933. Ein gänzlich erfundenes Treffen, versteht sich. Zu jener Zeit war Trotzki in St. Palais, in Frankreich, unter Polizeiaufsicht: er konnte sich um keinen Kilometer entfernen, ohne Inspektor Gagneux auf den Fersen zu haben. Der NKWD hatte dieses Treffen erfunden, versteht sich.

Im Augenblick aber war von der Dialektik die Rede. Nicht von dem letzten großen Moskauer Prozeß, im März 1938, wo sich, unter anderen, Krestinski und Rykow, Jagoda und Bucharin auf der Anklagebank wiederfanden. (Obwohl sich eine gewisse Beziehung zwischen diesem besonderen Ereignis und der Dialektik im allgemeinen nicht ohne weiteres ausschließen läßt.)
Kepela hatte, nach dem langen, komplizenhaften Schweigen, das die Erwähnung Merans hervorgerufen hatte, Larrea soeben gefragt, ob er die Dialektik von Veronese kenne.
Und er war nicht unzufrieden, seinen Freund auf frischer Tat der Unwissenheit ertappt zu haben.
Er verschwieg natürlich, daß er selber die Dialektik – die von Veronese, versteht sich: mit der anderen hatte er dauernd zu tun, hatte nicht aufgehört, unter ihr zu leiden, sein

Leben lang – erst vor wenigen Tagen entdeckt hatte. Noch dazu ganz zufällig. Oder vielmehr dank Ottla, ihrer systematischen Art und Weise, Reiseführer, Kataloge und Nachschlagewerke in der Hand, Museen zu besuchen. In diesem Fall übrigens handelte es sich nicht um ein Museum, sondern um den Dogenpalast. Genauer gesagt, um die *Sala del Collegio*.

Ottla las aus dem Führer vor und zählte die acht Tugenden auf, deren Porträts die Decke des Saals schmücken: Die Mäßigkeit, Die Einfachheit, Die Sanftmut…

Und Karel hörte ihr mit Sanftmut zu, ohne wirkliches Interesse. Nicht, daß er die Malerei von Paolo Caliari, genannt Veronese, verachtete. Im Gegenteil, er hatte soeben eine geraume Weile, reglos, bezaubert, vor dem *Raub der Europa* gestanden, der sich in einem anderen Saal des Dogenpalasts befindet. Er hatte dessen kunstvolle Komposition bewundert; die Sinnlichkeit der Gestalt der Europa hatte ihn gerührt: die schmachtende Bewegung des Körpers; die gespreizten Beine, die den schweren Stoff des Gewandes in Falten warfen; die wunderbare entblößte Brust; das entrückte Gesicht mit den leicht geöffneten Lippen; das weit aufgerissene Auge, das den unwiderstehlichen Ansturm einer panischen Begierde verrät. Er hatte an eine mögliche Galerie der Frauengesichter bei Veronese gedacht.

Er unterschätzte dessen Malerei also nicht. Er hatte ganz einfach jenen Punkt der Sättigung erreicht, der unvermeidlich ist, wenn man eine Stadt wie Venedig besucht oder erneut besucht, im Galopp von einer Kirche in ein Museum hastet, von einem bezaubernden Platz von schlichter Schönheit zu einem prunkvoll barocken Palast, einen Punkt, an dem man das Wahre nicht mehr vom Falschen, das Schöne nicht mehr vom Kitsch zu unterscheiden vermag.

Ottla jedoch fuhr mit ihrer Aufzählung der Tugenden fort: Die Treue, Die Prosperität, Die Wachsamkeit, Die Dialektik… Sie unterbrach sich abrupt, hob die Augen und vergaß, die achte Tugend zu nennen.

Karel fuhr zusammen.
– Die was? rief er.
Das war vor ein paar Tagen in Venedig, als Ottla gekommen war, ihn zu treffen.
– Die Dialektik, sagte die junge Frau verblüfft.
Sie betrachteten gemeinsam, aneinandergedrängt, zitternd, die Decke der *Sala del Collegio*.
Ein Knie auf der Erde vor dem Sockel einer Marmorsäule, die sich ansatzweise am oberen rechten Teil des gemalten Paneels erhebt; mit einem Stück blauen Himmels voll grauer Schäfchenwolken von einem sehr hellen, fast weißen Grau; den rechten Fuß, nackt, unter den Falten des Gewandes sehen lassend; den Körper in der Drehung, die sie Kopf und Arme heben ließ, war Veroneses Dialektik eine üppige junge Blondine. Hübscher Fuß, hübsches Auge; auch hübsches Gewicht. Aber keinerlei Schlaffheit in diesen drallen Rundungen: ein Fleisch, so fest wie das gelobte Land.
Die Dialektik hielt ein wunderliches Gerät in ihren Händen: eine Art rudimentären Webstuhl, dessen Tuch spinnwebhaft gewesen wäre. Und buchstäblich: in den Händen der Dialektik entstand ein wahrhaftes Spinnennetz. Ein Tuch zum Einfangen der vom Realen betäubten Fliegen, zweifellos.
Karel und Ottla hatten sich einander zugewandt. Sie wurden von einem unterdrückten, nervösen Lachkrampf gepackt.
– Die Dialektik! Endlich weiß man, mit wem man es zu tun hatte! murmelte Kepela.

Den ganzen Tag des 2. März 1938, so erinnert er sich, verteidigte sich Nikolai Nikolajewitsch Krestinski Schritt für Schritt in Moskau, er widerrief alle seine früheren Erklärungen vor dem Untersuchungsrichter. Er leugnete alles, in Bausch und Bogen, ohne ins Detail zu gehen. Wyschinski, der übliche Ankläger bei diesen Schauprozessen, sichtlich überrascht von diesem ungewöhnlichen Verhalten, das im Drehbuch des von jedem der Angeklagten zu spielenden

Dramas nicht vorgesehen war, ließ sich indes nicht beirren. Er wandte alle Kniffe der Dialektik an, um Krestinski in die Falle zu locken, ihn in Widersprüche zu verwickeln, zu sich selbst und zu seinen Mitangeklagten. Er verhörte diese, Bessonow, Rakowski, Rykow, Bucharin: er ließ sie bestätigen, daß Nikolai Nikolajewitsch sehr wohl ein Trotzkist war, daß er sehr wohl einem geheimen antisowjetischen »Block« angehörte, daß er sehr wohl schon 1921 Verbindungen mit den deutschen Spionagediensten hergestellt hatte.

Krestinski leugnete hartnäckig, den ganzen Tag über. Eins ums andere, mit dem Rücken zur Wand, im Spinnennetz seiner früheren Lügen gefangen. »Sie behaupten, uns jetzt die Wahrheit zu sagen«, hielt Wyschinski ihm vor. »Also haben Sie vorher gelogen. Sie haben den Untersuchungsrichter belogen. Freiwillig, ohne dazu gezwungen zu sein. Denn der Untersuchungsrichter wollte nur die Wahrheit erfahren. Aber wenn Sie ein Lügner sind, wie soll man wissen, wann Sie die Wahrheit sagen? Sagen Sie die Wahrheit, wenn Sie behaupten, die Wahrheit zu sagen, oder wenn Sie behaupten, gelogen zu haben? Wenn Sie vor dem Untersuchungsrichter ein Lügner waren, warum sollten Sie heute keiner sein?«

Zu einem bestimmten Zeitpunkt, weil er nicht mehr konnte, wahrscheinlich, befiel Krestinski ein Unwohlsein, er bat um eine kurze Unterbrechung seines Verhörs: nur, um ein paar Tabletten zu nehmen. Dann könne man fortfahren. Und Wyschinski, ein großer Dialektiker, ein alter realer Humanist – es läßt sich denken, wie sehr die westlichen diplomatischen Beobachter diese Geste geschätzt haben mußten! –, Wyschinski verkündete: »Wenn der Angeklagte sich unwohl fühlt, habe ich nicht das Recht, ihn länger zu vernehmen.«

Der Schweinehund, dachte Kepela.

Er hält Ottla fest in seinen Armen, in der *Sala del Collegio*, unter dem Porträt der Dialektik. Ottla weint, sie schluchzt an seiner Schulter. Aber er weiß noch nicht, warum sie weint. Er trinkt ihre Tränen vom Rand der geröteten Augen.

Suhrkamp Literatur

Renata Adler · Ulla Berkéwicz
Hector Bianciotti · Adolfo Bioy Casares
Ernst Bloch/Arnold Metzger · Hermann Broch
Stig Dagerman · Tankred Dorst · Marguerite Duras
Norbert Elias · Werner Fritsch · Hermann Hesse
Wolfgang Hildesheimer · Yasushi Inoue
Wolfgang Hermann Körner · Karl Krolow · Hans Mayer
Werner Mittenzwei · Adolf Muschg · Friederike Roth
Ralf Rothmann · Gaston Salvatore · Jorge Semprun
Jean-Yves Tadié · Martin Walser · Josef Winkler
Spectaculum · Polnische Bibliothek
Bibliothek Suhrkamp
Weißes Programm: Im Jahrhundert der Frau

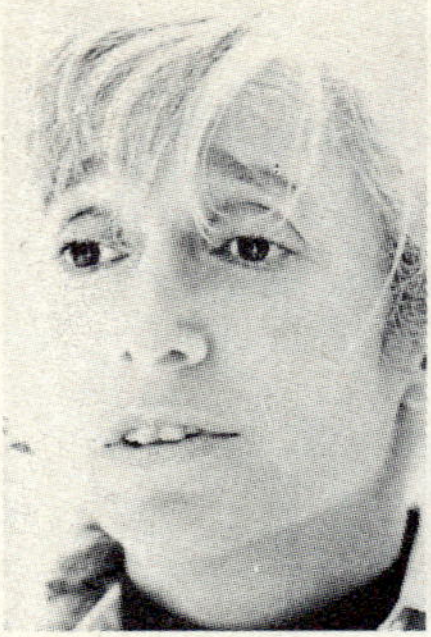

Renata Adler

Ulla Berkéwicz

Hector Bianciotti

Renata Adler
Pechrabenschwarz

Roman
Aus dem Amerikanischen
von Helga Huisgen
233 Seiten. Gebunden
ca. DM 30,– (April 87)

Pechrabenschwarz, das ist die Verfassung der Kate Ennis, ein einziges Fehlamplatzsein, als sie in graupelregentrüber Nacht im gemieteten Wagen durch ein ihr fremdes Land rast. Hinter ihr liegt ein lächerliches Vergehen, in das sie sich verheddert glaubt und dessen wachsende Schatten ihr vorausjagen. Dahinter noch, im jetzt fernen New York, der Fluchtpunkt einer beendeten Liebesgeschichte.

Witzige, komische, »schwarze« Geschichten, aufgegriffen, abgelauscht, abgebrochen, neu begonnen, bilden das erzählerische Gewebe des Buches. Die Geschichte einer ›unmöglichen‹ Liebe ist gleichzeitig die Erforschung unserer inneren Lebensverhältnisse heute. In nervöser Angespanntheit kreist die sensible und nuancierte Erzählerin um den schwelenden Unruheherd und treibt Kates Zweifel und Fragen hervor. – *Pechrabenschwarz* ist das Logbuch einer Reise in unvermessenes Gebiet, ins Heute eines Menschen, der sich nicht schützen kann, sich nicht abschotten will gegen die Fragmentierung der Welt.

Ulla Berkéwicz
Adam

Etwa 150 Seiten. Engl. Broschur
ca. DM 24,– (März 87)

Seit es Menschen gibt, gibt es den Mythos von der einen, einzigen, großen Liebe, von dem Zustand, in dem alles, Freude und Schmerz, aufgehoben ist in einer Harmonie, die ertragen kann, was immer ihr widerfährt. Aber seit es Menschen gibt, gibt es auch den Zweifel an jenem Mythos, den Unglauben, die Skepsis, der große Traum könnte eines Tages wahr werden.

Dennoch: er ist virulent. Und beseelt von ihm ist die junge Protagonistin dieses Buchs, Schauspielerin in Hamburg, wo es naß und kalt ist, eine, die auf der Bühne spielt, was ihr durch den Kopf geht, und auf den Straßen erlebt, daß das Leben meistens anders ist: kein Theater jedenfalls.

Ulla Berkéwicz wagt sich in diesem Buch an ein »schwieriges« Thema, an einen Stoff, der unendlich oft schon beschrieben, besungen und gespielt worden ist. Doch dadurch, daß sie *Adam* an einem Ort ansiedelt, wo alles ohnehin *nur Theater* ist, schafft sie eine Atmosphäre, in der das Unglaubliche, schwer zu Sagende plötzlich glaubhaft und sagbar wird.

Er trinkt das Salz ihrer Traurigkeit, aber er weiß nicht, warum sie wirklich weint. Er meint, daß ihre Gründe den seinen gleichen, er weiß noch nicht, in welchen Abgrund sich Ottla hat ziehen lassen.

Er drückt diese schluchzende Frau fest in seine Arme. Vernünftigere Touristen beginnen sich nach ihnen umzudrehen. Neugierig, zweifellos. Vielleicht sogar verlegen ob dieses Ausbruchs an Gefühlen, von denen sie nicht glauben können, daß sie allein dem Gemälde von Veronese zuzuschreiben sind.

Nikolai Nikolajewitsch Krestinski, den Wyschinski nicht länger vernehmen zu können erklärt, da er unpäßlich ist, hat lange Monate der Folter hinter sich; der Folter des Dursts, des Schlafentzugs, der ausgeklügeltsten Brutalitäten, der moralischen Erpressung; abgeschnitten von der Außenwelt, auch von seiner Familie, erhält er nur die Nachrichten, die die Polizeiorgane durchsickern lassen wollen. Er ist heute im Sitzungssaal angekommen, gebrochen, zerschlagen, willig: ist ein echter Kommunist geworden, ein wahrhaft neuer Mensch; ein Grashalm in den Händen des Gottes der Geschichte, Schräubchen und winziges Rad im Getriebe des Großen Apparats.

Und plötzlich leugnet er. Er lehnt sich auf, er verkündet die Lüge dieser ganzen Inszenierung. Einen ganzen langen Prozeßtag wagt er es, wieder ein Individuum, er selbst, ich zu werden: er hat ein persönliches Gedächtnis, Werte, ein Bewußtsein, eine Ehre zu verteidigen.

Am nächsten Tag – man sagt, die Nacht bringt Rat, vor allem in den Verliesen des NKWD –, als die Sitzung eröffnet wird, tritt Krestinski ins Glied zurück. Er wird wieder Kommunist, er legt seinen menschlichen Stolz auf dem Altar der Partei nieder, er nimmt wieder teil an dem langen Zug der anonymen Helden der Revolution. »Ich war gestern«, erklärt er – man kann sich die verzweifelte Stimme, den monotonen Vortrag vorstellen –, »unter dem Eindruck eines momentanen scharfen Gefühls falscher Scham nicht imstan-

de, die Wahrheit zu sagen, nicht imstande zu sagen, daß ich schuldig bin.«
Und ohne Zweifel ist der Mensch nie besser definiert worden. Der Mensch ist nur ein *momentanes scharfes Gefühl,* in der Tat. Ein sehr momentanes zwar, aber ein so scharfes, daß es jedem Ding seinen Stempel aufdrückt.

Die Schweinehunde! schreit Kepela, in der *Sala del Collegio* des Dogenpalasts, in Venedig.
Mehrere Touristen bekunden laut ihre Mißbilligung. Fordern ihn auf zu schweigen, die Stille des Orts zu respektieren, die gedämpfte, gediegene Aufmerksamkeit, die den Tugenden zukommt, deren Porträts die Decke des Saals schmücken. Sie können nicht wissen, versteht sich. Wieviel Schmerz, wie viele zersplitterte Leben, auch wieviel Blut hinter diesem einfachen Wort: Die Dialektik, o todbringende Tugend!
Karel drückt die junge Frau noch fester in seine Arme. Er küßt sie auf den Mund, vielmehr in den Mund, tief. Er streichelt ihre Hüften, hebt ihren Rock, um die Mulde ihrer Beine zu erreichen.
Seit 1948 (und er hatte an diesem Ereignis teilgenommen, voller Ungestüm und Gewißheiten) herrschte Die Dialektik, die unerbittliche Göttin, über die Nacht, die auf die Tschechoslowakei herabgesunken war.
Das Positive und das Negative, das Alte und das Neue, die Negation der Negation – die der Tölpel Stalin in seinem berühmten vierten Kapitel zu erwähnen versäumt hatte, aber man hatte sie nach dem XX. Parteitag wieder an die Befehlstelle gesetzt, aber gewiß doch! –, die Identität der Gegensätze und der Gegensatz des Identischen, und dann die Aufhebung, Scheiße! Die unerschöpfliche, unbegreifbare und wundersame Fähigkeit der Geschichte, sich aufzuheben, indem sie ihre Positivität leugnet und – ist das nicht himmlisch? – ihre Negativität behauptet.

– Die Aufhebung, Scheiße, die verdammte Aufhebung! schreit Karel und löst sich einen Augenblick lang von Ottla.
Und er schreit es auf Deutsch, natürlich, es ist das geeignete Idiom für philosophische *pronunciamentos*.
Die Feindseligkeit ihnen gegenüber zeigt sich jetzt offen. Einige Personen, die sich zweifellos kulturpolizeiliche Rechte zuerkennen, machen sich auf den Weg zu ihnen.
Aber sie lachen jetzt wie wahnsinnig, liegen sich in den Armen. Er zieht sie in einer Art langsamem Walzer quer durch die *Sala del Collegio*.
Plötzlich hält Ottla ihn auf, ihm in die Augen sehend.
– Fick mich, sagt sie zu Karel, kategorisch.
– Hier? Im Stehen? An diesem Sessel? Auf dem Sessel? Unter dem voyeuristischen Blick der Dialektik? fragt er.
Die ordnungs- und gesetzhütenden Besucher stehen um sie herum, stumm, doch bereit einzugreifen.
– Bring mich ins Hotel zurück, sagt Ottla. Liebe mich bis zur Abfahrt des Zugs morgen.
Er streichelt ihre Brüste unter dem schockierten Blick der Besucher, deren Kreis enger wird.
– Du hast mich immer überschätzt, sagt er und zieht sie fort.

2.

– Dostojewski, fragt Juan mit einemmal, Kepelas Bericht unterbrechend, glaubst du, daß auch Dostojewski die Dialektik von Veronese bemerkt hat?
Karel zuckt die Achseln.
– Ich habe nicht auf Dostojewski geachtet, sagt er. War er zur gleichen Zeit in Venedig wie ich?
Larrea ruft einen Kellner, der in Hörweite vorbeikommt. Sie nehmen mehrere Schnapsgläser von dem Tablett, für den Fall, daß die Unterhaltung länger dauern sollte.
– Dostojewski war in Venedig, mit Anna Grigoriewna, im

Juli 1869. Ende Juli sogar. Alle Berichte weisen darauf hin, daß er sich vor allem für die Mosaike von San Marco und die Decken des Dogenpalasts interessiert hat. Daher meine Frage: Erinnerst du dich nicht an irgendeine Bemerkung oder Erinnerung Dostojewskis bezüglich der Dialektik?
Kepela nimmt einen langen Schluck.
– Ich will mich nicht an Dostojewski erinnern. Überhaupt nicht, erklärt er kurz und bündig.
– Außer daß du von einer Bearbeitung der *Dämonen* träumst, du hast es mir gesagt!
– In den *Dämonen,* sagt Kepela, interessiert mich nicht Dostojewski, sondern Netschajew!
– Das kann man verstehen, sagt Larrea.
Aber er kommt auf seine Idee zurück.
– Gib zu, daß es eine aufregende Vorstellung ist! ruft er aus. Denn Dostojewski hat Die Dialektik von Veronese betrachten können. Mehr als vierzig Jahre später macht Franz Kafka die gleiche Reise – alle Welt machte die gleichen Reisen bis zum Ersten Weltkrieg: es war dasselbe Europa für alle, von St. Petersburg nach Capri –, er aber macht sie in der anderen Richtung. Die Dostojewskis kommen von Florenz nach Venedig, fahren dann von Venedig nach Triest und von da nach Wien, und von Wien nach Prag. Wo sie keine ihrem Geldbeutel angemessene Unterkunft finden, sie müssen bis nach Dresden fahren. Dort lassen sie sich für mehrere Monate nieder. Kafka nimmt genau den umgekehrten Weg, von Prag nach Venedig, über Wien und Triest, im September 1913 ...
– Du solltest ein Reisebüro aufmachen, sagt Kepela.
– Für imaginäre Reisen, meinetwegen, antwortet Juan. Als Führer würde ich Valery Larbaud nehmen. Oder Rainer Maria Rilke. Und Franz von Bayros für das Inventar der sexuellen Obsessionen Mitteleuropas!
Er lacht kurz auf.
– Kommen wir bei der Gelegenheit auf Kafka zurück. Warum könnte man sich nicht vorstellen, daß er, auch er,

diesen Veronese an der Decke der *Sala del Collegio* betrachtet hat?
– Man weiß nichts über Kafka in Venedig, nur Belanglosigkeiten, wendet Kepela ein.
– Man weiß, daß er die Stadt geliebt hat.
– Sehr originell!
– Und daß er einsam war wie ein Hund, schließt Larrea.
– Überall. Er war überall einsam wie ein Hund. Im übrigen ist das normal. Der Hund ist eine bevorzugte Figur der Prager Schriftsteller, weiß der Himmel warum. Man könnte eine gelehrte Abhandlung schreiben über die Hunde in der tschechischen Literatur, von Kafka und Čapek bis zum *Abschiedswalzer* von Kundera!
Sie trinken wieder.
– Er war nicht überall einsam wie ein Hund, der Hund Kafka, sagt Juan. Das ist eine Übertreibung der Kafkaologie. Einige Tage nach dieser venezianischen Einsamkeit, zum Beispiel, in Riva, im Sanatorium, verführt er im Handumdrehen eine achtzehnjährige kleine Schweizerin. Keine Briefe diesmal, keine Worte: Taten!
– Bist du sicher, daß er sie wirklich gefickt hat? fragt Kepela.
Er lächelt ein wenig hinterhältig, als würde er eine Falle stellen. Als würde er sagen: das ist die Zehntausendmark-Frage, mein Alter! Zeig uns, was du kannst!
Juan hebt die Hand.
– Vorfrage: man muß sich über die Begriffe einigen. Was heißt deiner Meinung nach ficken, wenn man von Kafka spricht?
Kepela nickt.
– Sehr gute Frage, sagt er. Wie lautet deine Antwort?
Juan trinkt einen langen Schluck.
– Man könnte eine Abhandlung darüber schreiben, wie über die Hunde in der Literatur deines Landes, sagt er. Gestattest du mir einen gewissen Schematismus? Daß ich mich ans Wesentliche halte?

Kepela gestattet es, ganz Grandseigneur.

– Gut, sagt Juan. Kafka scheint mit sexuellen Instinkten, erotischen Trieben normal ausgestattet zu sein. Auch wenn man nicht alle Eintragungen seines Tagebuchs wörtlich nimmt (denn es gibt nichts Hinterhältigeres, Prahlerischeres als einen Schriftsteller, der Tagebuch schreibt, sowohl um sich zu verherrlichen wie um sich zu maskieren, und dieser hier kennt sich auf diesem Gebiet verdammt gut aus!), auch wenn man das Fabulieren berücksichtigt, so sieht es doch so aus, als habe der Sex ihn beschäftigt, überbeschäftigt: ihm sogar zugesetzt in bestimmten Zeiten seines Lebens. Um so mehr, als seine Moral sehr schnell jüdisch-christlich versauert und ihm maßlose Schuldgefühle macht. Im Januar 1911, erinnere dich, er ist damals vierundzwanzig, bringt er in seinem Reisetagebuch die Sehnsucht nach seiner onanistischen Unschuld zum Ausdruck, nach dem verlorenen Paradies der einsamen Wollust. Er spricht vom Unreinen, das über ihn kommt, daß er die Nacht durchschreiben müßte, um es wiederzugeben. Und er fügt hinzu: »...*während ich ihm früher, soviel ich mich erinnere, mit einer Wendung, einer kleinen Wendung, die mich an und für sich noch glücklich machte, auszuweichen imstande war.*« Ist das nicht köstlich? Die Masturbation als Wendung! Sogar dem weitschweifigen Henri-Frédéric Amiel ist nie etwas so drollig Metaphorisches für seine nächtlichen Pollutionen eingefallen. *Trouvez Hortense, l'ardente hygiène des races,* wie Rimbaud seinerseits sagt! Kafka ist also normal beschaffen: er träumt, er ist geil, er phantasiert. Das Problem liegt just an der Tatsache, daß er »normal« ist (in Anführungszeichen natürlich!). Denn er ist sehr früh auf das andere Geschlecht fixiert, man braucht sich nur an Fräulein Bailly zu erinnern, die französische Gouvernante – immer sind es französische Gouvernanten, die die kindliche oder jugendliche Begierde der bürgerlichen Intellektuellen quer durch Europa kristallisieren und zuweilen stillen, nicht wahr, Genosse Kepela? –, man braucht sich nur an den berühmten Nachmittag der

Kreutzersonate zu erinnern! Zahlreiche Voraussetzungen waren gegeben, damit er homosexuell werde, aber nein, es fehlt der letzte Auslöser, er interessiert sich für die Frauen, lebhaft. Tödlich, vielmehr: auf todbringende Weise. Aber keine Abschweifung, ich habe dir versprochen, mich kurz zu fassen. Er interessiert sich für die Frauen, und genau da drückt ihn der Schuh. Denn er liebt zwar die Frauen, aber er liebt nicht, fürchtet sogar, ihr Geschlecht, im engen oder auch weiten, doch präzisen Sinn des Wortes. Er hat Angst vor der Möse. Erinnere dich an jene wunderbare Bemerkung vom August 1913, mitten im Brieffieber mit Felice: »*Der Coitus als Bestrafung des Glückes des Beisammenseins. Möglichst asketisch leben, asketischer als ein Junggeselle, das ist die einzige Möglichkeit für mich, die Ehe zu ertragen. Aber sie?*« In der Tat, aber sie? Die Frauen im allgemeinen. Denn nicht nur mit Felice stellt sich die Frage. *Der Coitus als Bestrafung:* das ist der Kern des Problems, *le nœud du problème*. Und ich hoffe, daß deine Kenntnis der französischen Sprache, Karel, jetzt ausreicht, um das Wortspiel zu verstehen. *Le noeud,* hast du verstanden? Ja, ja, reg dich nicht auf, ich stelle fest, daß du Fortschritte machst! Aber ich will Kafka und seinen Abscheu vor dem Coitus nicht unnötig strapazieren, das alles ist ziemlich klar. Für dich zumindest. Fassen wir zusammen: Kafka träumt von Ehe, von netter Nachkommenschaft, von Familienleben. Zumindest glaubt er sich verpflichtet, davon zu träumen, denn eben dieser Traum, diese Illusion binden ihn an die Normalität des Lebens, die er verabscheut, die jedoch moralisch zwingend ist für ihn, die er nicht zu verschmerzen vermag. Doch welche Ehe, welche Nachkommenschaft könnte es ohne Coitus geben? Er bringt also einen guten oder schlechten Teil seiner Zeit damit zu, Verlobungen, Ehen, Zusammenleben zu zimmern, und sie zu zerstören, sobald diese Gerüste die betreffenden Frauen eingesperrt haben, sie ersticken, wie der Efeu den Baum erstickt, sobald sie zum Schafott geworden sind. Gewiß, es gäbe eine Lösung außerhalb der heiligen Bande der Ehe. Denn zwar gibt es keine Ehe ohne Coitus, aber nichts ist einfacher als die sexuelle Beziehung ohne diesen kleinen schmutzigen Augenblick. Zumindest ohne daß letzterer obligatorisch, inaugural und programmiert ist. Aber man muß die Frauen wirklich lieben, ihre Lust lieben, zärtlich und stark, tyrannisch und altruistisch genug sein, um sie zu überzeugen, sich nicht auf den Coitus zu versteifen, die Penetration nicht als das einzige Zeichen, den einzigen Beweis einer befriedigenden Sexualität zu betrachten. Kannst du dir vorstellen, daß Kafka es wagt, bei einem Spaziergang im Berliner Tiergarten, Felice die Reize einer netten Fellatio zu erklären? Einer artigen Manuelisation? Dazu bedürfte es eines kerngesunden Zynismus, einer kommunikativen Lebensfreude, einer Flucht aus den jüdisch-christlichen Stereotypen – was mir für unseren Mann nicht eben charakteristisch zu sein scheint! Daher Konflikt, semantische, wenn nicht seminale Ergüsse. Daher auch Bordellbesuch, Obsession der geschlossenen Häuser, privilegierter Stätten, wo es nicht nötig ist, die Frauen zu überzeugen, es genügt, sie zu bezahlen, auf die Gefahr hin, diesen Preis mit hartnäckiger Reue, ewiger Angst zu bezahlen. Zweifellos gäbe es eine andere, noch befriedigendere Lösung als das Bordell, nämlich den Inzest. Aber werde nicht ungeduldig, Karel. Ich will dir nicht wieder von Ottla erzählen. Ich weiß, das irritierte den Kafkaologen, der in dir schlummert! Ich will dich lediglich darauf hinweisen, daß der Inzest und der Selbstmord, von Heinrich von Kleist bis Klaus Mann zumindest, die Lieblingsthemen der deutschen Literatur und des deutschen Lebens zu sein scheinen. Des Lebens der deutschen Literaten jedenfalls. Ob der eine und der andere – Selbstmord und Inzest – verwirklicht, wirklich vollzogen werden, ist nebensächlich: ich spreche von ihnen als von kulturellen und normativen Horizonten, als konkreten Möglichkeiten. Aber ich komme zum Ende, falls man überhaupt jemals in der Frage nach Kafkas Sexualität zum Ende kommen kann, die den Kern, ja doch, ja, lach nicht,

den Kern seiner Textualität bildet, seines Verhältnisses zur Literatur! Kommen wir auf die junge Schweizerin in Riva zurück, das war 1913. Hat er sie wirklich gefickt, fragst du mich? Ich antworte, daß er meiner Meinung nach wirkliche sexuelle Beziehungen mit ihr gehabt hat, aber außerhalb des Coitus, wenn ich so sagen darf. Was sagst du dazu?
Aber Kepela sagt nichts.
Er schüttelt den Kopf, das ist alles.

Warum erzählt Karel Kepela in diesem Augenblick nicht die Geschichte seiner Begegnung mit der Schweizerin, von der die Rede ist? Warum behält er diese Erinnerung für sich? Aus Aberglauben? Aus intellektuellem Geiz?
Er sagt nichts.
Dabei ist seine Begegnung mit der Schweizerin aus Riva, 1959, auf dem neuen jüdischen Friedhof in Straschnitz, vor Kafkas Grab, denkwürdig. Es war eine über sechzigjährige Dame, ganz schmuck, ganz weiß, wie aus dem Ei gepellt. So erregt, sich dort zu befinden, daß Kepela keine Schwierigkeiten gehabt hatte, sie zum Sprechen zu bringen. Sie die alte Erinnerung an Riva in ihren Einzelheiten wachrufen zu lassen, nachdem er sie identifiziert hatte.
Das hätte Larrea bestimmt interessiert.
Aber Kepela behält diese Anekdote für sich, letztendlich. Er schüttelt den Kopf, sagt, daß er die Beziehung nicht sieht.
– Ich sehe da keine Beziehung, sagt Kepela.
– Zu was?
– Zu Dostojewski. Hattest du nicht angefangen, mir von Dostojewski zu erzählen?
Larrea nickt.
– Ja doch, ja! sagt er. Zwischen Dostojewski, Kafka und Kepela besteht eine Beziehung: Die Dialektik von Veronese. Eine Beziehung oder ein imaginärer Bezug. Ein Blick auf dasselbe Gesicht, denselben Frauenkörper. A propos: wie ist sie, die Dialektik? Aufgeilend?

Kepela lacht schallend.
– Nein, sagt er. Das fehlte gerade noch, daß sie aufgeilend ist, das Luder!
– Und weiter? insistiert Larrea.
– Erinnerst du dich an die Europa? fragt Karel. Im *Raub*?
Larrea erinnert sich.
– Verzückt, entrückt, fährt Karel fort, sie öffnet schon die Beine, während der Stier – der ist geil, zweifellos – ihr den linken Fuß leckt? Nun, Die Dialektik ist eine dralle Blondine von der gleichen Sorte. Aber ernst, das sieht man. Dabei ist auch ihr rechter Fuß entblößt, aber es gibt weder einen Stier noch einen Galan, der ihn leckt. Kurz, sie hebt nicht ab.
Larrea steht auf.
– Sie wird nicht mehr kommen? fragt Karel spöttisch.
– Von wem sprichst du?
– Aber hör mal, während der ganzen Zeit hast du doch ständig das Kommen und Gehen im Salon beobachtet! Sie wird nicht mehr kommen, das ist klar, also gehst du!
Beim Weggehen also, vor sechs Monaten, hatte Juan Nadine bemerkt. Oder umgekehrt, das ist nicht mehr wichtig. Jedenfalls hatte sich die junge Frau, ohne es zu wissen, in Francas Abwesenheit gestohlen: in jenen Mangel, jenes Begehren, jenes stechende Bedürfnis.
Sie war dort geblieben seitdem. Bis zu diesem Aprilsamstag auf der Straße nach Freneuse.

KAPITEL V

Bolero a solo

1.

Juan hatte die Glastür aufgestoßen, und die Sopranstimme hatte ihn empfangen.

Er blieb stehen, wußte nicht gleich, ob er darüber glücklich oder verärgert war. Denn es war ihre Musik: die Worte ihrer Geschichte. Zumindest hatten sie ihre Geschichte begleitet, lange Jahre lang.

Una paloma blanca
como la nieve
me ha picado en el pecho
cómo me duele!

Reglos, auf der Türschwelle, lauschte er den Worten dieses spanischen Volkslieds in einer Bearbeitung von Ludwig van Beethoven.

Nadine, die zurückgeblieben war, bewunderte noch immer die langgestreckte weiße Fassade des schönen Direktoire-Hauses in der hügeligen Landschaft, die in grasbewachsenen Wellen zur Seine abfiel.

Bei der Ankunft in Freneuse hatte die junge Frau anhalten wollen, um Blumen zu kaufen. Warum Blumen? hatte Juan erstaunt gefragt. Na hör mal, man bringt den Leuten Blumen mit! Das gehört sich so! Mit welchen Leuten verkehrst du, Nadine? Man schickt die Blumen, vorher oder nachher. Man kreuzt nicht mit einem Arm voll Blumen bei den Leuten auf wie die Bauern! Im übrigen gibt es in Freneuse keinen Blumenladen, die Sache hat sich erledigt.

Er lachte kurz auf, sie wollte wissen, warum. Er log nur halb. »Es kommt mir komisch vor«, sagte er, »sich Franca

als eine Frau vorzustellen, der man Blumen mitbringt.« Sie verstand nicht recht, was daran komisch war. »Hast du ihr nie Blumen geschenkt?« fragte sie. Er log ein wenig mehr als nur halb: er sagte, nein, den Kopf schüttelnd. Doch, zweimal. Zweimal in all diesen Jahren. Aber er war nicht mit einem Arm voll Blumen zu ihr gekommen. Es war anders gewesen. Nadine nutzte sofort die sich bietende Gelegenheit, um Fragen über Franca zu stellen. Wie hatte er sie kennengelernt? Seit wann kannte er sie? Welche Art Frau war sie?
Er zeigte ihr die Straße, die sie hinter Freneuse nehmen mußte.
Er war wortkarg.
Es ist eine Frau der Art Frau, sagte er. Sie ist Mailänderin, kümmerte sich um eine Kunstgalerie, glaube ich. Sie ist Antoine begegnet, meinem besten Freund. Und das ist alles? wunderte sich Nadine. Hältst du es nicht für ausreichend, Antoine de Stermaria zu begegnen? erwiderte er. Mich interessiert nicht die Begegnung mit Antoine, sagte Nadine. Sondern ihre Begegnung mit dir. Hast du sie seinetwegen kennengelernt?
Er zögerte mit der Antwort.
Wir haben sie gleichzeitig kennengelernt, sagte er endlich. In Rom, bei Antoines erster großer Ausstellung in Italien. Sie war da, ich war da, auch Antoine war da, natürlich.
Nadine lachte, eher spöttisch.
– Das war ja Weihnachten in Bethlehem, eure Geschichte! Wirklich rührend! Und zur Krönung des Ganzen wurde sie genau an dem Tag geboren, als ihr euch kennenlerntet, ihr Typen! Ihr seid doch nicht etwa der doppelte Adam dieser Eva?
Er erinnerte sich mit klopfendem Herzen und einer jähen, bitteren Lust zu lachen, daß Franca etwas Ähnliches gesagt hatte, am Tag ihrer Begegnung.
Er sah sie mit kaltem Blick an.
– Dein jüdischer Humor ist mir lieber, sagte er. Bethlehem, das irdische Paradies, das ist wirklich nicht dein Bier.

Aber sie konnte nichts anfangen mit dieser Abfuhr. Sie war froh, bei Juan einen wunden Punkt gefunden zu haben. Franca begann sie neugierig zu machen.

Er machte ein paar Schritte in dem geräumigen Zimmer im Erdgeschoß.

War es Zufall? Wenig wahrscheinlich. Ohne Zweifel hatte Franca dieses Beethoven-Stück absichtlich aufgelegt, als sie das Geräusch des Wagens auf dem Kies der Einfahrt gehört hatte.

Er hörte die Sopranstimme, die nicht nur einer einzigen, bestimmten Quelle entsprang; die von überall gleichzeitig zu quellen schien. Er sah die kunstvoll arrangierten Blumensträuße auf den niedrigen Tischen (Nadines Idee, wie bäurisch!).

Aber der Salon war leer.

Er dachte, daß das Franca ähnlich sehe, diese durch Improvisation verschleierte Inszenierung. Doch als er sich dem Plattenspieler näherte und feststellte, daß dessen Automatik eingestellt worden war, um endlos dieses Stück wiederzugeben, dieses Stück aus den Volksmelodien verschiedener Herkunft, die Beethoven orchestriert hatte und die sich auf dieser Schallplattenseite befanden, konnte er einen Anflug von Ärger nicht unterdrücken: diesmal trug sie zu dick auf.

Vor siebzehn Jahren, in Rom, hatte er den Raum durchmessen, der ihn von Franca trennte. Aber es ist immer dasselbe. Man durchmißt immer einen Raum: eine Straße, einen Salon, eine Kunstgalerie, einen Wald, das Meer: das Leben, um auf die jungen Frauen zuzugehen. Man geht immer in derselben Weise auf die jungen Frauen zu, mit derselben Hoffnung, in derselben Verwirrung: demselben Bedürfnis nach Ewigkeit.

Er war also auf Franca zugegangen, vor siebzehn Jahren, in Rom. Es war in einer Galerie bei der Bucca di Ripetta.

Antoine de Stermaria stellte dort eine beträchtliche Anzahl seiner Gemälde und Lithographien aus, zum erstenmal in Italien. Als die Gäste nach einiger Zeit – nachdem sie aus dem schweigenden, fast bangen Entzücken erwacht waren, das die prunkvolle Heftigkeit dieser Malerei in ihnen hervorgerufen hatte – wieder zu tratschen begannen, hatte er die Distanz durchmessen, die ihn von Franca trennte.
Sie wartete von Anfang an, seit dem ersten Blickwechsel auf diesen Moment. Sie wußten es beide.
Fast augenblicklich hatte er ihr in dem Getümmel, dem Hin und Her, den freundschaftlichen Zurufen der Weggehenden, den Aufforderungen, sich beim Abendessen wiederzusehen, den Begrüßungen der letzten Ankommenden, seine staunende Bewunderung gestanden. Mit leichten, fast ironischen Worten, in einem Ton, der ihr erlaubte zu hören und zu überhören, wie es ihr beliebte.
Und damals, um Franca zu verstehen zu geben, in welche Verfassung ihre Erscheinung ihn versetzte, hatte er ihr die Worte jenes alten spanischen Lieds gesagt: *una paloma blanca / como la nieve …*
Sie bat um eine Übersetzung, unsicher über den genauen Sinn der kastilischen Worte. Er improvisierte eine, versuchte, nicht allzu wörtlich zu übersetzen. *Eine weiße Taube / weiß wie Schnee / hat mir ins Herz gepickt / o welcher Schmerz …*
Sie lachte, entzückt, ihre kurzen Haare flatterten um ihr Gesicht. Sie sagte ihm noch größeres Leid voraus, wenn er so weitermache. Er nahm es als wahrscheinlich hin. Ihre Blicke wurden ernst: Glück zu lieben, Verzweiflung der Liebe. Sie schnappte sich zwei Schnapsgläser von einem Tablett, das vorbeischwebte; sie tranken. Es war ihm gelungen, von Titina Laselli, der Gastgeberin, zu erfahren, daß sie Mailänderin war: Franca Castellani; daß sie in einem Kunstverlag arbeitete. Und sie hatte von Titina Laselli erfahren – sie lachten schallend, als sie ihre verstohlene Identifizierungsarbeit feststellten –, daß er der Autor eines Stückes

war, das bei Strehler in Mailand gespielt wurde und von dem in der Stadt in allen Gesprächen die Rede war, das sie aber noch nicht gesehen hatte, »verübeln Sie es mir nicht«, *Die Faulheit des Todes*. Sie fragte nach dem Grund für diesen Titel. Er erzählte ihr vom Selbstmord der Lafargues. Sie hatte zu verstehen gemeint, daß er ein Freund des Malers sei, jenes Stermaria, dessen Bilder sie beeindruckt hatten. Dabei glaubte ich, gegen die heutige Malerei abgestumpft zu sein, sagte sie. Er erzählte ihr von Nizza, 1942, von seiner Begegnung mit Antoine. Der roten Landschaft. Dem kargen Mittagessen im Atelier: Brot, Käse, Oliven. Aber die Unterhaltung war pantagruelisch. Auch von dem Abendessen in einem Schwarzmarktrestaurant, zu dem er Antoine eingeladen hatte, um ihm dafür zu danken, daß er ihm geholfen hatte, wieder mit dem Netz in Kontakt zu kommen, durch die Vermittlung von Daniel. *Jean-Marie-Action* konnte sich diese Großzügigkeit gegenüber Antoine leisten: ohne ihn hätte er, nach den Verhaftungen in Antibes, kostbare Tage verloren. Und das englische U-Boot wäre abgefahren, ohne den Funker absetzen zu können. Aber zweifellos hatte er, alles in allem, Antoine wohl eher wegen der roten Landschaft eingeladen als wegen seiner Hilfe bei der Suche nach Daniel, dem einzigen noch bestehenden Glied einer zerbrochenen Kette. Wegen der Landschaft und wegen des *coup de foudre* der Freundschaft. Der metaphysischen Komplizenschaft zwischen ihnen, seitdem. Metaphysisch? Sie lachte. Sie stellte ihre leeren Gläser auf ein anderes Tablett zurück, das in Schulterhöhe vorbeikam, ersetzte sie durch zwei andere, volle Gläser. Aber Nizza, in welchem Jahr war das? 1942? Er nickte: 1942. In welchem Monat? April, sagte er. An welchem Tag? Am 25., er erinnerte sich sehr gut. Sie war erschüttert, es war genau der Tag ihrer Geburt. Vielleicht bin ich durch euren metaphysischen *coup de foudre* – sagt man so? – gezeugt worden. Eine Geschichte wie bei den olympischen Göttern! Machten sie einander nicht Kinder, die griechischen Götter? Sie mokierte sich. Aber er nahm

ihre Hand. Lassen Sie Antoine aus dem Spiel, hatte er gesagt, ich bin es, mit dem Sie schlafen werden. Nun ja, das ist so eine Redensart! Sie hatte gesagt: ich hoffe, es ist eine Redensart, ich hoffe es. Sie hatte gesagt: außerdem bin ich nicht müde. Sie hatte gesagt: gehen wir. Falls Ihre metaphysische Komplizenschaft mit dem Künstler es Ihnen nicht verbietet!
Er hatte die Achseln gezuckt. Sie waren gegangen.
Titina Laselli erwartete sie an der Tür der Galerie. Sie hatte ihnen alles Gute gewünscht. Es stand vom ersten Augenblick an, seit ich euch gesehen habe, geschrieben, daß ihr zusammen weggehen würdet, sagte sie. Wurde dann nachdenklich. Habt ihr keine Angst vor dem Inzest? Franca machte große Augen, sprachlos. Sie sah Juan an, der auch nicht wußte, worauf Titina anspielte. Ihr seid identisch, sagte diese. Das gleiche Blut, die gleiche Rasse, das gleiche Schicksal. Ihr seid wie Zwillinge, ich sehe es. Bruder und Schwester, das kann weh tun!
Ein sehr alter älterer Bruder in diesem Fall, sagte Juan lachend. Zwillinge mit zwanzig Jahren Altersunterschied, das ändert alles!
Sie gingen in die Nacht hinaus. Schweigsam plötzlich, doch verbunden durch ihre ineinanderliegenden Hände, in Erwartung des Glücks. Oder des Unglücks: das eine oder andere so nahe.

Er machte noch ein paar Schritte.
Die Sopranstimme hob sich, senkte sich, prallte am Echo ihrer eigenen Schnörkel ab. *Una paloma blanca / como la nieve* ... Aber es war nicht mehr nur Franca, seine Geschichte mit ihr (»Was ist eine Geschichte, deiner Meinung nach?« hatte Franca eines Tages gefragt. »Eine Geschichte eben«, antwortete er, »Spuren, Narben, Erinnerungen, Gesten, Schlüsselwörter, wildes Lachen, Zärtlichkeit, Gewalt, ein Ritual, vielleicht auch Routine! Eine Geschichte, Gegen-

wart, die dauert, die nicht aufhört, sich Erinnerungen zu schaffen, Pläne zu schmieden«), es war weit mehr, was dieses Lied beschwor: die Kindheit, ferne Wurzeln in der verlorenen Heimat der Sprache; ein Frauengesicht, noch jung, aber mütterlich: junge Tote.
Er hatte keine Lust, im Salon auf Francas Ankunft zu warten, die zweifellos kurz bevorstand. Er zog es vor, in Antoines Atelier hinaufzugehen. Er durchmaß das Zimmer im Licht des Frühlingsnachmittags.

2.

Me ha picado en el pecho,
cómo me duele!

Drei Jahre zuvor, in Meran, hatte er die Sprache sofort wiedererkannt: noch bevor er die Wörter verstand. Er erkannte den dichten und schneidenden, strengen Klang des Kastilischen, trotz den Koloraturen, den Trillern, den Schnörkeln einer spitzfindigen musikalischen Schrift. Dann – endlich – fand er, unter dieser verzweigten Ornamentik Mitteleuropas, die Wörter wieder. Sie brachen aus der harmonischen Schlacke hervor: rein, unwandelbar. Wörter, die Frauen seiner Heimat in schlichter Form sangen, damals.
Er sah sich um, suchte nach der Quelle der Musik.
Der Salon des Hotels war geräumig, luxuriös, duftete nach dem Bohnerwachs und Mahagoniholz von damals.
Im Reisebüro an der Place Saint-Sulpice vor einigen Wochen hatte er sich zuerst nach dem *Bayerischen Hof* erkundigt. Gab es noch einen *Bayerischen Hof* in Meran? Die junge Frau sah in einem Ordner nach. Sie schüttelte den Kopf. Sind Sie in Meran schon einmal in diesem Hotel abgestiegen? fragte die junge Frau im Reisebüro. Nein, nicht ich, antwortete er. Jemand, den ich kenne. Es war im Oktober 1933. Die junge Frau hatte den Kopf gehoben. Lebhaft. Ein wenig verdutzt. Oktober 1933? Das ist ja Vorgeschichte!

rief sie lachend. Er hatte es zugegeben. Er hatte sie angesehen und sich gefragt, ob er ihr von Nikolai Nikolajewitsch Krestinski erzählen sollte. Denn Krestinski behauptete, am 10. Oktober 1933 im *Bayerischen Hof* Trotzki getroffen zu haben. Er hatte für diese ebenso geheime wie imaginäre Unterhaltung ein Hotel gewählt, das er schon kannte. Acht Jahre vorher habe er schon einmal dort gewohnt, hatte Nikolajewitsch im Prozeß erklärt.
Aber im Oktober 1979, als Larrea plante, sich nach Meran zu begeben, um dort an seinem Stück, *Das Tribunal im Askanischen Hof,* zu arbeiten, gab es keinen *Bayerischen Hof* mehr. Entweder ist das Hotel zerstört worden, sagte die junge Frau des Reisebüros, oder es hat den Namen gewechselt.
Die Schlußfolgerung schien in der Tat vernünftig.
Er war verstimmt.
Die Vorstellung, im selben Hotel zu wohnen wie Krestinski hatte ihn gereizt. Nun gut, er würde sich damit abfinden. Daraufhin hatte er den ältesten Palast von Meran ausgesucht, da es keinen *Bayerischen Hof* mehr gab. Nicht nur aus Vorliebe für altmodischen Prunk: weite Räume, gedämpftes Schweigen, Erinnerungen, die man zum Klingen bringen kann wie Kristall. Er fand auch die Idee beruhigend, daß das Hotel schon seit den zwanziger Jahren existierte. Sich vorstellen zu können, wie Franz Kafka in einem der Salons saß, hinter irgendeiner Grünpflanze, und die vorbeigehenden jungen Frauen betrachtete. Er, Kafka, hatte immer die vorbeigehenden jungen Frauen betrachtet, das ist bekannt. Die Personen dieses Geschlechts, allgemeiner gesagt, gleich welchen Alters: von den kleinen Mädchen bis zu den reifen Frauen. Dann beschrieb er sie minutiös in seinen Tagebüchern: ihren Gang, ihre Frisur, ihre Kleidung, die Körnung ihrer Haut, ihre Brust, die Kurve ihrer Lenden.
Er blickte sich um.
Keine Frau ging vorbei. Es war wohl nicht die Zeit für weibliche Promenaden in Meran.

Und dennoch. Plötzlich war Franca bei ihm.
– Hörst du, was ich höre? sagte sie.
Gewiß, er hörte es.
– Hast du diese Musik bestellt?
Er zuckte die Achseln. Er kenne sich mit dieser Musik nicht aus, sagte er. Er wisse nicht einmal, daß ein Musiker vom Ende des 18. Jahrhunderts – welcher übrigens? nach Bach und Mozart jedenfalls; aber nein, sagte Franca, es kann nur Beethoven sein, hör gut hin! – dieses spanische Volkslied bearbeitet hatte, das er ihr vor so vielen Jahren in Rom aufgesagt hatte.
– Wie viele Jahre, Juan?
Sie hatte sich neben ihn gesetzt.
Aber er zählte nicht die Jahre. Er zählte die Schatten ihres Blicks, die winzigen Falten ihres Lächelns: die Narben des Gedächtnisses.
– Du bist eine Frau geworden, sagte er dumpf. Ohne mich.
Sie zuckte zusammen.
– Du hattest mich doch verlassen, murmelte sie.
Hatte er sie verlassen? Ließ sich ihre Geschichte so zusammenfassen?
In Rom hatte er am Tag nach ihrer Begegnung mit Laurence telefoniert. Ich komme nicht gleich zurück, hatte er ihr gesagt. Ich bleibe noch ein paar Tage in Italien. Mit Antoine? fragte Laurence. Nein, nicht mit Antoine. Er hatte die Galerie der Bucca di Ripetta am Vorabend verlassen, ohne sich von ihm zu verabschieden. Laurence hatte sich über den Sinn seines Schweigens nicht getäuscht. Willst du es mir nicht sagen? hatte sie gesagt. Sagst du es mir später? sagte sie noch. Kommst du zurück? murmelte sie schließlich.
Er hatte eingehängt, die Augen geschlossen, eine Anstrengung gemacht, um das Bild von Laurence zu verscheuchen.
Er hatte Franca nach Capri mitgenommen. Freunde hatten

ihm ein Haus geliehen, Via del Tuoro. Am dritten Tag erhielt er ein Telegramm, nachgeschickt von Titina Lasellis Galerie. Es dunkelte. Er war auf die Terrasse des Hauses gegangen, die über die Ruhe der Karthause hinausragte. Die Luft war von durchsichtigem Blau. Franca war ihm gefolgt. Ich muß fort, hatte er gesagt. Wann? Gleich. Er hatte sie nicht angesehen. Er hatte ihren Körper gespürt, ganz nah, der plötzlich gegen die Balustrade sank. Es ist ein Unfall passiert, hatte er gemurmelt. Wem? Er hatte nicht erklärt, wem dieser Unfall passiert war. Freilich hatte er nicht von Laurence gesprochen, niemals. Drei Tage lang hatte er gesehen, wie der Schatten des Abends Francas Körper bedeckte; wie das Licht des Morgens ihn enthüllte. Aber er hatte nicht von Laurence gesprochen. Einmal hatte Franca seine linke Hand in die ihren genommen, hatte den Ehering an seinem Finger gedreht. Aber sie hatte keine Frage gestellt.
Am selben Abend hatten sie das Schiff genommen.
Am nächsten Tag, bevor sie nach Mailand zurückfuhr, war sie, allein gelassen, noch einmal in die Galerie bei der Bucca di Ripetta gegangen. Sie wollte das Bild wiedersehen, das Antoine de Stermaria 1942 in Nizza gemalt hatte. Die rote Landschaft, die Juan am Tag ihrer Geburt, im April, entdeckt hatte.
Plötzlich stand Antoine neben ihr. Zwei Monate später heirateten sie.

Grete Bloch würde sprechen, mit dem Ungestüm der Verzweiflung wahrscheinlich. Franz Kafka würde nichts sagen, er würde sehr gerade auf seinem Stuhl sitzen. Er würde keuchend atmen, mit halboffenem Mund. Es wäre heiß, es wäre Juli. Bald würde ein großer Krieg ausbrechen.
Aber für Nikolai Nikolajewitsch Krestinski war kein Platz in *Das Tribunal im Askanischen Hof*.
Lange hatte er versucht, Krestinski in sein Stück einzuführen. Jetzt wußte er, daß es unmöglich war.

Er lauschte diesem spanischen Lied, das Beethoven bearbeitet hatte (ja, Franca hatte recht!). Er fragte sich, ob auch Krestinski die jungen Frauen betrachtet hatte in Meran, im Oktober 1933. Franca hatte soeben daran erinnert, daß er sie damals verlassen hatte. Aber es wäre willkürlich, Krestinski in das Stück einzuführen. Zweifellos war er im selben Jahr geboren wie Kafka. Zweifellos konnte man sich vorstellen, daß er Texte Kafkas kannte. Nikolai Nikolajewitsch hatte nämlich in Berlin gelebt, in den zwanziger Jahren, als er diplomatische Posten der sowjetischen Regierung bekleidete. Er war einer der besten Experten für deutsche Fragen beim Volkskommissariat des Außenministeriums. Er konnte von der Existenz des Schriftstellers Franz Kafka Kenntnis gehabt haben, es war nicht unwahrscheinlich. Er hätte den *Prozeß* lesen können, warum nicht? Im Oktober 1933, als er in Meran ankam, im *Bayerischen Hof,* um sich dort ein wenig zu erholen, hatten die Nazibehörden, in Deutschland, die Werke Kafkas gerade auf den Index gesetzt.
Nikolai Nikolajewitsch hätte die Augen von seiner Zeitung gehoben, im Lesesaal des *Bayerischen Hofs*. Kafka auf dem Index? Er hätte sich an einen Roman dieses Schriftstellers erinnert, den er einige Zeit vorher gelesen hatte, *Der Prozeß*. Er würde sich vier Jahre später erneut daran erinnern, im März 1938, als er in Moskau auf Wyschinskis Fragen antwortete.
Aber das ist ein anderes Thema.
Krestinskis Auftreten in *Das Tribunal im Askanischen Hof* würde entweder willkürlich wirken oder rechtfertigende Szenen erfordern. Eine komplexe Architektur. Während das Stück ganz einfach und fest, denkt er, mit erbarmungsloser Strenge um den Julitag des Jahres 1914 gegliedert ist, den Tag in Berlin, an dem Kafka seine Verlobung mit Felice Bauer löste. Alles muß im Dekor des Hotels spielen. Die einzigen Ausnahmen von dieser Wahrung der Einheit des Orts, diesem frei gewählten Zwang, können nur die Auftritte von Grillparzer, Flaubert und Dostojewski sein, wenn

ersterer den Selbstmord Kleists, sein Schicksal beschwört. Und die Eskapaden im Tiergarten, die trüben Dialoge im Trübsinn der Spaziergänge von Franz und Felice.
Meran, das ist ein anderes Thema.
Ein Roman, zweifellos. Aber er hat noch nie einen Roman geschrieben. Vielleicht weil das Romanschreiben eine andere Einbeziehung seiner selbst in die Erarbeitung des Texts verlangt, eine andere Art, sich zu demaskieren.
Doch plötzlich spitzt er neugierig die Ohren.
Beethovens Musik fährt mit einem anderen spanischen Lied fort, und dieses ist für zwei Stimmen bearbeitet.
Er lauscht, er reißt die kastilischen Wörter aus den Schnörkeln und Verzerrungen einer überladenen musikalischen Schrift; er entziffert ihren Sinn.

Como la mariposa soy
que por verte
en la luz de tus ojos
busco mi muerte...

Er lacht abrupt.
– Wahrhaftig, sagt er. Es gibt immer ein spanisches Lied, das die Wahrheit des Augenblicks ausdrückt!
Sie wartet, ihm zugewandt.
Er übersetzt ihr mit leiser Stimme: *Wie der Falter bin ich; um dich zu sehen, suche ich im Licht deiner Augen den Schatten meines Todes...*
Sie lacht, glücklich und traurig.
– Wie schön, wie falsch!
Er sieht sie an.
– Was weißt du über meinen Tod? murmelt er.
Plötzlich gefriert sein Blut, eine Art Schwindel ergreift ihn.
Er hat den Eindruck, in zwei Teile gespalten zu sein, getrennt von sich selbst durch eine kristalline Wand, glänzend wie ein Säbelhieb.
Ein Teil seiner selbst befindet sich im Salon eines Hotels in Meran und hört Musik. Falls es nicht umgekehrt ist: daß der

ganze Salon mit seinen Mahagonimöbeln, seinen Teppichen, seinem Kupfergeschirr, seinen Grünpflanzen, dem Klirren von Silberlöffeln in den Teetassen; mit seinen österreichischen und englischen alten Damen, und Franca, die nicht alt ist, trotz all den vergangenen Jahren, die auch keine Österreicherin oder Engländerin ist; mit dieser Musik von Beethoven zu volkstümlichen spanischen Worten, die den Raum einnimmt, ihn durchtränkt, abprallt vom Kristall der Lüster, dem Kupfer der Blumentöpfe; falls also nicht der Salon mit allem, was er enthält: Gedächtnis, Musik, Seelen, Zauber, mehrere Phantome, ganz und gar eingeschlossen ist in den Teil seiner selbst, der, hellsichtig, aber radikal der Hoffnung beraubt, beschlossen hat, im Oktober 1979 nach Meran zu fahren, um sich an die Endfassung eines Theaterstücks zu machen, um auch, allzu kurz, nach so vielen Jahren der Abwesenheit voneinander, Franca Castellani wiederzusehen.
Wer befindet sich worin, oder umgekehrt?
Eine um so schwieriger zu lösende, sogar zu stellende, vor allem sich selbst zu stellende Frage, als es, gleichzeitig, jenen anderen Teil von ihm gibt, der nicht in Meran ist, der nicht Ludwig van Beethovens Bearbeitung zweier kastilischer Volkslieder hört, sondern eine andere Musik, ebenfalls aus zwei Lautsprechern, aber an einem ganz anderen Ort.
Er bemüht sich, im Geist die durchsichtige, aber offenkundige hermetische Wand zu zerbrechen, die ihn in zwei Hemisphären teilt; die beiden Teile seiner selbst zur Deckung zu bringen, dafür zu sorgen, daß sie verschmelzen und, wenn möglich, eingeschmolzen werden in die Gegenwart von Meran mit Franca, in dieses provisorische, zerbrechliche, zur kurzen Frist verurteilte, das jauchzende Glück. Aber zweifellos wäre er bereit – er weiß es, auch wenn er der Klarheit dieser, wahrscheinlich verletzenden, Gewißheit ausweicht –, bereit, seine Einheit in einer unheilvollen Vergangenheit wiederzufinden, die zu vergessen er sich lange Zeit bemühte: er selber zu sein, und sei es um den Preis der

Rückkehr zu einem Sonntagnachmittag in Buchenwald, mit den Lautsprechern, aus denen Lieder von Zarah Leander tönen.
Er streckt die Hand aus, streichelt die Hüfte von Franca, die neben ihm sitzt, auf dem Sofa eines Salons in Meran.
– Was weißt du über meinen Tod? wiederholt er, mit kaum hörbarer Stimme.

Vorhin, an der Mautstation von Mantes, als er die gleiche Art Übelkeit verspürte, hatte er sich zurückgehalten, Nadine etwas zu erzählen. In Meran, vor drei Jahren, hatte er geredet. Stundenlang hatte Franca ihm zugehört. Er hatte seinen Tod mit ihr geteilt.
Aber sie werden gleich kommen, alle beide. Jeden Moment können sie sich im Salon begegnen, in dem die Sopranstimme die weiße Wunde der schönen Liebe singt.
Er geht.

3.

Sie dachte, daß es eine ziemlich blöde Idee gewesen wäre, Blumen mitzubringen. Überall standen welche. Auf allen niedrigen Tischen: raffinierte Buketts, in scheinbarer Rustikalität, sorgfältig zusammengestellt zweifellos.
Nadine machte ein paar Schritte, Juan war nicht mehr da.
Eine Schallplatte drehte sich auf der Scheibe des Plattenspielers. Die Musik interessierte sie nicht: eine Frauenstimme schrie sich heiser, in komplizierten melodischen Arabesken, wie ihr schien. In einer Sprache, die ihr überdies fremd war. Dagegen wurde ihr Blick von einer Postkarte angezogen, die auf einem Möbel herumlag. Das einzige Zeichen von Unordnung, winzig, sogar belanglos, in einem peinlich aufgeräumten Zimmer.
Ja, es zog sie an, dieses kleine Detail, das die Spur einer menschlichen Gegenwart verriet: Vergessen, Nachlässigkeit

oder sonst etwas Unverhofftes in dieser Welt anmaßender, zumindest ungewöhnlicher Perfektion.
Es war eine Reproduktion der *Überfahrt über den Styx* von Patinir. Das brachte sie zum Lachen. Sie drehte die Karte um, erkannte Juans Handschrift, natürlich. Er hatte sie in der Bar des *Ritz* geschrieben, in Madrid, an einem Abend vor ein paar Wochen. Sie erinnerte sich sehr gut daran. Als er ihr zum erstenmal von seiner Freundschaft mit Antoine de Stermaria erzählt hatte.
Sie spürte eine Anwesenheit hinter sich.
– Mögen Sie Patinir?
Die Stimme war glatt und tief, von den Modulationen eines besonderen Akzents durchzogen. Es war übrigens nicht einmal das, was man einen Akzent nennt: ein bloßes Irisieren mancher Silben, eine melodiöse Dehnung der kurzen Vokale.
Sie drehte sich um, sah Franca an.
Ihre Kehle schnürte sich in einem plötzlichen Anflug von Eifersucht zusammen. Oder von Unruhe vielleicht? Ja, vielmehr das. Soviel Natürlichkeit im weiblichen Glanz! Wie dem auch sei – sie wäre jedenfalls außerstande gewesen, das momentane, aber scharfe Gefühl zu analysieren, das sie ergriffen hatte –, sie wünschte, ebenso schön zu sein wie diese Frau, wenn sie selber das noch ferne Alter von vierzig Jahren erreichen würde.
Der Gedanke an Francas Alter tröstete sie einen kurzen Augenblick.
– Guten Tag! sagte sie.
Sie bewegte sich mit der provozierenden Lässigkeit, die die Jugend ihres Körpers ihr verlieh. Die sinkende Nachmittagssonne wogte um sie her, wie ein Schleier aus Altgoldfäden.
– Es war Juan, fügte sie hinzu, der mich Joachim Patinir entdecken ließ. Vor drei Wochen, im Prado.
Nichts Schlimmeres konnte Franca passieren.
Warum habe ich nicht daran gedacht? sagte sie sich. Ich habe diese Karte für eine Botschaft gehalten: ein Zeichen:

eine Erinnerung. *Fixes Blau, irres Blau, unverwüstlich; ganz das unsere*. Aber er hat diese kleine Gans – schön ist sie ja, das Luder, vielmehr frisch: flüchtige Schönheit – auf die Spur unserer Schritte geführt, von den schwarzen Bildern Goyas bis zu den Patinirs. Hat er ihr von *Judith* erzählt, wie mir? Der Prado, seine Kindheit: ich würde es nicht verzeihen.

Doch sie lächelte gefaßt.

Sie nickte sogar, als wäre sie über diese Eskapade genau im Bilde.

– Ich weiß, sagte sie. Sind Sie im *Ritz* schließlich untergekommen?

Nadine nahm diese Versicherung für bare Münze. Sie trat vor, um Franca die Hand zu geben.

– Ja, schließlich, sagte sie.

Franca hatte natürlich auf gut Glück geredet. Sie schien ins Schwarze getroffen zu haben. Sie zog einen Schluß daraus: die Reise war improvisiert gewesen. Wenn man unangemeldet kommt, machen sie viel Sums, ehe sie einem ein Zimmer geben im *Ritz* in Madrid, die befrackten Herren an der Rezeption. Und was brachte sie ihr, diese prächtige Schlußfolgerung?

Franca hatte Nadine die Postkarte der *Überfahrt über den Styx* aus der Hand genommen. Es stimmte, die Reproduktion war mittelmäßig, Antoine hatte recht.

Ihr war plötzlich zum Weinen zumute. Die Vorstellung, daß die paar Tage in Madrid, letztes Jahr, mit Juan, nicht einzigartig waren, daß er zweifellos die gleichen Gesten wiederholt hatte – im Museum, im Bett, im Park seiner Kindheit –, ähnliche Worte gesagt hatte, zermalmte ihre Brust.

Aber sie fing sich wieder, wie gewöhnlich.

Sie lächelte Nadine zu.

– Ich kenne nur Ihren Vornamen, sagte sie, Nadine?

Nadine nickte.

– Feierabend, fügte sie hinzu.

Franca betrachtete sie mit ihrem neutralsten Blick.
– Sie dürfen mir nicht böse sein, wenn ich mich gelegentlich irre, sagte sie mit sanfter Stimme. Ich komme nicht sehr gut zurecht mit den deutschen Namen.
Nadine lachte fröhlich.
– Er ist jüdisch, nicht deutsch!
– Das läuft oft auf das gleiche hinaus, sagte Franca.
Nadine war vergnügt, sie liebte Balgereien.
– In meinem Fall ist er eher polnisch, sagte sie. Zu Beginn unserer Abwanderung zumindest. Und wir haben nicht aufgehört, abzuwandern.
Plötzlich schien Franca sich an etwas zu erinnern.
– Ist Karel Kepela Pole?
Nadine sah sie an, mit offenem Mund.
– Karel? Nein, nicht Pole, Tscheche. Warum?
– Er hat Sie angerufen, aus Zürich, zur Zeit des Mittagessens.
Sie lacht, wieder ganz beherrscht.
– Zur Mittagessenszeit in Zürich, meine ich! Nicht zu der des *Ritz* in Madrid. Geht es am Grill immer noch so steif zu?
Sie hatte zuviel gesagt, biß sich deswegen auf die Lippen. Aber Nadine schien nichts bemerkt zu haben.
– Aus Zürich? Mich? Das ist verrückt!
Franca ahnte, daß sie einen Vorteil herausschlagen könne. Sie insistierte. Ohne daß sie im übrigen die Wahrheit der Fakten allzu sehr entstellen mußte.
– Tatsächlich, es kam mir verrückt vor, sagte sie lächelnd. Er wirkte – die Stimme vielmehr, nicht wahr? Aber sie ist schön, bezaubernd, diese Stimme, ausdrucksvoll – ein wenig außer sich. Er war schon auf dem Flughafen. Er wollte unbedingt mit Ihnen sprechen.
Nadine schüttelte den Kopf.
– Mit Juan wahrscheinlich. Sie arbeiten zusammen.
– Das hat er mir auch gesagt: *Der weiße Berg*. Er hat mir alles gesagt: er wisse, daß Sie zwei oder drei Tage hier

verbringen würden. Daß seine Reise nach Zürich ein Desaster war. Daß er Sie sehen müsse.
Nachdenklich sah sie Nadine an.
– Ich glaube wirklich, daß er von Ihnen sprach. Nur von Ihnen. Nicht von Ihnen beiden, Juan und Ihnen. Aber ich kann mich irren. Es war ein eher zerfahrenes Gespräch.
Sie nahm Nadine am Arm.
– Holen wir Ihr Gepäck. Ich zeige Ihnen Ihr Zimmer.
Sie gingen gleichen Schritts zur Fenstertür.
– Jedenfalls werden wir bald Bescheid wissen über Kepela. Er trifft mit dem Zug um 18 Uhr 20 ein, sagte Franca.
Nadine blieb abrupt stehen.
– Aber ja, sagte Franca. Seine Stimme war wirklich, wie soll ich sagen, voller Bekümmernis... Ich habe ihn eingeladen, zu uns zu kommen. Sein Flugzeug ist am Nachmittag in Orly gelandet. Er hatte genügend Zeit.
Nadine drehte sich zu dem großen leeren Raum um.
– Wo ist Juan?
Franca lachte.
– Er ist doch bei Antoine, im Atelier! Wissen Sie nicht, daß zwischen ihnen eine metaphysische Komplizenschaft besteht?
Ironisch betonte sie das Wort »metaphysisch«.
– In Wirklichkeit, meine Liebe, sind die hier das einzige wahre Paar!
Sie ging weiter. Nadine haßte es, wenn man sie »meine Liebe« nannte.

KAPITEL VI

Der Fuchs und der Igel

1.

– Erinnerst du dich an die Verse von Archilochos? fragt Juan.
Er hat sich soeben von dem auf der Staffelei stehenden Bild gelöst. Er wendet sich Antoine de Stermaria zu.
Der hebt die Augen. Ein kurzes, ironisches Lächeln erhellt sein Gesicht. Zweifelnd schüttelt er den Kopf.

Bis jetzt hatte Antoine ihn das *Helle Seestück* betrachten lassen, das Bild, das er in der letzten Nacht fertig gemalt hatte. Er hatte sich gefragt, als er es Juan zeigte, ob er es für Francas Geburtstag gemalt habe, wie er vorgab, vielleicht sogar glaubte, oder aber vielmehr, um im Auge seines Freundes jenen Funken des Jubels aufleuchten zu sehen – den gleichen Jubel wie vor vierzig Jahren –, jene geistige Freude der Entdeckung. Des Wiedererkennens.
Er hatte festgestellt, daß Juans Blick tatsächlich aufleuchtete, als er die Blautöne des *Hellen Seestücks* streifte. Ein Gefühl des Triumphs, flüchtig, aber nicht nichtig, loderte in Antoine auf, verbrannte ihm die Seele, erlosch augenblicklich.
Er entfernte sich und überließ Juan seiner Betrachtung.
Dann hatte ein langes Schweigen geherrscht.
Aber es war ein leichtes Schweigen, ohne das drückende Gewicht eines bedrückten, verwirrten, verlegenen, bleiernen Schweigens voller Verachtung, Unverständnis, eines mit dem Messer zu schneidenden, tödlichen Schweigens. Des geteilten Ernsts dieses Augenblicks enthoben.
Aber das Schweigen, auch wenn es leicht ist, stellt ein erzählerisches Problem. Denn es gibt kein typographisches

Zeichen, um dem Leser ein Schweigen nahezulegen, ihn auf dessen Topographie hinzuweisen; um ihm seine Dauer, seine Qualität, seine Tiefe, seinen Sinn, seine Dichte, sein musikalisches Rauschen anzudeuten.

Man müßte eines erfinden, denkt Juan. Einmal hatte er mit Kepela darüber gesprochen.

Es ging um einen anderen Tschechen, auch einen anderen Karel: Karel Čapek. Eines Tages, als sie über die *Gespräche mit Masaryk* von Čapek sprachen.

Mehr als zweihundert engbeschriebene Seiten lang ist dieses Buch der sozusagen stenographische Bericht – heute hätte man solche Gespräche auf Tonband aufgenommen – eines Schwalls von Worten des alten Präsidenten: eine scheinbar ununterbrochene Flut, ein Strom von Worten, die Masaryks Leben in der ersten Person nachzeichnen. Eine Flut von Worten für einen Fluß von Tagen. Und Karel Čapek bemerkt am Ende seiner Arbeit der Niederschrift mit einem Hauch Melancholie: »Nun, es war nicht schwer, aus dem Gedächtnis niederzuschreiben, was an vielen solchen Vormittagen gesprochen wurde; aber es fehlt die Stille darin, das Schweigen, aus dem die Worte sich gebaren und das langsame Gespräch sich zusammenspann. Das Schweigen war immer da, es legte sich zwischen die Worte, schloß die Sätze. Viel Schweigen war nötig für das Zustandekommen der *Gespräche*. Nur der Verfasser weiß, wie unvollständig sie sind: am meisten fehlt ihnen die Begleitung des Schweigens.«

Aber in dieser Hinsicht ist jeder Bericht unvollständig; an dieser Begleitung des Schweigens mangelt es allenthalben. Kurz, und das mag auf den ersten Blick paradox erscheinen, ein Bericht ist unvollständig, wenn er zu massiv, zu homogen, wenn er monolithisch ist. Weil ihm die Durchlässigkeit fehlt, der Atem des Schweigens. Die Musik des Schweigens ist dem Bericht nicht immanent. Nur ein sensibler Leser kann es einfügen, aber auch dann muß der Schriftsteller die Möglichkeit dazu suggerieren.

Im Theater, hatte Larrea festgestellt, ist es ganz anders. Der Dramatiker kann das Schweigen in seinen Text hineinschreiben, wenn er bestimmte szenische Bewegungen beschreibt. Der Atem des Schweigens ist gewissermaßen ein Teil des Texts selbst. Was immer es mit der neuerlichen, mißbräuchlichen Verwendung des Worts *Lektüre* durch die Kritiker oder Theoretiker der dramatischen Kunst auf sich haben mag, das Theater ist Horchen. Sogar das Auge muß, im Theater, ein feines Gehör haben, ein richtiges Ohr.

Zweifellos, hatte Kepela gesagt. Doch in den gängigen Klassikerausgaben ist das Schweigen kaum kenntlich. Man zeigt vor allem Bewegungen an: er tritt ein, sie geht ab, dieser spricht zu jenem. Sieh dir *Coriolan* an, in der *New Penguin Shakespeare,* einer hervorragenden Ausgabe. Die Regieanweisungen beziehen sich vor allem auf das Kommen und Gehen: *Enter three Citizens more, Exeunt Citizens, Enter Menenius, with Brutus and Sicinius, Exeunt Coriolanus and Menenius, Enter the Plebeians,* und so weiter. Sobald ein Schweigen von Shakespeare selbst angedeutet wird, gewinnt es daher beachtliches Gewicht. Erinnere dich, im fünften Akt, wenn Volumnia lange zu ihrem Sohn spricht. Am Ende, bevor Coriolan seiner Mutter antwortet, gibt Shakespeare eine Regieanweisung: *Holds her by the hand, silent.* Und Coriolans Schweigen, dieser Augenblick des Schweigens, während dessen er die Hand seiner Mutter Volumnia hält, bevor er ihr antwortet, zerbirst, explodiert: ein Schweigen so laut wie ein riesiges Geschrei! So vielsagend wie die längste Rede.

Larrea erinnerte sich sehr gut.

In den *Amandiers* hatte Kepela diesen entscheidenden Augenblick des fünften Akts in einer Art Getöse inszeniert. Volumnia sprach sehr laut, als sie sich im Ton des Flehens, der Verwünschung, der Angst an ihren Sohn wandte: mehrere Stimmlagen über dem Durchschnitt. Zudem hob sich

Volumnias Diatribe von einem Hintergrundlärm ab: Rumoren des römischen Volks, Kriegsfanfaren, Vivatrufe. Und dann, plötzlich, fiel ein Schweigen, dicht, mit dem Messer zu schneiden, wie eine Masse eisiger Luft auf die Bühne, in dem Augenblick, in dem Coriolan Volumnias Hand ergriff.
Holds her by the hand, silent.
Ein Aspekt der Inszenierungsarbeit, darüber waren sie schnell einig geworden, besteht genau darin, das Schweigen eines dramatischen Texts wiederzuentdecken oder zu erfinden. Für den Regisseur ist das Schweigen ebenso real, hat das Schweigen ebensoviel Gewicht wie die Worte. Man könnte sogar die Entwicklung der Regeln und Moden der Inszenierung je nach dem Platz analysieren – ein Platz, der die Tendenz hat, sich auszuweiten, zuweilen krebsartig zu wuchern –, den man dem Schweigen einräumt. Ein großer Teil des zeitgenössischen Theaters ist ein Theater des Schweigens: des Nichtgesagten zwischen dem Gesagten, dem Wiedergesagten und dem Untersagten.
Wie dem beim Theater auch sei, hatte Larrea zum Schluß gesagt, für die Literatur könnte man dahin übereinkommen – jedes typographische oder andere Zeichen ist das Produkt einer selbst wiederum bezeichnenden Übereinkunft –, daß ein stilisierter kleiner Vogel auf einem Zweig, zwischen zwei Absätzen (oder, warum nicht, mitten im Text), den Leser darauf hinwiese, ein gewisses Schweigen zu beachten. Die Farbe besagten Vogels – grün, rot, bunt, je nachdem – würde die ungefähre Dauer des zu beachtenden Schweigens festlegen. Man müßte auch seine Qualität, seinen Stil andeuten: kurz, die Gebrauchsanweisung liefern, durch irgendein anderes geeignetes Mittel.
Wer die vorgeschriebene Dauer des Schweigens genau einhielte, sie jedoch damit zubrächte, etwa eine Sportsendung im Fernsehen anzuschauen, befände sich, wieder zur Lektüre zurückgekehrt, nicht in derselben Geistesverfassung wie jemand, der sie, beispielsweise, dazu genutzt hätte, *Wanderers Nachtlied* von Schubert zu hören.

Aber Juan Larrea hat diesmal nicht Schubert gehört, er hat ein Bild betrachtet, das Antoine gerade gemalt hat, *Helles Seestück*.

Jetzt löst er sich von ihm.

– Archilochos? hat Antoine soeben gesagt. Ich erinnere mich an das Fragment, in dem er vom Liebesverlangen spricht: *Thoios gar philothetos eros*... »Solch Verlangen nach Liebe hat plötzlich sich mir ins Herz geschlichen, in großes Dunkel hüllt es meine Augen!«

Juan schüttelt den Kopf.

Er sieht Antoine an, der hinten im Atelier sitzt, auf einem niedrigen Schemel, Farben mischend. Er sieht das scharf geschnittene Gesicht mit den hohen, vorspringenden Bakkenknochen – bretonischer Herkunft, vermischt mit baltischem Blut –, die große Adlernase, die dichten, noch sehr braunen Haare, mit wenigen grauen Fäden. Er sieht Antoines Augen, jetzt, da Antoine die Augen zu ihm gehoben hat. Er sieht Antoines Lächeln, jetzt, da Antoine ihm zulächelt.

Antoine streckt seinen großen knochigen, in verwaschenes Blau gekleideten Körper. Er bewegt sich geräuschlos auf Sandalen.

– Nein, sagt Juan. Der Jambus vom Fuchs und vom Igel.

Antoine lacht fröhlich.

– Worauf bist du jetzt wieder aus!

– »Der Fuchs kann vieles, der Igel eines nur, doch ist es etwas Großes«, sagt Juan.

Sie sehen einander an, sie lachen gemeinsam.

– Igel also, sagt Antoine. Ich kann nur eines.

Er ist zu Juan vor das Seestück getreten, das sich in der Freigebigkeit seiner Blautöne zeigt.

– Genau, sagt Juan. Etwas Großes.

Vor vierzig Jahren hatte er ein geräumiges, kahles, gekalktes karges Zimmer betreten. Ein Holztisch, ein Eisenbett. Ein paar zur Wand gedrehte Bilder. Und in der Mitte des Zimmers, in der grausamen Pracht ihrer Rottöne, die Landschaft.

Ein riesiger Himmel, scharlach – wie das Tuch, das den Stier blendet, ihn ins Labyrinth seines eigenen Bluts lockend, in die nahe Einschließung seines Todes –, über einer rußbraunen Ebene, durch die sich die vertikale, scharfe Wunde eines Kanals zieht, an dessen Ende, dicht am roten Himmel, in den diese Schlagader – vom Hornstoß des Schicksals geöffnet? – sich verströmt, sich wie Flügel die beiden Arme einer Hubbrücke dem Morgen entgegenstrecken (aber keine Morgenröte ist wahrscheinlich: man ist im Gehege eines unerbittlichen, von siedendem Blut durchsonnten Himmels ohne wirkliches Licht), die in eine flache Landschaft die Monolithen irgendeines dunklen Flehens setzen.

Juan war von diesem reglosen Wirbel aufgesogen worden: fasziniert.

Später hatte er eine Inschrift bemerkt, die Antoine de Stermaria in den Kalk einer der Wände geritzt hatte, ein blaues Kalligramm.

Juan war nähergetreten, um den Text zu lesen, damals.

Das Ende aller Weisheit ist, hoch genug zu träumen, daß man auf der Suche danach den Traum nicht verliert.

Unter diese Zeilen hatte Antoine den Namen des Autors geschrieben, William Faulkner, und den des Romans, *Sartoris*.

Vierzig Jahre später stehen sie von neuem – immer noch – gemeinsam vor einem neuen Bild. Das heute blau ist, vom gleichen dünnen und dichten, unendlichen Blau wie das einstige Kalligramm.

– Auf jeden Fall, sagt Juan, jagst du noch immer demselben Traum nach. Oder er jagt dir nach? Ein einziger Traum, aber er ist groß!

Antoine nickt.

– Zweimal zwanzig Jahre, sagt er, das heißt doppelt so viele Jahre, wie wir damals alt waren! Zweimal zwanzig Jahre sind vergangen, und ich stehe noch immer am selben Punkt. Du sprichst von Archilochos, ich werde von Heraklit sprechen. Ein Glück, daß wir allein sind, daß niemand uns hört, uns beschimpfen, uns Pedanten, gefühllose Prinzipienreiter

nennen kann! Wie viele Kinder verhungern in der Welt, während ich dir von Heraklit erzähle?
Juan sieht ihn an.
– Tausende, sagt er. Aber du könntest mir auch von Marx, Fanon oder Sandino erzählen, es würden genauso viele sterben! Komm, erzähl mir von Heraklit!
Antoine nickt.
– Mein Leben ist kein Fluß, in den man nicht zweimal steigen könnte: es ist immer derselbe Fluß, in dem ich mich ertränke. Derselbe Traum, in dem ich mich verliere. Gewiß, die Malerei ist ein Traum, der hoch genug ist, daß ich mich in ihm verliere, ohne ihn aus den Augen zu verlieren! Aber ich habe den sonderbaren Eindruck, nichts zu werden. Zu sein, ganz einfach. Ich wage nicht zu sagen derselbe, das ist eine anmaßende Behauptung. Zumindest eine abenteuerliche. Derselbe zu sein und der andere meiner selbst, unteilbar. Unsichtbar. Wie immer, seit dem Erwachen meines Blicks auf die Welt und mich selbst. Und oft ist es fürchterlich! Nicht die Angst vor dem Nichts peinigt mich, sondern die Angst vor dem Sein. Der tägliche Schrecken zu sein. Nicht die Leere, sondern die Fülle: das ist es, was mich ängstigt. Die Heiterkeit des Lebens quält mich, nicht seine Qualen!
Er macht eine Handbewegung, er wendet sich Juan zu.
– Du erinnerst dich also noch an Faulkners Satz, den ich im Atelier in Nizza an die Wand gekritzelt hatte?
Juan erinnerte sich an alles, ja.
An Nizza, an ein Haus am Ende der Promenade des Anglais – kurz bevor man in die kleine Straße einbog, die zu Antoine führte –, auf dessen Fassade eine Tafel daran erinnerte, daß Anton Tschechow hier gewohnt hatte. Juan hatte gedacht, daß es ein gutes Zeichen sei, damals, Tschechow auf seinem Weg zu begegnen, als er versuchte, die Fäden des Netzes *Jean-Marie* neu zu knüpfen.
Er erinnerte sich an *Paludes*, an die rote Landschaft, an Daniel, an *Sartoris*.
Er hatte allen Grund, sich an Faulkners Roman zu erinnern.

2.

Das junge Mädchen hatte ein Buch auf den Nebentisch gelegt, es war *Sartoris*.

Aber nein, ganz und gar nicht.

Die Logik der Erzählung hat soeben heimtückisch ein Subjekt durchgesetzt – in diesem Fall ein inexistentes, zumindest unsichtbares junges Mädchen –, eine Gliederung des Ablaufs, direkte oder adverbiale Bestimmungen. Aber das junge Mädchen war nicht das Subjekt der Handlung gewesen. Mithin auch nicht des Satzes. Es hatte kein junges Mädchen gegeben, strenggenommen. Es hatte nur Sonne gegeben, eine sanfte Dumpfheit, ein winziges Blickfeld. Die dörfliche Stille des Kirchplatzes. Es war auf der Terrasse der *Deux-Magots*, Ende Mai, vielleicht Anfang Juni. Einige Wochen nach der Reise nach Nizza. Er war allein, in der Sonne, er genoß diesen Moment. Diese Momente vielmehr. Eine unterbrochene, aber fließende Folge von Momentaufnahmen. Übrigens war der ganze Vormittag köstlich gewesen. Er hatte ihn ausgekostet. Er hatte die Gerüche von Paris eingesogen, die deliziösen Gerüche des Lebens, der Gefahr.

Der Hammer eines Schmieds oder Wagenbauers, eines Kunsthandwerkers vielleicht, dröhnte irgendwo, in einem nahen Hinterhof. Dann war es Mittag. Plötzlich, als er gerade an Antoine dachte, war ein kleiner Band mit dem roten Titel *Sartoris* und dem Sigel der N.R.F., das wie ein schwarzer Schwan auf der ruhigen weißen Oberfläche des Einbands segelte, in sein Blickfeld geraten.

Es hatte also kein junges Mädchen gegeben. Zumindest nicht auf den ersten Blick. Es hatte den Roman von Faulkner gegeben, ganz allein, sozusagen vom Himmel gefallen. Auf den Nebentisch gefallen, in die provisorische, überdies teilnahmslose Genauigkeit seines Blickfelds eingeschrieben. Das junge Mädchen trat erst danach in Erscheinung. Sie entstand in seinem Blick, als er den Blick hob.

Kurzum, wenn man sich an die Strenge einer wahrhaft

objektiven Beschreibung hält, hatte nicht das junge Mädchen das Buch auf den Nebentisch gelegt, da noch kein menschliches Wesen zu sehen war. Weder ein junges Mädchen noch ein alter Mann: niemand. Es konnte nur der Zufall sein, das Schicksal, das Glück oder das Pech. Gott vielleicht: etwas, oder jemand Blindes jedenfalls, hatte *Sartoris* auf den Nebentisch gelegt.

Der ganze Vormittag war köstlich gewesen.
Um neun Uhr ging er wie verabredet durch die Avenue Niel, gegenüber den *Magasins Réunis*, auf der Seite der ungeraden Hausnummern. Zwischen der 1 und der 7, um ganz genau zu sein.
Er hatte die Strecke nicht zweimal zurücklegen müssen.
Gegenüber der Nummer 5 hatte er Paul gekreuzt, den Architekten, den Chef von *Jean-Marie-Action*. Etwas später war Mercier zu ihnen gestoßen.
Das Gespräch war angenehm gewesen.
Es sah so aus, als sei man in London zufrieden mit den ersten Ergebnissen des Netzes. Buckmaster würde die Aktionsmöglichkeiten ausweiten. Man plante den Aufbau einer ständigen, regional verankerten Struktur, die sich nicht mehr nur um Informationen und selektive Sabotageakte kümmern würde. Mercier und er waren ausgewählt worden, um zu gegebener Zeit den Empfang der mit Fallschirmen abgeworfenen Waffen vorzubereiten, ihre Lagerung und Verteilung in den Departements Yonne und Côte-d'Or. Ein Treffen sollte in Joigny stattfinden, zweifellos vor Sommerende, um einen Aktionsplan zu entwerfen.
Während sie sprachen, hatte er sich damit vergnügt, Pauls Eskorte ausfindig zu machen. Wahrscheinlich wurde diesem ein doppelter Schutz zugebilligt. Einer, in der Nähe, in der günstigen Reichweite eines Neun-Millimeter oder eines *Sten*-Maschinengewehrs mit abmontiertem Lauf. Der andere, entferntere, im zweiten Glied.

Aber falls es einen Schutz gab, war er unauffällig. Verdächtig finden konnte er nur – wenn man diese Bezeichnung auf jemanden anwenden will, dessen Aufgabe, ganz im Gegenteil, darin bestand zu beschützen –, einen lässigen jungen Mann, kaum älter als er selbst, von sicherer, aber undefinierbarer Eleganz, der in der Gegend herumlungerte und dessen blaues Auge dem eines Raubvogels glich, mit gierigen Lippen. Er hätte gewettet, daß sich eine Smith and Wesson 11,43 unter den Falten einer abgewetzten, aber vorzüglich gearbeiteten Lederjacke verbarg.
Dann war er mit dem Fahrrad durch Paris gefahren.
Von der Place de l'Etoile aus hatte er sich fast im Leerlauf zur Seine und dem linken Ufer hinabgleiten lassen. Man brauchte nur der Avenue Kléber und der Gestapo des *Majestic* auszuweichen, und Paris glich einem Fest an jenem Frühlingstag. Aber zweifellos lag das daran, daß er neunzehn Jahre alt war. Und daß er kein Jude war.
Jedenfalls hatte er an Antoine gedacht, an die rote Landschaft, er hatte *Sartoris* vom Himmel auf den Nebentisch fallen sehen. Er hatte den Blick zum Himmel gehoben: es war ein noch unbekanntes junges Mädchen, Laurence.
Drei Jahre später, an einem anderen Frühlingstag, 1945, war er von einem Militärlastwagen vor dem Hotel *Lutetia* abgestiegen. Er war ein paar Schritte gegangen, inmitten der mit gestreiften Lumpen bekleideten Überlebenden, unter der Aprilsonne. Er hörte Schreie, Rufe, Schluchzer: das Leben war eine herrliche Erfindung. Er hatte seinen Blick zum Himmel von Paris erhoben. Laurence war da, und rannte ihm entgegen.

Er hatte geglaubt, er würde es auf sich nehmen können, auch diesmal.
Zumindest hatte er beschlossen, nichts zu sagen. Die würgende Angst für sich zu behalten: den Rauch von Porcheville über dem Seinetal, wie einst den Rauch des Krematoriums

über dem Ettersberg. Behalten, vergraben, verdrängen, vergessen. Diesen Rauch in Rauch aufgehen lassen, niemandem etwas sagen, nicht darüber sprechen. Weiter so tun, als existiere er, wie er es all die langen Jahre lang getan hatte: sich bewegen, gestikulieren, Schnaps trinken, schneidende oder nuancierte Reden halten, die jungen Frauen streicheln, sogar schreiben – aber das war eine andere Geschichte –, als wäre er wirklich lebendig.

Oder aber ganz im Gegenteil: als wäre er gestorben, vor siebenunddreißig Jahren, in Rauch aufgegangen. Als wäre sein Leben seither nur ein Traum gewesen, in dem er alles andere, das Reale geträumt hätte: die Bäume, die Bücher, die Frauen, seine Figuren. Es sei denn, diese hätten ihn geträumt.

Er war es gewohnt, es wäre nicht verwunderlich gewesen, nein. Er kannte die Schliche, die Listen, die Gewaltsamkeiten der freiwilligen Amnesie. Zwanzig Jahre lang, sogar noch länger, hatte es geklappt. Es war ihm gelungen, dieses Erlebte, diese tödliche Lebendigkeit von sich abzutrennen: aus sich herauszuschneiden. Er hörte gelegentlich, in den Salons oder den Literaturseminaren, von der Erfahrung der Nazi-Lager sprechen, wie von einer Geschichte, die ihm nicht zugestoßen wäre. Interessiert, gewiß, aber ohne sich in sie verwickelt zu sehen. Fasziniert, zweifellos, aber das war er genauso von Ereignissen, die er nicht erlebt hatte: von den Peleponnesischen Kriegen zum Beispiel, oder dem spanischen Bürgerkrieg. Kurz, mit kühler Faszination. Indem er diese Ereignisse mit aufmerksamem, aber distanziertem Blick, hellsichtig betrachtete.

Seit einigen Jahren allerdings war das Vergessen wieder problematisch geworden. Als ob am Ende dieser Trauerarbeit – vielleicht dank ihrer – das alte Erleben, die Erfahrung von einst, wieder lebendig würde. Lebenswichtig sogar. Er hatte von neuem Listen erfinden, sich in die Zerstreuung werfen müssen. Besonders im Frühling. Das Kap des Monats April war beschwerlich. Er verreiste, besuchte Länder, wo der Frühling nicht an das Ende eines Weltkriegs, an die Entdeckung der Vernichtungslager erinnerte. Es gab noch immer welche. Letztlich war es eine europäische Geschichte, die da am Werk war, in diesem stechenden Gedächtnis. Eine Geschichte, die vor allem das Herz Europas betraf, es ins Herz traf.

Doch trotz all diesem angehäuften Wissen, trotz dieser Instinkt gewordenen Weisheit war er ungeschickt gewesen in diesem Jahr. Er hatte das Augenfällige nicht begriffen, daß nämlich eine junge Jüdin ihm nicht würde helfen können, die grauenhafte Überfahrt über den Frühling durchzustehen. Sogar eine leichtsinnige, eine frivole junge Jüdin hätte ihm plötzlich von Tante Rosa erzählen oder eine Kusine aus Krakau erwähnen können, die beide in Rauch aufgegangen waren. Einfach so, nebenbei, gedankenlos. Der Schatten der Rauchschwaden von einst hätte den hellsten Blick einer jungen Frau verdunkeln können. Den unschuldigsten Blick, den für die trostlosen Landschaften des Gedächtnisses gleichgültigsten. In Lissabon zum Beispiel, an einem dunstigen Abend, hätte die unbeschwerteste und zärtlichste und vergeßlichste jüdische junge Frau mit irgendeinem Wort Tante Rosa erwähnen können, die Erinnerung an ihr Verschwinden. Einfach so, nebenbei, ohne Böses zu denken, hätte sie diese Reise der Flucht verdorben. Die geheimen Schönheiten von Lissabon, der Zauber des Fado – der dadurch wieder *fatum* geworden wäre, Zeichen eines verhängnisvollen Schicksals –, die Gegenwart einer heiteren jungen Gefährtin: das alles hätte verdorben werden können durch die unvermutete Erwähnung Tante Rosas.

Nadine Feierabend war, obendrein, nicht irgendeine jüdische junge Frau. Ein Grund mehr, ihr aus dem Weg zu gehen in diesem Jahr. Sie war weder frivol noch leichtsinnig. Sich ihrer persönlichen Beziehung zur Geschichte der Massaker bewußt, die sie nicht erlebt hatte, sprach sie zuweilen davon, ohne Emphase, ohne weinerliche Bitterkeit, mit berechtigter Härte.

Er hätte sie schon am ersten Abend fliehen sollen.

Nadine Feuerabend, hatte er zu Karel gesagt, als er sie ihm vorstellte. Das Wortspiel hatte ihm den Weg zu ihrem Herzen geöffnet. Zu ihrem Bett zumindest. Oft geht das Bett dem Herzen voraus. Manchmal geht es auch nichts voraus. Nichts außer dem Bett, weshalb darüber klagen? Es ist gar nicht so übel, das Bett: Nachmittagssonne hinter den Jalousien, zusammenhanglose Reden, schamlose Gesten, gemurmelte Wörter vervielfachter Wollust, glitzernd an der Grenze unvergleichlicher Wonnen. Feuerabend hatte er zu Kepela gesagt. Sie hatte das Wortspiel, die Gewalt und die Verheißung, das Angebot nicht gleich verstanden. Dann hatte sie gelacht, augenblicklich, wild. Schon besiegt. Ihm den Rükken zukehrend, ihn – nur zu! – zur Tür des Salons ziehend.

Aber er hätte sie fliehen sollen, schon an diesem ersten Abend.

Kurz zuvor nämlich hatten sie über das Stück gesprochen, das er seit einem Monat im *Athenée* aufführen ließ, *Das Tribunal im Askanischen Hof.* Sie hatte aus diesem Anlaß das Schicksal so vieler Frauen aus Kafkas nächster Umgebung erwähnt, die in den Lagern umgekommen, in Rauch aufgegangen waren. Sie hatte von Milena Jesenská gesprochen. Sie kannte die englische Fassung des Buchs von Margarete Buber-Neumann, *Mistress to Kafka,* die von Milenas Tod in Ravensbrück berichtet. Von diesem Augenblick an hätte er Nadine fliehen müssen. Genau von dem Augenblick an, da sie diese Lektüre, diese Vergangenheit erwähnt hatte. Nichts Glückliches, es sei denn die winzige, aber heftige, im übrigen stets ersetzbare Freude der Sinne, konnte von einer jungen Frau kommen, die schon bei der ersten Begegnung den Rauch der Lager über den Ebenen Europas erwähnte.

Doch er hatte sie nicht geflohen.

Im Laufe des Winters hatte er sich manchmal dabei überrascht, daß er mit einem Finger die weiche Innenseite von Nadines Unterarm streichelte. Kurz vor der Liebe, oder kurz danach, gleichviel. Sie hatte gedacht, zweifellos, daß er mit einer Geste, einer leichten Berührung an den Augenblick erinnerte, da er ihr Handgelenk gehalten hatte am ersten Abend, in der rue de l'Université. Zweifellos, ja: so konnte man es interpretieren. Man konnte aber auch bemerken, daß er die goldbraune, zarte Haut genau an der Stelle streichelte, wo zwischen dem delikaten Netz der Äderchen, dicht unter der Epidermis, die bläuliche Tätowierung der Lagernummer von Auschwitz hätte eingegraben sein können.

Manchmal im Laufe des Winters hatte er sich bei dieser morbiden Geste überrascht, klopfenden Herzens.

Er hätte sie fliehen sollen, damals, es war nicht zu spät. Noch nicht. Er hatte es nicht getan.

Er hatte sogar eingewilligt ihr zuzuhören, als sie ihm von ihrer Arbeit erzählte. Nadine schrieb in jenem Winter eine Dissertation über die Ausrottung der europäischen Juden, als Antwort gewissermaßen auf die Ideologen, die die Existenz der Gaskammern leugneten. Er hatte eingewilligt, daß sie ihm gelegentlich Teile ihres Manuskripts vorlas, hatte ihr seinen Rat – immer präzis und nützlich, sie wußte es zu schätzen, obwohl ihr die Gründe dieser Sachkunde entgingen – in einigen Punkten gegeben. Das Ergebnis dieser Arbeit war Anfang des Frühjahrs in der Zeitschrift *Esprit* erschienen, neben einem Essay über das gleiche Thema von Pierre Vidal-Naquet.

Als Nadine ihn wegen eines Titels für ihren Text um Rat gefragt hatte, hatte er zuerst an einen neueren Aufsatz von Lothar Baier gedacht, der in einer deutschen Zeitschrift erschienen war, *Die Weißwäscher von Auschwitz*. Plötzlich hatte ihn das an eine Passage aus *Pauvreté et Privilège* von René Char aus dem Jahre 1948 erinnert, wo zwar nicht direkt vom Problem der Lager die Rede war, die aber scharfsichtig gewisse Listen des Totalitarismus entlarvte und folgendes sagte: *Die Strategen sind die Plage der Welt und ihr schlechter Atem... Sie sind die Ärzte der Agonie, die*

Kornkäfer der Geburt und des Todes. Geschichtswissenschaft nennen sie das falsche Bewußtsein, mit dem sie einen glücklichen Wald abholzen, um ein subtiles Zuchthaus zu errichten, und die Finsternis ihres Chaos als Licht der Erkenntnis versprühen. Unaufhörlich lassen sie neue Ernten von Feinden vor sich auftürmen, damit ihre Sense nicht verroste, ihre unternehmende Intelligenz nicht erlahme... Sie zertrümmern harmlose Vorurteile und ersetzen sie durch unerbittliche Regeln... Es sind die Weißwäscher der Verwesung...

Das war es: der Titel des Aufsatzes von Nadine Feierabend war gefunden, *Die Weißwäscher der Verwesung.*

Aber er hätte sie fliehen sollen, sie vergessen, die Augen schließen, um ihren Blick nicht zu sehen, sich die Ohren verstopfen, um ihre Stimme nicht zu hören. Er hätte sich erinnern müssen, daß nach dem Winter der Frühling kommt, der April nach dem Oktober. Er hätte voraussehen müssen, es war ganz banal, daß von allen Frauen, die sich in jenem Herbst in seiner Reichweite befanden, diese hier die einzige war, die er meiden mußte: fliehen oder in die Flucht schlagen. Man überwindet nicht die schauderhafte Erinnerung an den Monat April an der Seite einer jungen Jüdin aus der Zeit nach den Massakern, aber geknetet in den mürben – unverwüstlichen – Lehm des kollektiven Gedächtnisses.

3.

Unter schallendem Lachen tritt Antoine zu ihm.

Er hat soeben einen Champagnerkübel hervorgezaubert, in dem eine Flasche kühlgestellt ist. Nichts zu machen, sagt er, kein Fest ohne Champagner. Das ist der baltische Baron in mir, von Vahl durch meine Mutter, erinnere dich, Petersburger Nächte, und so weiter!

Schon vor vierzig Jahren war Champagner geflossen in dem Schwarzmarktrestaurant, in Nizza. Er hatte Antoine mit dem Geld von Buckmaster eingeladen, er verdiente es wirklich. Auch Mary-Lou war da. Im Atelier, vor dem Abendessen, war er überrascht gewesen, als Antoine sie ihm als sein Modell vorgestellt hatte. Aber du malst doch keine Akte! hatte er ausgerufen. Du malst rote Landschaften, rußbraune Horizonte, Farbschichten, die Dichte der Atmosphäre, Kristallisationen der Zeit, des Imaginären. Du hast noch keinen Körper gemalt, vor allem keinen Frauenkörper. Dazu müßtest du die gekrümmte Linie erfinden: Profil der Hüften, Schwellung der Brust, Tal der Lenden.

Sie lachte damals, Mary-Lou.

Er redet wie ein Buch, dein Freund! sagte sie. So grün und schon verdorben! Ich meine, seine Masche kommt mir spanisch vor.

Sie lachten.

Lebensmodell, wollte ich sagen, sagte Antoine. Moralisches Modell, Modell ausschweifender Zärtlichkeit, aussetzender, aber unverwüstlicher Treue, Modell des Teilens der verrücktesten Träume, wilder Unterwerfung.

Sie lachte, Mary-Lou, warf sich in die Brust.

Champagner also mit der jungen Frau, im Restaurant. Sie machte runde Augen, hielt spöttische Reden, als sie sie über Spengler und Goethe, deren Farbentheorien salbadern hörte. Bin ich inaugural, fragte sie feixend, wie die rote Farbe eurer Boches?

Jede Frau ist inaugural, antwortete Antoine de Stermaria, sehr ernst und küßte ihr die Hand. Ganz baltischer Baron. Aber die letzte Champagnerflasche hatte Antoine zu seiner Mutter mitnehmen wollen, um sie mit ihr zu trinken.

Später, wieder im Atelier, als er gerade einschlafen wollte in der leichten Trunkenheit des frühen Morgens, war die Tür des Gästezimmers, in dem diese Nacht zu bleiben Antoine ihm vorgeschlagen hatte, aufgegangen und Mary-Lou, barfuß, halb nackt, war ins Bett geschlüpft. Geschenk von Antoine, sagte sie mit leiser Stimme, ein wenig heiser vom Rauch, vom Alkohol der durchwachten Nacht. Vielleicht auch vor Erregung. Geschenk deines Freundes, murmelte sie ihm ins Ohr. Er möchte, daß du alles besitzt, was er besitzt, soll ich dir von ihm ausrichten. Er will, daß du ihm hilfst, den Körper der Frau zu erfinden, hat er mir aufgetragen ... Die Biegung der Hüfte, die Rundung der Brust, die nichteuklidische Fluchtlinie (ihr seid wirklich beschissen mit euren pedantischen Wörtern!) der Schenkel ins Unendliche des Geschlechts (wörtlich, mein Alter, ich wurde gebeten, wörtlich zu wiederholen!).

Aber ich sehe, daß du die Gabe annimmst, Saukerl. Du, kommst ja schon, du ...

Sie schrie auf, beglückt.

– Also, sagte Antoine vierzig Jahre später, erinnerst du dich noch an den Satz von Faulkner?

Er reichte ihm ein Champagnerglas, sie tranken.

– Unmöglich zu vergessen. Ein paar Wochen später, in den *Deux Magots,* hat jemand ein Exemplar von *Sartoris* auf den Nebentisch gelegt. Es war Laurence!

Laurence, sagte er. Er hatte die Augen gehoben. Laurence war aus diesem Moment heraus entstanden.

Aber er dachte im Grunde genommen nicht an jenen letzten Tag. Er erinnerte sich an einen anderen Frühlingsmorgen, drei Jahre später. Er war von einem Militärlastwagen gestiegen, vor dem Repatriierungszentrum im Hotel *Lutetia,* und Laurence wartete auf ihn. Sie hatte dort auf ihn gewartet, jeden Tag, seit die ersten Heimkehrer kamen. Sie hatte ihn mitgenommen, sobald die Identifizierungsformalitäten erledigt waren.

Laurence hatte ihn in einer Wohnung im siebten Arrondissement untergebracht. Eine ganze Woche hatte sie ihn dabehalten; sie waren allein. Aus einem Klostergarten unter den Fenstern wehte regelmäßig ein kristallklarer Glockenklang herauf. Es hatte weder Tage noch Nächte gegeben. Eine unermeßliche Zeit, bald sonnig, bald schattig: dicht und porös. Sie verköstigte ihn mit kleinen Mengen raffinierter, leckerer Gerichte. Er hatte den Geschmack der Nahrungsmittel wiederentdeckt, die Gerüche der Gewürze, die heftige Erregung des Überflusses: nichts war je zu Ende, aufgebraucht, immer wieder konnte man ein Stück Brot, ein Hackfleischbällchen in den Mund nehmen. Wäre nicht die Disziplin einer medizinischen und diätetischen Vorsicht nötig gewesen, dann hätte er ununterbrochen essen können. In kleinen Happen, ohne Ende. Laurence hätte ihn bis ans Ende der Zeiten gefüttert. Immer hätte es etwas zu kauen, zu kosten gegeben nach diesem Stück Brot, nach jenem Fruchtfleisch. Laurence nutzte die Augenblicke, da er in einen todähnlichen Schlaf sank, um in Paris, auf den geheimnisvollen Pfaden des Schwarzmarkts, himmlische Nahrung zu besorgen. Es schien, als gäbe es kein Ende für die Möglichkeit, sich satt zu essen.

Doch trotz ihrer Wichtigkeit, trotz dem zerreißenden Glück, zu dem sie verhalfen, nahmen Nahrung und Schlaf nur einen kleinen Teil dieser zeitlosen Tage ein. Gleich nach ihrer Ankunft in der Wohnung, als Laurence die Fenster auf den sonnengesprenkelten, vom Gebimmel einer mütterlichen Glocke erfüllten Klostergarten öffnete, hatte ein wirres Piepen von Vögeln mit den Trillern, den Schnörkeln, dem scharfen Schrillen ihres Gesangs das Zimmer durchflutet. Er war davon wie betäubt gewesen. Zwei Jahre war es her, das wurde ihm in diesem Augenblick bewußt, daß er keinen Vogelgesang mehr gehört hatte. Keinen einzigen Vogel im Buchenwald, der das Lager umgab, seltsamerweise: der Rauch vertrieb sie, zweifellos. Er war mit weichen Knien zum offenen Fenster gegangen, zu all den unsichtbaren, aber lärmenden Vögeln. Benommen, entzückt, aufgesogen von dieser seitlichen Sonne, diesem Licht, das Musik wurde, Ansturm von Vogelgesang.

Er hatte zu reden, zu erzählen begonnen, von diesem ersten Augenblick an. Und er hatte nicht aufgehört zu sprechen.

Sobald er abrupt aus dem Schlaf tauchte, sobald er aufhörte zu kauen, die Speisen in seinem Mund zu wälzen, den winzigen Geschmack eines unersättlichen Glücks auszukosten, erzählte er. Es stimmt nicht, dachte er, daß man diese Erfahrung nicht formulieren kann, daß man nicht alles sagen kann. Man kann alles sagen, sagte er. Das Problem liegt anderswo: daß man nie zu Ende kommt, nie alles gesagt hat, daß es immer noch etwas, etwas anderes, zu sagen gibt. Man kann alles sagen, aber es ist eine Arbeit ohne Ende, ein unendlicher Bericht. Das Problem ist auch, daß man zweifellos alles sagen kann, auf die Ewigkeit einer Erzählung spekulierend, aber kann man auch allem zuhören? Alles hören?

Fünf Tage und fünf Nächte lang – aber es gab weder Tag noch Nacht mehr: eine angehaltene Zeit, aus Gewitter und Dämmerlicht – hatte Laurence gelauscht. Sie hatte gehört. Sie nährte ihn und lauschte ihm. Mit ihrem ganzen Körper, ihrer ganzen ungezügelten Phantasie lauschte sie ihm. Alle Kräfte, die er langsam zurückgewann, schien sie zu verlieren. Sie irrte durch Paris auf der Suche nach Nahrung, außer sich. Sie lebte in einer Art halluzinierter Spaltung. Es kam vor, daß er im Garten nicht mehr das durchsonnte Piepen der Vögel hörte, sondern die schrillen Pfiffe der Kapos, die die Deportierten zum Morgenappell sammelten. Er kaute langsam das Weißbrot, das Laurence bei einem Bäcker in der rue Saint-Dominique auftrieb; er trank in kleinen Schlucken den Bordeauxwein, den sie im väterlichen Keller stibitzte, und fand so wieder Geschmack am Leben. Sie dagegen schluckte gewissermaßen das Entsetzen dieses in schwere, keuchende Stücke geschnittenen Berichts und machte so Bekanntschaft mit dem faden, aber faszinierenden Geschmack des Todes.

Im Morgengrauen des sechsten Tages lagen sie nebeneinander, erschöpft, wie ein Paar auf einem Sarkophag.

Laurence wurde sich der Betäubung bewußt, die sie überkam. Sie war abgemagert, ihre Augen hatten Ringe bekommen von all den Visionen, die seinen Blick heimsuchten. Sie erriet, daß sie Gefahr liefen, gemeinsam zu versinken. Sie

hatte buchstäblich einen schweren, klebrigen Teil dieser Vergangenheit auf sich genommen. Er selbst war dadurch um so leichter, zweifellos.
Paradoxerweise hatte er zugenommen. Aber wenn er sich gestählt hatte, dann für einen Kampf, der jetzt sinnlos war. Sogar verhängnisvoll. Denn es ging nicht mehr darum, gegen den Tod zu kämpfen. Nicht einmal darum zu kämpfen, um zu überleben.
Um zu leben, ganz schlicht. Für das schlichte banale Leben. Das war etwas ganz anderes. Es genügte nicht mehr zuzuhören, wie er seinen Tod erzählte.
Im Morgengrauen des sechsten Tages, geschwächt durch soviel verzweifelte, doch hellsichtige Liebe, begann sie, diesen Männerkörper zu streicheln, der aus einem unheilbaren Schiffbruch zu ihr zurückgekommen war. Es bedurfte all ihrer beider Wissens um die Sinne, der ganzen Klugheit der alten Gesten, um einen Ausweg zu finden aus dieser Erinnerung an Ausgerottete.

– Laurence, murmelt Antoine. So hast du sie kennengelernt? In den *Deux Magots?*
Er nickt. So, ja. Ein junges Mädchen, das *Sartoris* las, das er nicht mehr verlassen hatte. Das heißt: verstehen wir uns recht. Dessen Herz schlagen zu hören er nicht mehr aufgehört hatte, wie wenn man einen kleinen Vogel in der hohlen Hand hält. Aber erst bei seiner Rückkehr, in jener leeren Wohnung des 7. Arrondissements, hatte er sie fleischlich kennengelernt. Im Morgengrauen des sechsten Tages hatte Laurence ihrer beider Körper neu erfunden, nachdem sie ihm bis zur grauenhaften Gelassenheit des Unsagbaren zugehört hatte.
Sie trinken wieder.
Er hebt sein Glas, blickte Antoine in die Augen.
– Trinken wir auf die rote Landschaft, sagt er, auf das blaue Seestück. Auf uns beide.

– Trinken wir, sagt Antoine, mit plötzlich dunkler, aber zugleich munterer, zumindest launiger Stimme. Trinken wir auf Franca Castellani, die am Tag unserer Begegnung geboren wurde. Aus dieser Begegnung geboren, wer weiß?

Er hatte sofort verstanden, daß die Anrufung Francas weder unschuldig noch zufällig war. Daß sie vielmehr mit einem dringenden Bedürfnis zusammenhing. Doch er machte sich nichts daraus. Er unterließ es, dieser Art, Franca zu erwähnen, die Aufmerksamkeit zu schenken, die sie zweifellos verdiente. Er hatte soeben verstanden – wegen Laurence, der wiederaufgetauchten Erinnerung an jene Rückkehr –, daß er es weder aus Versehen noch aus Unachtsamkeit versäumt hatte, Nadine Feierabend zu fliehen, wie er es in diesem Winter hätte tun sollen. Im Gegenteil. Gerade um aus dem Vergessen herauszufinden, aus dieser langen schweren Krankheit der Seele, hatte er die junge Frau gewählt. Dunkel, ohne Vorsatz, um seinen ehemaligen Tod wiederzuerleben, hatte er als Reisebegleiterin diese junge Jüdin gewählt. Er hatte sich selbst eine Falle gestellt, das war es. Und die Falle hatte funktioniert.

Ihn schaudert plötzlich, als er Antoine ansieht, bei dem Gedanken, was ihn erwartet.

4.

Sie standen vor der Glaswand. Vor den Spiegelungen einer untergehenden Sonne.

Antoine de Stermaria hatte eine Hand auf Juans Schulter gelegt.

Die Wörter arbeiteten noch. Wie brennende Lampen in einer Sommernacht die Schmetterlinge anlocken, so lockten sie die verscharrten Bilder an, den Ekel oder die Schrecken von einst: eine Art Rückkehr zu den Quellen.

Er hatte von der Banalität der Autofahrt an diesem Nachmittag gesprochen; von dem zufälligen, fast mechanischen, zerstreuten Blick auf das Kraftwerk von Porcheville; er hatte vom Rauch gesprochen; er hatte von der Angst, von der Panik gesprochen: so viele Jahre der Mühe, der Zensur, der Selbstbeherrschung, der heimlichen Organisation des Vergessens, mit einemmal zunichte geworden; zu Asche geworden, ja; er hatte vom Ursprung all dessen gesprochen: von der Reise nach Madrid, vom Tag des 11. April; er hatte vom paradoxen Eindruck einer Auferstehung gesprochen: als wäre sein Leben in all diesen Jahren nur ein langer Tod gewesen, nur ein Traum, bestenfalls, und als sei der ehemalige Tod die Wahrheit seines Lebens; die bescheidene, unannehmbare Wahrheit seines Lebens; als wäre er endlich wiederauferstanden von den vergeßlichen, wunderlichen Lebenden, um seinen Platz unter den freundschaftlichen, brüderlichen Toten wiederzufinden, ihrem unerbittlichen Gedächtnis. Er hatte von der jähen, unsagbaren Gewißheit gesprochen, nicht von dieser Welt zu sein.

Zum Schluß hatte er gesagt: »Weißt du, woran ich gedacht habe, Antoine?«

Der hatte nicht geantwortet, hatte ihm keine Fragen gestellt. Er hatte ihm nicht gesagt, daß er es nicht wisse, es lag auf der Hand, daß er es nicht wußte. Er hatte nicht gesagt, daß er es wissen wolle, es lag auf der Hand, daß er es wissen wollte.

Antoine hatte gewartet, das war alles.

Er, Juan, hatte gelacht, ein eisiges Lachen: so schwierig war es zu benennen. So schamlos. Er hatte einen trockenen Mund davon.

– Ich habe gedacht...

Aber wieder stieß er an die scheinbare Unmöglichkeit, es zu sagen.

Antoine wußte, daß man ihn nicht zum Sprechen drängen durfte. Daß man ihm nur ein aufmerksames Schweigen anbieten durfte, eine schweigende Aufmerksamkeit. Ein rettendes Schweigen, bereit, alles zu akzeptieren, alles zu hören. Einschließlich der endlosen Fortdauer von Juans Schweigen, seines Aufruhrs. Es bedurfte einer völlig offenen

Fähigkeit des Zuhörens, durchlässig für die leichtesten Schauer des Wunsches auszusagen. Des schändlichen Wunschs auszusagen, zweifellos.

– Ich habe gedacht, fuhr Juan fort, daß meine persönlichste, am wenigsten geteilte Erinnerung ... Diejenige, die bewirkt, daß ich bin, was ich bin ... Die mich von den anderen unterscheidet zumindest, von allen anderen ... Die mich sogar, indem sie mich identifiziert, aus der menschlichen Gattung ausstößt ... Von ein paar hundert Ausnahmen abgesehen ... Die in meinem Gedächtnis brennt mit einer Flamme des Entsetzens und der Niedertracht ... Auch des Hochmuts ... Daß es die beharrliche, hartnäckige Erinnerung an den Geruch des Krematoriums ist: fade, zum Erbrechen ... Der Geruch von verbranntem Fleisch auf dem Hügel des Ettersberg ... Nicht nur der Rauch: auch der Geruch dieses Rauchs ...

Er hatte sich die Wörter aus der Kehle gerissen, eines nach dem anderen, vielmehr Silbe um Silbe.

Er war aschfahl.

Die untergehende Sonne verschwand von der Glaswand in Antoines Atelier, mit einem Schlag.

Juan schüttelte sich. Er lächelte Antoine zu.

– Was ich wiege, Odysseus? Ich wiege das Gewicht des Rauchs aller meiner toten Kameraden, die in Rauch aufgegangen sind. Ich wiege das winzige, unendlich schwere Gewicht meines eigenen Rauchs. Ich wiege das ungreifbare Gewicht dieses Rauchgeruchs über der Landschaft ...

– Hör auf, sagte Antoine.

Er legte seine Hand auf Juans Schulter. Ihre Blicke waren dem Seinetal zugewandt, das sich verdunkelte.

In Richtung Freneuse stieg ein ruhiger, leichter, häuslicher Rauch auf: Rauch von Holzfeuer, Fee des Heims, flockiges Phantasma des heimischen Herdes.

Zweiter Teil

KAPITEL VII

Zürich, Spiegelgasse

1.

Eine Straßenbahn fuhr vorbei mit einem kristallinen, scheppernden Geräusch.
Karel Kepela war am Ende der Bahnhofstraße angekommen, auf dem Kai. Er hatte auf seine Armbanduhr geschaut. Er hatte viel Zeit. Touristen warteten an der Landestelle auf die Abfahrt eines der Schiffe, die Rundfahrten um den Zürichsee machen.
Er betrachtete den Seehorizont. Dann ging er über die Brücke.
Während er seinen ziellosen Spaziergang auf dem Bellevueplatz fortsetzte, mit kleinen Schritten, von nun an das ganze Gewicht der Welt auf den Schultern, vernahm er das Gebläse, kurz, aber dicht, überdies klirrend, einer Straßenbahn, die hinter ihm vorbeifuhr.
Er blieb stehen, erstarrt.
In einer Art Schluchzer, der in seinen Mund stieg, ihn mit widerlicher Fadheit füllte, als wäre in seiner Kehle ein Blutklumpen geschmolzen, erinnerte er sich an die Straßenbahnen von Prag.
Weniger scheppernd zweifellos, weil die Wagen hier, in Zürich, moderner waren, besser gewartet, war es das gleiche Geräusch wie früher: ein Geräusch der Kindheit, der wiedergefundenen Zeit, des verlorenen Paradieses.
Das nostalgische Geräusch einer ephemären Ewigkeit des Gedächtnisses.
Reglos, zitternd stellte er mit unverhältnismäßiger Beklemmung fest, daß er die Nummer der Straßenbahn vergessen hatte, die vom Pohořelec-Platz zur Endstation Bilá Hora fuhr, zum Weißen Berg. Alles, was ihm seit drei Tagen in Zürich widerfahren war – das Seminar an der Universität,

die Entdeckung von Ottlas Verrat, die Abreise der jungen Frau heute morgen; die Gespräche, die Begegnungen, die Träume –, alles erschien ihm lächerlich neben diesem winzigen, erschreckenden Ereignis: er erinnerte sich nicht mehr an die Nummer der Linie, die zum Weißen Berg fuhr. Es war, als zerbröckelte ein ganzes Stück seines Lebens, als versänke es im Morast des Nichtseins.

Aber ein Mann war auf die Chaussee gesprungen, genau in dem Augenblick, als die Straßenbahn wieder anfuhr. Er lief auf ihn zu, seinen Namen brüllend, dabei geschickt den Autos ausweichend, deren Fahrer entrüstet hupten.

Es war Josef Klims.

Sie hatten sich Anfang der fünfziger Jahre kennengelernt, auf dem jüdischen Friedhof in Straschnitz, an Kafkas Grab. Josef Klims war nur ein Besucher, Kepela dagegen einer der Friedhofswärter gewesen. Es war der einzige Arbeitsplatz, für den man ihn, nach vielen Mißerfolgen, für qualifiziert gehalten hatte. Zuerst, als er aus der Partei, der Universität und der Direktion des Ateliertheaters geworfen worden war, hatte man ihn in die Fabrik geschickt. In die Produktion, wie man nicht ohne eine Spur von Prahlerei sagte. Es läßt sich nämlich darüber streiten, ob man die sozialistische Arbeit objektiv als produktiv bezeichnen kann.

Aber er war zu querköpfig, so schien es, um ein guter, fügsamer Arbeiter zu sein, der die Normen erfüllt. Schließlich, nach ein paar Monaten Scherereien, täglicher Vorladungen, endloser und sinnloser Warterei in den Räumen der Miliz, wurde Kepela von einem jungen Leutnant des Sicherheitsdiensts empfangen. Der Typ ließ ihn schmoren, im Stehen, nahm sich viel Zeit, die dicke Akte von Karel durchzublättern. »Gut«, sagte er schließlich und hob nicht einmal die Augen, »ich habe einen Arbeitsplatz gefunden, der Ihrer würdig ist. Sie werden Friedhofswärter sein. In Straschnitz, im neuen jüdischen Friedhof.«

Er hob die Augen, genau in diesem Augenblick. »Es gibt in Prag keinen Friedhof für Hunde«, fügte er hinzu, »sonst hätte ich Sie dorthin geschickt!« Kepela hielt seinem Blick stand. Es gelang ihm sogar dümmlich zu lächeln. »Aber die Juden sind doch Hunde!« sagte er. Und er fuhr fort, mit seiner sanftesten Stimme: »Oder umgekehrt, Leutnant... lesen Sie Kafka!«

Der andere warf ihn brüllend hinaus, nachdem er ihm seinen Einweisungsschein ins Gesicht geschleudert hatte.

Eines Tages, einige Zeit später, war Kepela gerade dabei, die Blumen eines anonymen Straußes vor Franz Kafkas Grab zu ordnen, als ein Unbekannter kam.

Der Unbekannte strahlte sichtlich vor Freude, Kafkas Grab gefunden zu haben. Sichtlich überrascht auch, festzustellen, daß Franz nicht allein hier war: zweifellos zwischen Papa und Mama gepreßt, deren Namen zusammen mit dem seinen auf dem Grabstein standen.

– Ja, sagte Kepela, oft holt einen die Familie wieder ein!

Der andere lächelte, reichte ihm die Hand, stellte sich vor: Josef Klims.

Auf dem Zementrand sitzend, der die der Familie Kafka zugedachte Stätte ewiger Ruhe eingrenzte, hatten sie sofort angefangen, miteinander zu reden. Sofort vertraulich, da sie verstanden hatten, daß sie auf dieselbe schlechte Seite der Geschichte gefallen waren: auf die Seite des strahlenden, nutzlosen Schattens der Wahrheit.

Klims war aus der Universität geflogen, genauer aus der philosophischen Fakultät – von der er einer der brillantesten Köpfe war: wegen Bucharin. Du hast an der Uni über Bucharin gesprochen? fragte Kepela. Du hast Ärger gesucht, mein Alter! Dabei waren sie jung. Fast gleich alt. Beide 1930 geboren. Ich habe nicht nur über Bucharin gesprochen, erklärte Klims. Der vollständige Titel meines Vortrags lautete: *Wychinski, Hegel und Bucharin, einige Gedanken über die Dialektik.*

Kepela war in wildes Lachen ausgebrochen. Dieser Kerl machte ihn überglücklich.
Erzähle, du interessierst mich, hatte er zu seinem neuen Freund gesagt. Denn er zweifelte nicht daran, daß sie Freunde würden. Und Klims erzählte, entzückt, einen aufmerksamen und kundigen Zuhörer zu haben.

Vor ein paar Monaten also, am Ende des Universitätsjahrs, um es zu beschließen und gleichzeitig die universellen Tugenden des Marxismus-Leninismus in den Himmel zu heben, war er beauftragt worden, einen Vortrag über die Dialektik zu halten. Vor den Studenten und dem Lehrkörper der Philosophischen Fakultät, aber auch in Anwesenheit der herausragenden Persönlichkeiten des Rektorats.
Du verstehst, sagte er, die Dialektik, die muß man mitten um den Leib packen, in Aktion, in flagranti würde ich sagen! Unnötig, sich in den akademischen Details zu verlieren: zum Kern der Sache kommen – der meist deren Tod ist –, ja! Kennst du in dieser Hinsicht einen besseren Dialektiker als Wyschinski? Ein besseres Beispiel für die Handhabung der Dialektik als dasjenige, das er während der Moskauer Prozesse gegeben hat?
Kepela nickte. Die Prozesse, natürlich! Da war die Dialektik am Werk gewesen. Er hatte daran geglaubt, aufrichtig, ohne Arg. Und genau das hatte zu seinem Untergang geführt. Die Gesetze der Dialektik hatten sich um seinen Hals zusammengezogen, wie der Strick um den des Gehängten.
Er unterbrach Klims, erzählte ihm sein Abenteuer. Aber dieser nahm es ihm nicht übel: nichts liebte er mehr als den Dialog mit seinen Überraschungen, seinem Hin und Her, seinen Widersprüchen. Kurz, den Dialog als Negation der Dialektik.
Nach dem Slansky-Prozeß also hatte Karel beschlossen, eine Art brechtsches Lehrstück zu inszenieren (übrigens war es offen von *Die Maßnahme* inspiriert, einem Stück von Brecht

aus dem Anfang der dreißiger Jahre), anhand des Stenographischen Berichts besagten Prozesses. Er hatte das Stück dem Ateliertheater der Universität, das er leitete, zur Einstudierung gegeben. Und da begann alles schiefzulaufen, zweideutig, doppelsinnig zu werden: somit verdächtig. Denn es gelang den Schauspielern nicht, wahr, zumindest glaubwürdig zu sein. Je mehr der Text, den sie zu sprechen hatten, sich mit der Wahrheit desjenigen deckte, den die Angeklagten des Slansky-Prozesses vor dem Gericht aufgesagt hatten, desto falscher sprachen die Schauspieler. Es war die Wahrhaftigkeit ihres Spiels, zumindest der Versuch, sie zu erreichen, zu einer richtigen Sprechweise zu gelangen, die die Lügen des Prozeßtextes aufdeckte.
Nach und nach, im Laufe der Proben, kamen die Schauspieler, und Kepela an der Spitze, begreiflicherweise, da er sie leitete, zu der Überzeugung, daß alles im Slansky-Prozeß Lüge gewesen war, Betrug, tragische Illusion. Kurz, die Illusion der Realität, die die Schauspieler durch ihr Spiel, durch ihre Diktion, ihre Überzeugung zu schaffen hatten, entlarvte unaufhörlich die Realität der Illusion des Prozesses, die dazu dienen sollte, im braven Volk, das vom Schauspiel so vieler für real gehaltener Verrätereien verschreckt war, eine politische Fiktion aufrechtzuerhalten. Karel Kepela wurde während der Proben denunziert. Die Sicherheitspolizei organisierte eine heimliche Tonbandaufnahme von einer der Arbeitssitzungen, eine Aufnahme, die den beginnenden Zweifel – um nicht mehr zu sagen – der Schauspieler aufdeckte und die Auflösung des Ateliertheaters zur Folge hatte, Kepelas Entlassung, seinen Ausschluß aus der Partei und seine Versetzung in das äußere Dunkel des jüdischen Friedhofs in Straschnitz.
Josef Klims war hocherfreut über diesen Bericht, den er für exemplarisch hielt.
Siehst du, rief er, wir sind Opfer derselben Prozedur, weil wir unsere Nase in das Geheimnis der Prozesse stecken wollten! Du in den von Slansky, 1952, ich in den von

Bucharin, 1938. Kennst du den Stenographischen Bericht des Prozesses des »Blocks der Rechten und Trotzkisten«? Karel kannte ihn nicht, Klims erzählte ihm ausführlich davon. Er versprach sogar, ihm ein Exemplar der französischen Ausgabe zu leihen, das in seinem Besitz war.
An jenem Tag also erfuhr Kepela von der plötzlichen, unvorhergesehenen, aber vorübergehenden Auflehnung Nikolai Nikolajewitsch Krestinskis, zu Beginn des Prozesses. »Ich bekenne mich nicht schuldig. Ich bin kein Trotzkist. Ich war nie Teilnehmer des ›Blocks der Rechten und Trotzkisten‹, von dessen Bestehen ich nichts wußte...« Auf dem Zementrand von Kafkas Grab sitzend, rezitierte Josef Klims mit monotoner Stimme an jenem Tag im Herbst 1953 Krestinskis Worte. Weißt du, fragte er, was die Hauptanklage gegen Nikolai Nikolajewitsch war? Nein, Karel wußte es nicht, Klims erzählte ihm die Geschichte der geheimen Unterredung, die Krestinski in Meran mit Trotzki gehabt haben sollte. Du erzählst mir einen Spionageroman, kommentierte Kepela. Es ist ein Spionageroman! Meran, begreifst du? Nein, Karel begriff nicht recht. Was ist das, Meran? Ein kleiner Kurort in den früher österreichischen, heute italienischen Alpen. Na und? Klims lachte, glücklich, sein Wissen mit dem neuen Freund teilen zu können. Schau! rief er. Er zog aus der Tasche seiner weiten Samtjacke von ländlicher, sogar forstlicher Farbe einen schmalen Band des Fischer Verlags in deutscher Sprache, *Briefe an Milena.* Ihr Autor war Franz Kafka, wie man weiß. Es ist letztes Jahr erschienen, sagte Klims. Er schlug das Buch auf, blätterte die Seiten des Vorworts von Willy Haas um und zeigte Karel den Kopf des ersten Briefs an Milena: *Meran-Untermais, Pension Ottoburg.*

So kam es, daß sie, Schulter an Schulter, auf dem Rand von Franz Kafkas Grab sitzend, einige Passagen aus den Briefen an Milena lasen. So kam es, daß sie die Gestalt von Nikolai

Nikolajewitsch Krestinski heraufbeschworen, der fälschlich angeklagt war, Trotzki in Meran getroffen zu haben.
Aber sag mal, sagte Kepela plötzlich, du wolltest mir doch von Bucharin und der Dialektik erzählen, nicht von Kafka! Nur gemach, wir kommen schon noch darauf! sagte Klims.
Sie kamen darauf, in der Tat.
Es gibt zwei fabelhafte Augenblicke in diesem Prozeß, sagte Josef Klims. Denn Bucharin hat kapituliert, er gibt den Kern der Anklage zu. Er hat sich dareingefunden, Stalins Spiel zu spielen, er erklärt sich für schuldig. Aber er führt klammheimlich, hinterhältig – dialektisch, könnte man sagen – in dieses Schuldgeständnis ein Element von Unsicherheit, Verschwommenheit ein, das Wyschinski zutiefst irritiert, er fühlt seine Felle davonschwimmen. Bucharin verwandelt nämlich seine Schuld in einen objektiven Prozeß, der seinem Willen gewissermaßen entgeht. Er bekennt sich schuldig, aber er nimmt diese Schuld nicht auf sich. Kurz, er erkennt sich in ihr nicht wieder. Er ist der objektiven, historischen Schuld teilhaftig, aber sie gehört ihm nicht zu eigen. Genau genommen ist sie nicht Teil seines Wesens, seines Bewußtseins. In diesem Punkt ist die Kontroverse zwischen Wyschinski und Bucharin konstant, den ganzen Prozeß hindurch. Mindestens zweimal, anläßlich eines theoretischen Einwands, gelingt es Bucharin, die Situation umzukehren, die Rollen zu vertauschen: er ist es, der dem Ankläger Wyschinski die Leviten liest! Welcher deswegen die Kontrolle über seine sonst so beherrschte, maßvolle Rede verliert. Das erstemal ist von »Solipsismus« die Rede, das zweitemal von Hegel. Stell dir vor, welch ein Vergnügen! Aber du wirst selber sehen!
Kurz, noch bevor Josef Klims seinen Vortrag über die Dialektik zum Abschluß des Jahres 1953 beendet hatte, hatte sich der Hörsaal der Universität praktisch geleert. Die Professoren jedenfalls waren einmütig aufgestanden und hatten die Tribüne verlassen. Was die Studenten betrifft, so blieben

nur noch diejenigen im Saal, die zu unbedarft oder mutig genug waren, um zu begreifen, wovon die Rede war. Und als er vom Vortragspult herunterstieg, stand Josef Klims Auge in Auge den Beamten vom Sicherheitsdienst gegenüber, die das Rektorat herbeigerufen hatte.
Das wahre Verhältnis zur Dialektik konnte beginnen.
Wie Kepela wurde auch Josef Klims in die Fabrik geschickt. Doch neben seiner Kenntnis der verbotenen Philosophie und Literatur, die an einem Montageband wenig nutzten, außer dazu, dessen Ausbeutungsmechanismus besser zu verstehen als die anderen, hatte er einen wirklichen Trumpf in der Hand. Er war ein höchst bemerkenswerter Jazzmusiker. Dank seiner Talente als Saxophonist und Schlagzeuger entging er bald dem Arbeiterdasein und spielte im Orchester eines Gewerkschaftsclubs.
Aber die Zeit verging, man mußte dieses erste Gespräch abbrechen. Kepela hatte zu tun. Denn er war der Wärter nicht nur von Kafkas Grab, sondern vieler anderer jüdischer Gräber im neuen Friedhof von Straschnitz.
Sie gingen auseinander, entschlossen, sich bald wiederzusehen.

2.

IN DIESEM HAUSE WOHNTE VON 1771-1778
JOHANN CASPAR LAVATER.
HIER BESUCHTE IHN 1775 GOETHE

Sie stehen vor dem Haus Nummer 11 der Spiegelgasse mit der Tafel, die diese Inschrift trägt.
– Das ist das erste, sagt Klims.
Karel erinnert sich, daß er kürzlich, irgendwo, auf dem Regal einer Bibliothek, mehrere Bände der Werke von Lavater gesehen hat.
– Ich sehe nicht den Zusammenhang mit dem Buch, das du schreibst, sagt er. Noch weniger mit Kafka.

Vorhin, auf dem Bellevueplatz, nach den Umarmungen, den ersten ausgetauschten Neuigkeiten, den beschworenen Erinnerungen, hatte Kepela Klims gefragt, was er mache. Immer noch Musik, jedenfalls. Er spiele jeden Abend im schicksten Jazzlokal von Zürich. Außerdem schreibe er ein Buch. Worüber? Hatte Karel Zeit? Hast du ein bißchen Zeit, Karel? Dieser hatte welche, sein Flugzeug startete erst am frühen Nachmittag. Dann komm, sagte Klims. Ich will dir das Thema meines Buchs zeigen: *Das Schreiben oder der Tod!* Es wird darin viel von Kafka die Rede sein, versteht sich.
Und jetzt, vor dem Haus, das die Nummer 11 der Spiegelgasse trägt, lacht Josef Klims. Glücklich, daß Kepela keinen Zusammenhang sieht: er wird ihn ihm erklären können.
– Aber doch, du wirst schon sehen! sagt er.
Karel erinnert sich mit einemmal.
In Paris, bei François Perrier, hatte er die Bände von Lavater bemerkt. Vor ein paar Wochen hatte er lange mit dem Schauspieler über ein Projekt gesprochen. Irgendwann war er, nach seiner Gewohnheit, aufgestanden und, weitersprechend, im Zimmer herumgegangen. Er hatte die Gelegenheit genutzt, einen Blick auf die Regale der Bibliothek zu werfen. Alte Ausgaben von Molières Theater hatten seinen Blick angezogen. Auch die Bände von Lavater. Sie hatten ihn zweifellos deshalb beeindruckt, weil es nicht alltäglich war, die Werke von Johann Caspar Lavater in Privatbibliotheken zu finden, nicht einmal in den ausgesuchtesten. Aber er hatte keine Gelegenheit gehabt, den Schauspieler zu fragen, warum er sich für diese Persönlichkeit interessierte. Er würde es ein nächstes Mal tun.
– Erinnerst du dich wirklich nicht, warum Goethe 1775 nach Zürich gekommen ist? fragt Klims mit einem Nachdruck, der das Resultat seiner Ungläubigkeit ist.
Karel macht eine ärgerliche Handbewegung.
– Wenn du glaubst, daß mir heute der Sinn danach steht, mich mit Goethe zu befassen! ruft er.

– Was wurmt dich? Dein Seminar ist doch gut gelaufen, oder? Ein Triumph, wenn ich der Presse glauben darf!
Offensichtlich ist Kepela nicht auf dem laufenden.
– Ich war in der Trambahn, sagt Klims, und habe die Zeitung gelesen. Ein dythrambischer Artikel pries deine Intelligenz, deine Bildung und deinen Humor! So habe ich erfahren, daß du in Zürich bist. Und genau in diesem Moment hebe ich die Augen und sehe dich!
Kepela nickt.
– Selbstverständlich, fährt Klims fort, war der Artikel über dein Seminar mit einem weiblichen Namen unterzeichnet. Du standest schon immer hoch im Kurs bei den Damen!
Kepela lacht kurz auf, sarkastisch.

Am Abend zuvor hatte er Ottlas Verrat entdeckt.
Am späten Nachmittag, nach der letzten Zusammenkunft des Seminars, dessen Leitung Karel von der Züricher Universität angetragen worden war, waren sie zusammen ins Hotel zurückgekehrt. *Literatur und Film:* so lautete das Thema.
Ottla war an diesem letzten Tag zugegen gewesen.
Man hatte lange über den *Abschiedswalzer* von Milan Kundera diskutiert. Karel hatte dieses Buch für die praktische Arbeit mit den Studenten ausgewählt: wie würden sie die Probleme einer Filmbearbeitung lösen?
Von allen Romanen Kunderas gab Karel diesem den Vorzug. Zweifellos deshalb, weil es der Bericht eines Übergangs war, die Ankündigung des Exils. Alle üblichen Themen Kunderas orchestrierten sich hier um die kleine musikalische Phrase des bevorstehenden Exils. Der Text hatte die scheinbare Leichtigkeit einer ironischen Annäherung, aber in der Tiefe arbeitete die Angst vor dem Bruch und dem Schmerz. Der Roman war von ihm durchtränkt: er hatte den beunruhigenden Charme einer letzten Botschaft vor dem Schiffbruch.
Kepela war angenehm überrascht, mit welcher Ernsthaftig-

keit und Intelligenz viele Studenten über den *Abschiedswalzer* sprachen. So war die Tatsache, daß der brave Doktor – ein liebenswerter Verfechter der Behandlung der weiblichen Unfruchtbarkeit mit allen therapeutischen Mitteln, einschließlich des Einsatzes seiner eigenen Zeugungsfähigkeiten – denselben Namen, Karel Skréta, trug wie der große Maler des 17. Jahrhunderts, der der Geschichte des böhmischen Barocks seinen Stempel aufdrückte, einer jungen Studentin nicht entgangen, die plausible Hypothesen über Kunderas Beziehung zum nationalen kulturellen Erbe daraus zog.

Kepela sah das junge Mädchen an, entzückt von ihrem Scharfsinn. Auch von ihrer Erscheinung, um die Wahrheit zu sagen. Als sie zu Ende gesprochen hatte, gab er ihr ein freundschaftliches Zeichen der Zustimmung. Dann pflichtete er ihr vollkommen bei.

Da ist, sagte er zu der jungen Studentin, noch ein weiteres Indiz, das die Hypothesen, die Sie soeben äußerten, erhärten könnte. Haben Sie den Namen des Trompeters bemerkt. Klíma? Sie hatte ihn bemerkt. Alle Studenten hatten ihn bemerkt. Zumindest erinnerten sie sich daran. Aber sie schienen überhaupt nichts daraus zu schließen. Freilich kann man von Studenten, und seien es Zürcher, nicht verlangen, alles zu wissen. Kepela kam ihnen zu Hilfe: Klíma, sagte er, wie Ladislav Klíma, der tschechische Philosoph und Romancier. Aber sie wußten nichts von Ladislav Klíma, was schließlich verzeihlich ist, alles in allem. Karel gab ihnen eine kurze Übersicht über sein Leben und sein Werk.

Ein wenig später, in einer Pause, kam das junge Mädchen, das über den Maler Skréta gesprochen hatte, auf ihn zu. Sie trug eine Brille, die sicher nicht unerläßlich war – die Gläser waren ziemlich flach –, jedoch durch ihren Kontrast zu einem Gesicht mit ganz offenkundig sinnlichen Zügen ihrem Ausdruck eine recht pikante Note fleißiger Strenge verlieh. Zweifellos wollte sie um eine Erklärung bitten, eine Frage stellen.

Aber Kepela kam ihr zuvor.

Sie haben kein rotes Kleid an? fragte er sie unvermittelt.
Sie sah ihn verblüfft an.
Nein, in der Tat, sie hatte kein rotes Kleid an, das sah man. Sie trug einen rosa Kaschmirpullover mit einem lässig um den Hals geschlungenen indischen Schal sowie einen weiten Faltenrock aus schwarzem Samt.
Worauf reimte sich diese Frage?
Plötzlich verstand sie. Ihr Blick leuchtete hinter ihrer sittsamen Brille mit ironischem und schelmischem Glanz. Kepela spielte auf eine Passage im *Abschiedswalzer* an, auf die Worte eines telefonischen, nichtsdestoweniger schlüpfrigen Gesprächs zwischen Klíma und Ruzena.
Karel bemerkte diesen Blitz des Verstehens, der Komplizenschaft.
Raten Sie, was ich unter dem roten Kleid trage, das ich nicht anhabe, sagte die junge Zürcherin.
Ihre Stimme zitterte ein wenig vor vorweggenommener Lust.
Sie kam noch näher.
Sie sprachen mit leiser Stimme, umringt von Studenten, die in respektvollem Abstand warteten, bis daß sie an die Reihe kamen, sich an Kepela zu wenden.
Einen Slip von fröhlicher Farbe, sagte er.
Sie schüttelte ihre kurzgeschnittenen Haare.
Nein, keinen Slip. Weder einen fröhlichen noch einen traurigen. Ein echtes Seidenhöschen alter Art, sandfarben, mit Spitzenstickerei. Ich kaufe sie in Paris, rue des Saints-Pères.
Er gab sich Mühe, ernst zu bleiben.
Beglückt und begehrlich betrachtete er den naschhaften Mund dieser jungen Zürcherin aus guter Familie – mindestens vier Generationen von Kaschmirs und Klavierstunden, von Villen am See von Küsnacht und Besuchen in den Museen Europas, das sah man! –, gebildet genug, um die gelehrten Koketterien Kunderas zu erkennen, der die Namen seiner Personen mit Anspielungen befrachtete; auch kühn genug, um das Spiel der libertinösen Sprache zu akzep-

tieren: locker oder ernst, unmöglich, es im voraus zu wissen. Es kommt ja vor, daß die Wörter Reales schaffen, daß das Wort Fleisch wird.
Es wird ein Vergnügen sein, das nachzuprüfen, sagte Kepela.
Aber Ottla näherte sich.
Sie hatte verstanden, daß es einzugreifen galt.
Die junge Zürcherin sah aus dem Augenwinkel, daß sie kam. Sie murmelte Karel eine Telefonnummer zu. Rufen Sie mich an, hauchte sie, bevor sie sich auf dem Absatz umdrehte.

Er war also mit Ottla ins Hotel zurückgekehrt.
Kaum war die Tür des Aufzugs hinter ihnen zugegangen, da hatte Ottla ihn mit einer Art von fiebriger Hast geküßt. Von Besorgnis vielleicht. Karel hatte gemeint, es sei das Nahen ihrer Trennung, das bei der jungen Frau – einer kessen Biene im übrigen, gefräßig bei jeder Gelegenheit – diese etwas atemlose Leidenschaft hervorrief. Tatsache ist, daß Ottla ihm praktisch die Hosen heruntergezogen hatte, während sie durch den Flur gingen, unter dem weitaufgerissenen Auge, dem nervösen, animierten Glucksen eines gutgewachsenen, offensichtlich südländischen Zimmermädchens, dem Karel im Vorbeigehen einen samtenen Blick zugeworfen hatte, wobei er mit seiner freien Hand – die andere versuchte, die Hose festzuhalten – eine Geste der Entschuldigung andeutete.
Später, zur Zeit der geteilten Zigarette, der Unterhaltung, die ebenso schlaff war wie ihre Körper, ein wenig trüb indes wegen der bevorstehenden Abreise Ottlas, die am nächsten Morgen den Schnellzug nach Prag nahm, war die junge Frau aufgestanden, um eine luxuriös wirkende Puderdose zu holen, die Kepela nicht kannte. Die er bei diesem Treffen in Zürich zumindest zum erstenmal bemerkte.
Er sprach von seinem Leben in Paris, von seiner Arbeit, von

seiner Zusammenkünften mit anderen tschechischen Emigranten: Träume, Pläne, umständliche Kontakte mit den Leuten der Charta 77 in Prag. Und Ottla hörte ihm zu, im Schneidersitz auf dem zerwühlten Bett sitzend, aufmerksam, fast nackt, den Oberkörper aufgerichtet, ihre prachtvollen, fruchtigen Brüste darbietend in der Geste der beiden ausgestreckten Arme, mit denen sie die Puderdose vor ihre Augen hielt, um sich, wie man sagt, wieder schön zu machen.
Karel betrachtete sie, während er weitersprach, im kargen Licht einer Nachttischlampe.
Ottla hatte soeben die Puderdose auf das Laken gelegt, zwischen sich und ihn. Karel streckte die Hand aus, um sie an sich zu nehmen, sie zu wiegen.
– Das Geschenk eines Mannes, Ottilie?
Die junge Frau versteifte sich augenblicklich. Sie versuchte vergeblich, den Gegenstand wieder an sich zu nehmen.
Karel lachte, liebkoste ihren Hals mit der freien Hand.
– Ottilie, sagte er. Ich kann doch nicht erwarten, daß du treu bist! Ich möchte nur wissen...
Sie sah ihn an.
Karel hatte den Eindruck, als sei die Angst, die in die Augen der jungen Frau stieg, unverhältnismäßig groß.
– Es ist nichts, sagte Ottla mit hastiger Stimme. Ein Typ, der mir den Hof macht. Er hat nichts bekommen.
Und dann, in einer jenen Regungen von Aufrichtigkeit, die ihren Charme ausmachten, ihrem Verhalten so viel Frische, so viel Spontaneität verliehen, fügte sie hinzu:
– Wenigstens nicht alles! Nicht meine Liebe!
Er lachte, streichelte ihre Hüfte unter den Spitzen des schwarzen Strumpfhalters.
– Kenne ich ihn? fragte er. Wie heißt er?
– Karel, murmelte sie.
– Aber ja, ich höre.
Sie schüttelte den Kopf.
– Nein! Das ist sein Vorname, Karel...
Er lachte herzhaft.

– Ausgezeichnet, rief er. So kannst du dich, wenn er mit dir schläft, im Augenblick der Ekstase nicht blamieren!
Sie lachte ebenfalls, aber ihr Blick ließ die noble, schwer in Kepelas Hand liegende Puderdose nicht los.
– Karel wie? fragte Karel.
Ottla war zweifellos nicht geistesgegenwärtig genug, um einen falschen Namen zu erfinden. Oder sie meinte, daß die Wahrheit keinerlei Bedeutung habe.
– Karel Sabina, sagte sie.
Beinahe wäre er erstickt. In einem plötzlichen Lachanfall, der ihm die Tränen in die Augen trieb, hatte er den Rauch seiner Zigarette verschluckt. Er würgte. Jauchzte dann, wild gestikulierend.
Ottla sah ihn an, überrascht von dieser Explosion.
– Das ist nicht möglich, rief Kepela. Du erfindest, gib's zu!
Die junge Frau zuckte die Achseln. Ihr war nicht danach zumute, etwas zu erfinden, bestimmt nicht.
Sie unternahm einen erneuten Versuch, fruchtlos wie die vorherigen, die Puderdose wieder an sich zu nehmen.
In diesem Augenblick ahnte Kepela tatsächlich noch nichts. Er hielt den Gegenstand ohne Hintergedanken fest, einfach weil er fand, daß er sich angenehm anfühlte: aus keinem anderen Grund.
– Warum soll ich einen so dämlichen Namen erfinden? sagte Ottla wütend.
Sie erinnerte sich an Sabinas manische Forderungen, an die Fotos, für die zu posieren er sie gezwungen hatte. Sie erinnerte sich vor allem daran – sie schloß deswegen für den Bruchteil einer Sekunde mit einem Schaudern die Augen –, daß sie an alledem unsägliches Vergnügen fand.
Aber sie wollte wissen, warum der Name Karel Sabina ihn derart zum Lachen brachte. Woran erinnerte er ihn?
Kepela hatte keine Lust – es würde zu lang dauern –, Ottla die Peripetien des tschechischen Nationalkomitees im revolutionären Frühling des Jahres 1848 zu erzählen. Er dachte

flüchtig – aber vielleicht ist *denken* ein zu präzises, zu starkes Verb, um wiederzugeben, was in diesem Augenblick in Kepelas Kopf vorging oder vorüberzog: Erinnerungen, Assoziationen, Fetzen von Bildern und Begriffen – an die Junitage, Prag, die von Fürst Windischgrätz organisierte Unterdrückung der aufständischen Demokraten; er erinnerte sich an einen Artikel von Friedrich Engels über diesen Prager Aufstand von '48 – ein unheilvolles Jahr für die Tschechen, sowohl im 19. wie im 20. Jahrhundert, wenn auch aus paradox umgekehrten, tatsächlich aber symmetrischen Gründen! –, einen Artikel, den er schlechthin für genial hielt; er dachte an das traurige Schicksal von Karel Sabina, genauer gesagt.

– Karel Sabina, sagte er zu Ottla, war ein tschechischer Patriot des letzten Jahrhunderts. Ein linker Demokrat, der als Spitzel der österreichischen Polizei endete!

Da zeigte Ottla eine unvorhergesehene, brutale Reaktion. Sie riß Kepela die Puderdose aus der Hand.

Plötzlich begann der kostbare Gegenstand zu sprechen.

Man hörte Kepelas Stimme, deutlich, trotz der jeder Tonbandaufnahme eigentümlichen Verzerrung.

– ... mokrat, der als Spitzel der österreichischen Polizei endete ...

Dann das Knistern des Schweigens, da die Aufnahme durch Ottlas brutale Geste unterbrochen worden war.

Sie saßen auf dem zerwühlten Bett, Auge in Auge.

Sie, immer noch nackt, versteinert, dann zusammensackend, zitternd, sich krümmend wie ein verängstigtes Tier. Er, aschfahl, zu Eis erstarrt, erfüllt von einem furchtbaren Haß, der nicht sie betraf: arme Ottla, klägliche Ottla, meine Ottilie!

Aber es ist der Tag danach, vor dem Haus Nummer 11 der Spiegelgasse, und Klims hat ihm soeben gesagt, er habe bei den Damen immer hoch im Kurs gestanden.

Kepela hat kurz aufgelacht.
– Du sagst es, Pepíku! In unerhört hohem Kurs! Komm, erzähl mir doch lieber von Goethe...
– Das ist auch eine Frauengeschichte, sagt Klims.
Er war aus der Straßenbahn gesprungen, vorhin. Er war wie ein Verrückter gerannt, Kepelas Namen brüllend. Sie waren sich in die Arme gefallen. Du bist aufgetaucht, plötzlich, als ich gerade wegen der Zeitung an dich dachte: wie die Gestalt aus einem meiner Träume, wie eine Schöpfung meines Denkens, hatte er gesagt. Und Kepela: siehst du, daß sie recht hatten, dich aus der KP auszuschließen? Du bist ein rasender Idealist, schlimmer als der Bischof Berkeley! Die äußere Realität, das Anderssein existiert nur in deinem Denken! Dank seiner!
– Eine Frauengeschichte? fragte Karel. Goethe ist wegen einer Frauengeschichte 1775 nach Zürich gekommen?
– Aber gewiß, sagt Klims. Er ist vor Lili Schönemann geflohen. Von allen Frauen in Goethes Leben – und Gott weiß, daß es einiges zu diesem Thema zu sagen gibt, ebensoviel wie über Franz Kafka! – war Lili zweifellos die bemerkenswerteste. Die freieste jedenfalls, also die gefährlichste. Walter Benjamin behauptet es. Es muß stimmen, er irrt sich selten. 1775 ist Goethe also vor Lili Schönemann geflohen. In seiner langen Verteidigungsschlacht gegen die Ehe wählt er die Flucht, wieder einmal. Er eilt mit den Grafen Stolberg in die Schweiz. Er sucht Lavater auf, dessen physiognomische Studien ihn interessieren, dessen schwärmerischer Pietismus ihn jedoch bald abstößt. Und dann, mehr als ein Jahrhundert später, im Sommer 1911, kommt Kafka mit Max Brod in Zürich an. Er geht durch diese Straße, die Spiegelgasse...
– Warte, warte, nicht so schnell! ruft Kepela. Man weiß überhaupt nicht, ob er hier vorbeigekommen ist. Sein Reisetagebuch ...
– In der Tat, räumt Klims ein, sein Tagebuch sagt nichts davon, nicht ausdrücklich. Es sagt...

– Auch ich erinnere mich daran, was glaubst du denn? ruft Kepela.
Und sie sagen Kafkas Satz zusammen auf, einstimmig: »Altstadt: Enge steile Gasse, die ein Mann in blauer Bluse schwer herunterläuft...«
Sie lachen.
– Warum nicht diese hier? fährt Klims fort. Du wirst bemerkt haben, daß man ganz von selber hierher kommt, wenn man von den Kaianlagen der Limmat in die Altstadt eindringt. Kafka steigt also diese »enge steile« Spiegelgasse hinauf. Die Tafel an der Nummer 11 zieht seine Aufmerksamkeit an. Wegen Goethe, versteht sich. Als er mit Brod, im folgenden Sommer übrigens, 1912, wie durch Zufall, erneut in Ferien fährt, begeben sie sich nach Weimar, zu Goethe. Sagt dir das nichts, Karel? Er ist derart entspannt, unser Franz, daß er der Tochter des Konservators des Goethehauses nachstellt. Eine Periode seines Lebens, über die die Kafkaologen nichts zu sagen haben! Einen Monat später, in Prag, begegnet er Felice Bauer. Wieder eine Verlobungsgeschichte, nicht wahr? Lili Schönemann und Felice Bauer: willst du noch mehr?
Kepela lacht.
– Nein, schon gut, mach weiter!
– Also, sagt Klims triumphierend, das Buch fängt hier an: Ende August 1911, genau in dem Augenblick, da Kafka vor der Tafel stehenbleibt, die an Goethes Besuch bei Johann Caspar Lavater im Jahre 1775 erinnert...
– Aber was ist denn dein Buch? unterbricht Kepela. Vorhin sah es nach einem Essay über die Literatur aus, jetzt ähnelt es einem Roman!
– Na und? sagt Klims. Sei nicht dogmatisch, Karel! Es ist beides zugleich: ein philosophischer Roman. Eine wohlbekannte tschechische Gattung, nicht wahr?
– Sehr gut, sagt Kepela. Und welches sind seine Personen? In Zürich gibt es nämlich viele mögliche Personen! Von Rosa Luxemburg bis Dada, von Parvus bis Einstein, von

Martow bis Lenin, um nur vom 20. Jahrhundert zu reden!
– Warte, warte, nicht so schnell, ruft Klims. Bleiben wir beim 19. Jahrhundert!
Und er zieht Kepela etwas weiter, auf das gegenüberliegende Trottoir, das der geraden Hausnummern. Er zeigt Karel eine zweite Tafel an der Fassade eines anderen kleinen Hauses, das die Nummer 12 der Spiegelgasse trägt.
Er reibt sich die Hände im voraus, Josef Klims, auf das Licht der Überraschung und des Interesses im Blick seines Freundes lauernd.
Es hat geklappt.
Es gab augenblicklich einen Schimmer von Interesse und Überraschung in Karel Kepelas Augen.

IN DIESEM HAUSE STARB AM
19. FEBRUAR 1837
DER DICHTER GEORG BÜCHNER

– Na sowas! ruft er.
Er arbeitete gerade an einer Inszenierung von *Dantons Tod* für das Prager Nationaltheater, als er 1969 zum zweitenmal ins äußere Dunkel verbannt, aus jeder öffentlichen kulturellen Tätigkeit verjagt wurde. Der einzige Unterschied zur ersten Episode seiner Ungnade, der von 1953, bestand darin, daß man ihn diesmal nicht aus der Partei zu jagen brauchte. Er hatte sich nämlich gehütet, im sogenannten Prager Frühling wieder in sie einzutreten.
Aber 1969/70, zur Zeit der Wiederherstellung der Ordnung, wurde er nicht wieder in die Produktion geschickt. Auch wurde er nicht zum Friedhofswärter ernannt. Alle Arbeitsplätze, wo er Kontakte, und seien es noch so winzige oder flüchtige, mit seinen Mitbürgern hätte knüpfen können, wurden ihm untersagt. Schließlich, nach langen Wochen der Verzögerung, schickte man ihn in den Heizkeller eines Wohnblocks der Prager Vorstadt. Jeden Morgen zog er seinen Blaumann an und schaufelte in dem weitläufigen

unterirdischen Raum, der sein Bereich geworden war – seine platonische Höhle, sagte er zu Ottla –, Kohlen in die Heizkessel, die mehrere hundert Wohnungen mit warmem Wasser versorgten. Das brachte ihn manchmal zum Lachen. Er hatte sein Ausgestoßenenleben 1953 als Wärter von Kafkas Grab begonnen, und er beschloß es, nach dem jauchzenden Intermezzo Ende der sechziger Jahre, als eine Figur des Schriftstellers: die des Heizers aus *Amerika*.
Ja, das hatte ihn gelegentlich zum Lachen gebracht.

Er betrachtete die Gedenktafel an dem Haus, in dem, im Alter von vierundzwanzig Jahren, Georg Büchner, der zweifellos vom Genius berührte Dramatiker, gestorben war.
– *Nur ein Feigling stirbt für die Republik, ein Jakobiner tötet für sie…*
Er hat mit halblauter Stimme gesprochen. Aber Josef Klims versteht seine Worte genau. Er kennt diese Stelle aus *Dantons Tod*.
Es steht in der dritten Szene des ersten Akts. Es ist ein Lyoner, der spricht, im Jakobinerklub. In dieser Umkehrung, vom *Tod* zum *Mord*, diesem gewöhnlich mit der Zukunft, die letzterer hervorbringen soll, legitimierten Übergang, entwickelt sich in wenigen Worten eines der Hauptthemen jeder Revolution. Die neue Idee des Glücks jedenfalls, ebenso blutrünstig, historisch gesehen, ebenso totalitär wie die der klassenlosen Gesellschaft, spukt in gewissen Momenten und Figuren des Stücks von Büchner.
– Siehst du, daß uns die Spiegelgasse mitten ins Herz des Themas, des Subjekts führt? sagt Klims.
– Vielmehr in seinen Tod, antwortet Kepela. Den unausweichlichen Tod des Subjekts!
Sie lachen, sie zünden Zigaretten an.

Sie erinnern sich dunkel, daß sie schon einmal etwa das gleiche gesagt haben, vor dreißig Jahren, in Straschnitz. An dem Tag, an dem sie einander begegnet sind. Die Sonne schien, sie saßen auf dem Rand, der die Grabstätte der Familie Kafka eingrenzt. Sie hatten lange über den Tod gesprochen, der, unter Berufung auf den Fortschritt der Geschichte, das Leben – manchmal auch die Seelen – ihrer Zeitgenossen lenkte.

Dreißig Jahre, und nichts Entscheidendes war geschehen. Nicht einmal etwas wirklich Wichtiges. Die Geschichte fährt fort zu zerfallen, Tod zu erzeugen: ein reicher, fetter Boden, ein zweifellos fruchtbarer Humus, auf dem im Augenblick nur die Saat der Verzweiflung aufgeht. Aber vielleicht nährt sich hier die Saat der Hellsicht. Vielleicht muß man bis zum Ende dieses Zerfalls gehen, bis zum Ende dieser Geschichte. Das wohlgemerkt nicht das Ende *der* Geschichte sein wird: diese hat weder Ende noch Ziel. Dagegen hat sie Subjekte aller Art: Nationen, Völker, Klassen, charismatische Herren über Wind und Wetter, Patrone des Salz- oder Ölhandels, anonyme oder eponyme Individuen, und so weiter. Unzählige Subjekte, manchmal entschlossene, oft unentschlossene, die nie wissen, welche Geschichte sie machen, sie aber machen. Und zerschlagen. Rastlos, erbarmungslos, gelegentlich mit Vergnügen.

Erinnerst du dich an die französischen Porzellanteller zu Beginn des 19. Jahrhunderts? sagt Klims. Rings um einen Baum der Freiheit oder eine phrygische Mütze auf einer Pike oder um einen gallischen Hahn, der der Welt das Glück verkündet, kann man die Inschrift lesen: *Freiheit oder Tod!* Mitunter *Vaterland oder Tod*. Mit Büchner beginnen sich die wahren Probleme der Rhetorik zu stellen: gibt die massive, enthusiastische, unanfechtbare Entscheidung des Volks, nötigenfalls für die Freiheit, gegebenenfalls für das Vaterland zu sterben, den Jakobinern – und ich würde hinzufügen: den Bolschewiki – unter Umständen das Recht über Leben und Tod, ein Recht zum Mord? Das schließlich zur Institution wird, zum permanenten Terror, den Trotzki brillanter gerechtfertigt hat, auch wenn er ihn weniger ausübte als Stalin, der nur ein unverbesserlicher Pragmatiker war, also ein Heuchler? Im Namen eines abstrakten Volkswillens, den man am Ende monopolisiert, manipuliert und dann zum Schweigen der Knechtschaft verurteilt? Von *Dantons Tod* zu den Moskauer Prozessen besteht eine gewisse Kontinuität der historischen Themen.

Mit dem, erheblichen, Unterschied, fügt Klims hinzu, daß die bürgerliche Revolution eine wirkliche Revolution ist. Und als solche eine lebendige. Es ist das Leben, das ihre Entwicklung beherrscht, ihre Rückbildungen, ihre Exzesse, ihre Freuden und ihre Verbrechen, während des ganzen 19. Jahrhunderts. Wohingegen die proletarische Revolution totgeboren ist. Sie kann nur vom Tod beherrscht werden, von lebendig Toten, von Mördern oder verehrten, venerischen Mumien. Weil das Proletariat – was auch immer man über es sagen mag, und das ist das ganze Drama – eine Klasse ist, die den Horizont der bürgerlichen Gesellschaft – zu deren Bewegung es dagegen unerläßlich ist – nicht zu überschreiten vermag, die unfähig ist, etwas anderem Leben zu geben als dem Mehrwert seiner eigenen Produkte und seiner selbst als Produzent...

Mit dem Unterschied auch, sagt Kepela, daß Büchner sich nicht das Gesicht verschleiert, wie Lukács es hundert Jahre später tun wird, als er von *Dantons Tod* spricht, 1937, genau zur Zeit der großen stalinschen Prozesse. Er verdeckt nichts mit den heuchlerischen Schleiern einer Rechtfertigungsideologie. Sein Text ist klar, herrlich brutal, von chirurgischer Präzision: ebenso präzis wie die Rede über das Nervensystem des Schädels, die er hier in Zürich gehalten hat, 1836, ein Jahr vor seinem Tod...

In der er im übrigen von Lavater spricht, unterbricht ihn Klims. Du siehst, alles hängt miteinander zusammen, wie in geschickten Drehbüchern, volkstümlichen Romanen...

Und wie endet dein Buch? fragt Kepela.

Josef Klims lacht schallend.
Komm, ruft er, komm und sieh dir an, wie mein Buch endet!
Er zieht ihn zum Nebenhaus, auf der Seite der geraden Nummern der Gasse. Also zu dem, das die Nummer 14 trägt.

HIER WOHNTE VOM 21. FEBRUAR 1916
BIS 2. APRIL 1917
LENIN, DER FÜHRER DER RUSSISCHEN
REVOLUTION

Da fallen sie sich in die Arme, von unbändigem Lachen geschüttelt, die Wörter ersticken in ihrem Mund, sie ringen nach Atem vor diesem Haus, in dem Lenin, der Führer der russischen Revolution gewohnt hat.

Eine schweizerische Familie, die friedlich spazierengeht, kommt in diesem Augenblick auf dem gegenüberliegenden Trottoir der Gasse vorbei. Papa, Mama, die Kinder werfen einen nachsichtigen, verständnisvollen, obschon leicht erstaunten Blick auf die beiden aufgeregten Männer, die wild gestikulieren und unartikulierte Worte in einer offenkundig fremden Sprache von sich geben.
Den gleichen gelassenen schweizerischen Blick wie auf der alten Fotografie, die Josef Klims in den Archiven der Zürcher Stadtbibliothek bei den Recherchen zu seiner Arbeit entdeckt hat. Eine Fotografie, auf der man drei russische Exilanten – drei »Nihilisten«, heißt es in der Erläuterung auf dem Dokument – in einer Zürcher Straße im Jahre 1915 oder 1916 diskutieren sieht. Es handelt sich um Axelrod, Martow und Martynow. Martow, wer erinnert sich an ihn? Juli Ossipowitsch Zederbaum, genannt Martow, der Führer des linken Flügels der Menschewiki, der immer recht gehabt hat gegen Lenin, zu allen Zeiten ihrer endlosen Diskussio-

nen, doch dessen Name, dessen Gedächtnis – zuweilen auch dessen Ehre – zum alten Eisen, ja in den Mülleimer der Geschichte geworfen worden sind. Sozialverräter, natürlich. Hauptfeind, immer, was sie auch sagen mögen, der Bolschewiki.

Da stehen sie also auf der Straße und diskutieren mit großen Gesten. Hinter ihnen, im Hintergrund der Fotografie, dreht sich ein schweizerischer Herr um und betrachtet sie. Mit dem gleichen gelassenen schweizerischen Blick, den die schweizerische Familie, gelassen spazierengehend, an diesem Aprilsamstag 1982 auf Klims und Kepela wirft, die immer noch von unbändigem, verzweifeltem Gelächter geschüttelt sind vor der Tür des Hauses, in dem etwas mehr als ein Jahr lang Wladimir Iljitsch Uljanow, genannt Lenin, gewohnt hat. Kurz bevor er Rußland mit erleuchteter Intelligenz die neue Idee des Glücks aufnötigte, an der sein Land gestorben ist.

KAPITEL VIII

Das Ende der Libertinage

1.

Auf dem Bahnsteig in Vernon, um 18 Uhr 20, erkannte er sofort Franca Castellani.
Dabei hatte er sie noch nie gesehen. Er hatte häufig Nadine Feierabend gesehen, die am Ende des Bahnsteigs neben Franca stand, in der Nähe des Ausgangs. Aber er sah Nadine Feierabend nicht, bemerkte sie nicht. Er identifizierte Franca Castellani also nicht aufgrund einer Schlußfolgerung, weil sie dort neben Nadine stand: weil es logischerweise niemand anderes sein konnte.
Nein, überhaupt nicht.
Er sah nur Franca Castellani, sie allein. Ganz allein. Er erkannte nur sie, die er nie gesehen hatte. Er ging auf sie zu, wissend, wer sie war, noch bevor er im Jubel des Wiedererkennens die Silhouette von Nadine Feierabend gewahrte.
Allerdings hatte er getrunken, der Alkohol schärfte seine Sinne, seine Gefühle, obwohl er nie betrunken war. Oder nur selten.
Aber er ging auf Franca Castellani zu mit dem absurden, zumindest abgeschmackten Eindruck, daß ihre Anwesenheit auf dem Bahnsteig in gewisser Weise Ottlas Verrat auslöschte.

Vor ein paar Stunden, am Morgen, hatte er Ottla zum Bahnhof begleitet, jedoch nicht auf die Abfahrt des Zugs gewartet. Er war nicht einmal in den Waggon gestiegen. Er hatte gesehen, wie sie sich umdrehte mit jener lebhaften, anmutigen Bewegung des ganzen Körpers, die ihn einst so bezaubert hatte. Einen kurzen Moment hatte er Ottlas Blick erhaschen können.

Zum letztenmal zweifellos.
Die junge Frau war im Gang des Waggons verschwunden, einen Koffer schleppend. Sie schleppte immer Koffer, scheinbar schwere. Doch wenn sie sie auspackte, entquoll ihnen nie etwas anderes als Wäsche, in leichten, duftigen Massen: Seide, Spitzen, Korsetts, Frou-frou. Vielleicht war ja gerade diese libertinöse Leichtigkeit schwer zu tragen, wer weiß das schon.
Er hatte Ottlas Gesicht wiederauftauchen sehen, hinter der Scheibe des Abteils. Er hatte dieses halb verschwommene, im Gegenlicht einer mutwilligen Morgensonne getrübte Gesicht betrachtet. Er hatte sie zum letztenmal betrachtet.
– Ottla, meine Ottilie, hatte er gemurmelt.
Aber sie konnte ihn nicht hören, sie würde ihn nie mehr hören können.
Sie machte eine Bewegung.
Er hatte den Eindruck, als wolle sie die Scheibe des Abteils herunterdrücken. Zweifellos um ihm etwas zu sagen: ein Adieu, ein letztes Wort, ich liebe dich! Aber die Bewegung ihres Arms blieb in der Schwebe. Das letzte Adieu blieb in der Schwebe, gesättigt von ersticktem Schweigen in der lärmenden Atmosphäre des Zürcher Bahnhofs.
Er drehte sich auf dem Absatz um, entfernte sich schnellen Schrittes.
So durchmaß er etwa die Hälfte des langen Bahnsteigs. Dann begann er plötzlich zu rennen. Mit langen Schritten. Er wunderte sich selber über diesen unbedachten Impuls: er rannte.
Ein Pfiff brach seinen Schwung.
Ein Angestellter der helvetischen Eisenbahn, aufrichtig bekümmert, rief ihn zur Ordnung. Ein so verrücktes, überdies blindes Rennen, sagte er, könne einen Unfall verursachen. Bei den vielen Kindern auf dem Bahnsteig! rief der Angestellte der SBB.
Karel Kepela sah sich um, wieder zu sich gekommen.
Der Bahnsteig wimmelte tatsächlich von Kindern und ganz

jungen Leuten. Irgendein Schulausflug wahrscheinlich, an diesem Aprilsamstag.
Er entschuldigte sich für seine unfreiwillige Unvorsichtigkeit.
Der Angestellte setzte eine teilnahmsvolle Miene auf.
– Die junge Dame verläßt Sie? fragte er.
Karel empfand nicht das Bedürfnis zu präzisieren, daß er es war, der Ottla verließ, aber daß sie es war, die ihn verraten hatte. Er nickte nur.
Der Angestellte erklärte, er habe sie bei ihrer Ankunft auf dem Bahnsteig beobachtet. Es war ein Unglück zwischen ihnen, das sah man. Woran? An allem. An ihrem Schweigen, an ihrer Art, hintereinander herzugehen, an dem sich vergrößernden Abstand zwischen ihnen. An dem nur halb zurechtgemachten Gesicht der jungen Frau, deren eines Auge sorgfältig geschminkt war – nachgezogene Braue, blauumschattetes Lid –, das andere dagegen überhaupt nicht, was diesem weiblichen Gesicht eine innere Verschiedenheit, eine störende Asymmetrie verlieh: auf der einen Seite die Sicherheit der Maske; auf der anderen die wehrlose Verwirrung eines nackten Gesichts.
In diesem Augenblick wurde der Angestellte der SBB – der ein fließendes, gepflegtes Hochdeutsch sprach und nicht das einheimische Schweizerdeutsch – anscheinend von einem semantischen Taumel gepackt: er begann mit den Worten zu spielen, ein ziemlich gewagtes Spiel. Vorhin, bei seiner ersten Frage, hatte er, Ottla erwähnend, von der *jungen Dame* gesprochen. Jetzt sagte er *junge Frau,* was ebenso angemessen war, an sich banal, ihm jedoch erlaubte, von dieser Bezeichnung *junge Frau* subtil zu Spielen mit *Jungfrau* und *jungfräulich* überzuleiten; was ihn zu einer Abschweifung oder Spintisiererei über den jungfräulichen Aspekt von Ottlas Gesicht führte, zumindest jenes Teils, dessen Auge nicht zurechtgemacht, geschminkt, maskiert worden war, wo es sich in der durchsichtigen Nacktheit einer jugendlichen Verzweiflung zeigte.

Kurz, der Angestellte des Zürcher Bahnhofs hatte das Unglück zwischen ihnen aus einer ganzen Reihe von Zeichen geschlossen, zuletzt aus der Tatsache, daß sie ihren Koffer selber trug, während er ganz und gar nicht so aussah wie jemand, der Damen ihre Koffer tragen ließ. Nicht einmal Fräuleins. Ein zu großer Schmerz demnach bedrückte, benebelte ihn: es gab keine andere Erklärung.

– Wo steigt sie aus? fragte der Angestellte. In Wien? Oder erst am Ende, in Prag?

Kepela setzte sich wieder in Bewegung, mit kleinen Schritten.

Er wandte den Kopf um, sich entfernend.

– In Prag, murmelte er.

Aber im selben Moment unterbrachen alle Lautsprecher des Zürcher Bahnhofs ihre Botschaften an die Fahrgäste. Alle Kinder, die auf dem Bahnsteig 5 zum Ausflug bereitstanden, waren verstummt, unisono. Die einzigen, die noch sprachen, waren die Liebenden, die sich verabschiedeten, aber das war eine Sprache des Flüsterns, der Seufzer, der Berührungen.

In dieser plötzlichen Stille trat Karels Murmeln deutlich hervor.

Der Angestellte der SBB hatte sich verbeugt, als habe er soeben die Nachricht vom Tod eines geliebten Wesens erhalten. Er hatte den Kopf geschüttelt, niedergeschlagen. Dann hatte er mit einer Geste des Mitgefühls oder des Beileids seine betreßte Mütze ein wenig gelüftet.

Ottla war knapp siebzehn Jahre alt, als sie in Karels Leben erschien. Buchstäblich erschien. Eines schönen Tages stand sie da, an der Tür des Ateliers, wo er die Innenaufnahmen seines zweiten Films drehte, 1967. Sie hatte einen kleinen Koffer zu ihren Füßen abgestellt, sie wartete auf ihn.

Sie kam aus Doksy, einer kleinen Ortschaft bei den Seen Nordböhmens. Im Alter von fünfzehn Jahren hatte sie den Familienhof verlassen, um als Kellnerin in einem gewerkschaftlichen Erholungsheim am Mácha-See zu arbeiten. Sie hatte diese Zeit in guter Erinnerung behalten. Die Männer fanden sie reizend. Sie gaben es ihr mitunter allzu stürmisch zu verstehen, aber sie wußte sie sich vom Leib zu halten, was das Wesentliche betrifft, ohne deshalb zänkisch zu werden. Bis zu dem Tag, an dem sie sich fröhlich von einem Sportlehrer des Ferienlagers erwecken ließ. Es passierte in einem Ruderboot, fern von indiskreten Blicken, am anderen, mit hundertjährigen Bäumen bestandenen Ufer des Sees. Es war in der Abenddämmerung. Der kurze Regen, dicht, aber lau, eines Sommerendgewitters näßte ihre entblößten Beine, ihren nackten Bauch und spülte in einer Flut der Lust das Blut ihrer Tugend hinweg.

Sie war glücklich, seit diesem Mal. Aber sie war jedesmal glücklich. Begabt für diese Art von Glück. Ohne Zweifel begabt für alle kleinen Glücksmomente.

Eines Tages also war sie erschienen, aus Doksy kommend, der Gegend der Seen und Wälder Nordböhmens. Sie wartete auf ihn, Karel Kepela, auf niemand anderen, an der Tür des Ateliers in Barrandov.

Es waren die Jahre, in denen die illusorischen Bilder des Kinematographen anfingen, die abgerissenen Fäden zwischen der bürgerlichen tschechischen Gesellschaft – die atomisiert, massifiziert war durch fünfzehn Jahre totalitärer und dialektischer Herrschaft – und der Wahrheit heimtükkisch wieder zusammenzuknüpfen. An ihre eigene Realität anzuknüpfen, letzten Endes. Wie die Schwalben den Frühling ankündigen, wie das Beben des Wassers den Siedepunkt ankündigt, so kündigten die gaukelnden, scheinbar willkürlichen, gewagten Bilder des Kinos von Věra Chytilová und Kadár, von Jasny und Passer, von Forman und Kepela die tiefe soziale Bewegung an, die Jahre später ans Tageslicht treten sollte.

Die ersten, die die Botschaft des neuen tschechischen Films richtig entzifferten, waren die Männer an der Macht, versteht sich. »Solange ich auf meinem Posten stehe, wird die

konterrevolutionäre Kunst nicht verbreitet werden!« proklamierte mit Emphase Karol Bacílek, der erste Sekretär der slowakischen KP im Frühjahr 1963. In gewisser Weise hatte er recht. Er verlor denn auch bald seinen Posten, an dem ihn ein Unbekannter ersetzte, der Alexander Dubček hieß.
Aber Ottla wußte nichts von Karol Bacílek.
Sie wußte nicht, daß er Minister der Staatssicherheit gewesen war, in den fünfziger Jahren, und in dieser Eigenschaft einer der Organisatoren des Slansky-Prozesses. Ebensowenig wußte sie, wie jenes Ereignis auf abgefeimte Weise Kepelas Leben verändert hatte, denn es war der Anlaß zu seinem ersten Abstieg in die Verliese der Gesellschaft nach seinem Ausschluß aus der Partei.
Ottla interessierte sich ganz einfach für das Kino, das wieder lebendig und fröhlich geworden war. Sie wollte Schauspielerin werden, das war alles. Und so suchte sie in einer Illustrierten unter den Porträts der Regisseure der neuen Welle dasjenige von Kepela aus, das ihr verführerischer erschien als die anderen. (Um die volle Wahrheit zu sagen: sie schwankte ein paar Stunden zwischen Forman und Kepela, aber dieser hatte trotz seinen siebenunddreißig Jahren bereits weiße Haare, und Ottla bedurfte ebensosehr der Sicherheit wie der Verführung.)
Sie erkundigte sich geduldig nach Kepelas Anschrift und Arbeitsplan. Als sie im Besitz der entsprechenden Informationen war, packte sie einen kleinen Koffer und bestieg Omnibusse, die sie etappenweise nach Prag brachten.
Eines schönen Tages also erschien sie an der Tür der Ateliers in Barrandov und wartete auf Kepela. Sie wurde jedoch keine Schauspielerin. Nach zwei oder drei läppischen Auftritten in Nebenrollen schlüpfte sie hinter der Kamera in die Rolle eines Skriptgirls. Aber sie blieb in Karels Leben, durch die Ungewißheiten all dieser Jahre hindurch.

Als er an diesem Morgen den Zürcher Bahnhof verließ, war er durch die Bahnhofstraße zum See gegangen.
Er hatte die glitzernde Pracht der Schaufenster betrachtet. Die Boutiquen stellten die flauschigen Farben der Kaschmirs zur Schau. Die Buchhandlungen legten Bücher jeder Herkunft aus, in allen Sprachen. Damenschuhe aus weichem Leder mit hohen Absätzen präsentierten sich in der Evidenz und Natürlichkeit ihres Daseins: als wäre es normal, daß ihre exotische Üppigkeit sich so, in der Banalität ihres Warencharakters, darbot. Die zarteste, raffinierteste Unterwäsche schimmerte in der Frühlingssonne auf den schlanken Beinen, den verführerischen Hüften und Brüsten der Schaumstoffpuppen.
Er erinnerte sich an Ottla, gewiß, an ihre stets mit Dessous gefüllten Koffer. Man muß sagen, daß die junge Frau einen unbändigen Verbrauch an Wäschestücken hatte. In allen Zimmern, in denen Karel sie gevögelt hatte, quer durch Europa, hatte sie immer etwas vergessen: hier ein Paar rauchfarbene Strümpfe, dort ein lachsfarbenes Seidenhöschen, anderswo einen Strumpfhalter aus schwarzer Spitze.
Doch diese Erinnerung ließ sein Herz gefrieren: sie beschwor allzu deutliche Bilder. Er blieb stehen, plötzlich am Ende seiner Kräfte.
Er atmete tief, in kurzen Stößen.
Vielleicht war er, letztendlich, zum Teil selbst schuld an Ottlas Erniedrigung, ihrer Unterwerfung unter die Launen Sabinas, eines methodischen, lüsternen Polizisten. Denn als er ihr 1967 begegnet war, kannte sie nur das Begehren und die Lust, elementare, unproblematische Triebe. Unschuldige, wie heftig sie auch sein mochten. Er hatte ihr die Erotik beigebracht, die eine Art Kultur ist. Eine Sprache zumindest: durchzogen von Ungesagtem, infolgedessen von der Gewalt möglicher Übertretungen. Was nicht ohne Erkundung des Schändlichen geht, ohne Erlernen der freiwilligen Knechtschaft.
Damit hatte er sie vielleicht darauf vorbereitet, Karel Sabi-

nas, des sadistischen Polizisten, Sklavin zu werden, als er sie, vor Jahren, zu seiner gewieften und entzückten Geliebten gemacht hatte.

2.

Aber auf dem Bahnsteig in Vernon, um 18 Uhr 21, am Samstag, dem 24. April 1982, ging er vergnügt auf Franca Castellani zu.

Er hatte das sonderbare Gefühl gehabt, ihre Anwesenheit lösche Ottlas Verrat aus. Sie lösche auch einen anderen, ersten, fernen Verrat aus, dessen Vergessen zweifellos sein Inneres heimgesucht hatte, in der stummen, aber nicht ausdruckslosen Brutalität der Verdrängung.

Er dachte, daß niemand sich eine derart kitschige Inszenierung auszudenken gewagt hätte: nur das Leben durfte sich das erlauben. Ottla verschwand für immer, und sogleich erschien Franca. Und beide auf einem Bahnsteig. Es war fast unglaublich! Ein Fortsetzungsroman!

Er lachte, als er auf Franca Castellani zuging.

Diese war überrascht, ihn so anziehend zu finden, von einer sowohl überwältigenden wie überwältigten, durch einen Blick von eisigem Blau, prickelnd vor Mutwillen erleuchteten Schönheit.

Sie trafen aufeinander.

Er verneigte sich vor Franca, sagte ihr mit ernster und fröhlicher Stimme, daß sie genauso sei, wie er sie sich vorgestellt habe: unvorstellbar. Sie lächelte, etwas verdutzt über soviel Ungestüm. Er küßte Nadine, die selbst verblüfft war, auf den Mundwinkel.

Alles ging gut.

Er hatte einen Punkt äußersten, aber stillen Rauschs erreicht; so rein, so harmonisch wie ein vollkommener musikalischer Akkord, der sich grenzen- und grundlos in die Länge zöge. Einen Punkt, an den man nur selten gelangt, auch wenn man sich langsam, bedächtig von den Dämpfen des Alkohols

vollsaugen läßt, die einen durchtränken, wie das Regenwasser das Erdreich des Unterholzes durchtränkte, am Mácha-See, in Ottlas Erzählungen über ihre Kindheit.
Sie schritten zum Ausgang, er fragte, wo Juan sei, Franca sagte ihm, er sei sicher bei Antoine geblieben, im Atelier, vielleicht wisse er nicht einmal, daß Kepela an diesem Abend ankam, hatte sie es Antoine gesagt? Sie hatte nicht die geringste Erinnerung mehr. Ich frage mich, ob es eine angenehme Überraschung für ihn, Juan, sein wird, aber ich mußte mit ihm sprechen, schnell. *Der Weiße Berg?* fragte Nadine, willst du ihn wegen eures Projekts sehen? Aber Karel zuckte die Achseln. *Der Weiße Berg,* sagte er, sei eine Idee, die sie noch Monate, wer weiß, Jahre an Arbeit kosten werde, nein, nicht wegen der großen dramatischen Maschine (aber wie war die Nummer der Straßenbahnlinie, die vom Pohořelec-Platz zur Endstation Weißer Berg fuhr? Auch Klims hatte es ihm nicht sagen können, dabei hatte alles damit angefangen an jenem Morgen, mit der Suche nach dieser verblaßten Erinnerung!), eher wegen einer metaphysischen Entdeckung, die er über sich selbst gemacht habe, über die er mit Juan sprechen müsse, und zwar sofort. Die beiden Frauen brachen in Lachen aus, sahen sich an, plötzlich Komplizinnen, auf derselben Seite der Welt, und sei es nur für diesen kurzen Augenblick, in dem sie lachten und gemeinsam ausriefen: »Metaphysisch? schon wieder!«, und Kepela verstand nicht, warum sie lachten, worauf dieser Ausruf anspielte, er lachte ebenfalls, aber bitte sehr: es stimmt ja, daß er eine Entdeckung über sich selbst gemacht hatte, heute, eine metaphysische, wenn man so will, wenn man den Terminus, den er verwendet hatte, mit einer Spur von Spott wiederaufnimmt.

Er wirft seine Reisetasche in den Kofferraum des Wagens. Er steigt hinten ein. Die beiden Frauen sitzen bereits, Franca hinter dem Steuer, Nadine zu ihrer Rechten. Sie drehen sich in derselben Bewegung nach ihm um. Ihre Haare flattern um ihre Gesichter. Er findet, daß dieser Augenblick ein Genuß ist, daß die Frauen herrliche Geschöpfe sind. Er bewundert Nadines triumphale Jugend, ihre ernste und zugleich sinnliche Schönheit. Er begreift, als er Franca betrachtet, warum er sie auf dem Bahnsteig von Vernon sofort erkannt hat. Weil diese Unbekannte auf der Wegstrecke ihres Alterns jenen Punkt der Reife, der Blüte, der Entfaltung, der Frische, der Anmut erreicht hat, der keiner Erklärung, Schnörkel, Arrangements, Schminke oder Maske bedarf: jenen Punkt innerer Wahrheit, unverwüstlichen und zugleich empfindlichen, vollkommenen und bedrohten Gleichgewichts, der ihren Zauber so herzzerreißend machte und der sich, durch Metapher oder Analogie, mit dem Punkt vergleichen ließ, den er selbst in seinem Rausch erreicht hat. Aber es gibt bestimmt ein griechisches oder lateinisches lyrisches Gedicht, welches das alles beschreibt. Er wird Larrea fragen müssen, er ist sehr beschlagen in klassischen Quellen.

Er beugt sich über die Rückenlehne der Vordersitze, er spricht zu den beiden Frauen, abwechselnd der einen und der anderen zugewandt.

– Wenn wir wegführen? sagt er.

– Wir fahren weg, sagt Franca, die den Motor anläßt.

Er lacht.

– Richtig wegfahren, meine ich! sagt er.

Sie sehen ihn an.

– Wir lassen den Künstler und den Schriftsteller sausen, wir fahren weg. Die beiden haben sich vor vierzig Jahren kennengelernt, nicht wahr? Sie haben sich bestimmt eine Menge zu sagen. Vielleicht werden sie unsere Abwesenheit nicht einmal bemerken? Fahren wir?

– Wohin denn? fragt Franca.

Er sieht sie beide an, lange. Als suche er in der Verheißung ihrer Augen eine Antwort auf diese Frage.

– Fahren wir nach Meran, sagt er, es muß schön sein im Frühling. Ich habe Meran nur im Herbst kennengelernt, wie

Nikolai Nikolajewitsch Krestinski. Und ich habe immer davon geträumt, mit zwei Frauen nach Meran zu fahren!
Nadine strafft sich.
– Ich, sagt sie schneidend, mit zwei Männern. Manchmal warst du einer von ihnen!
Sie provoziert ihn. Sie messen sich mit dem Blick, er ist es, der sich abwendet.
– Und Sie? sagt er zu Franca.
– Ich kenne Meran gut, sagt diese in neutralem Ton.
Sie wird nichts weiter dazu sagen.
– Wenn man vom libertinösen Aspekt dieser idiotischen Reise absieht, sagt Nadine, weshalb Meran?
Karel will protestieren. Sie scheint nicht zu verstehen, daß es genau das Gegenteil ist, daß es um das Ende der Libertinage in seinem Leben geht. Freilich, es ist nicht leicht zu verstehen. Zumindest, wenn man sich an die Form seiner Äußerung hält. Er wird es deutlicher erklären müssen.
Nadine insistiert, sie will wissen, weshalb Meran.
– Wegen Kafka natürlich! Er ist im April hingefahren...
– Mit zwei Frauen? unterbricht ihn Nadine mit spöttischer Stimme.
– Eben nicht! Ganz allein, ganz verrückt, ganz unglücklich! Fahren wir nach Meran, um Kafkas Unglück auszutreiben, seine Einsamkeit.
Nadine lacht säuerlich.
– Kafkas Einsamkeit, o ja! ruft sie. Zunächst einmal hat er sie gewollt, hergestellt, beschützt. Dann hat er daraus eine Waffe gemacht, um alle Frauen leiden zu lassen, die er kennenlernte, die er zu lieben beschloß. Achtung, ich sage lieben! Denn diejenigen, die er zu vögeln beschloß, hier oder dort, nicht allzu oft, das ermüdet den Schriftsteller, das verschwendet unnütz seinen göttlichen Samen, diese Frauen hat er ohne Gerede gevögelt, ohne Getue. Vielleicht auch ohne allzuviel Erfolg, das ist eine andere Sache! Aber er hat nur die Frauen mit seiner Einsamkeit angeödet! Die Männer, seine Freunde, die ödete er nicht an, die piesackte er nicht

mit den neurotischen Ansprüchen seines Egoismus. Er lachte mit ihnen, trank Bier mit ihnen, fuhr mit ihnen an die Strände der Ostsee, las ihnen seine unsterblichen kleinen Werke vor! Also, wenn es wegen Kafka ist, dann kannst du ganz allein nach Meran fahren, wie er... Jedenfalls ohne mich!

Franca lacht herzhaft, Kepela pfeift bewundernd.

– Man kannte bisher die natürliche und die übernatürliche Lektüre des Werks von Kafka, die analytische und die soziologische, die humanistische und die antihumanistische: hier nun die feministische Lektüre Nadine Feierabends. Das Wochenende wird himmlisch werden, meine Damen, ich fühle es. Wir müssen etwas trinken!

Karel zieht aus der Innentasche seiner Jacke eine flache, verzierte Reiseflasche. Er schraubt den versilberten Verschluß ab, der als Glas dient, reicht ihn Franca.

– Trinken wir! sagt er.

– Ist das Wodka? fragt Franca mißtrauisch.

Er schreit auf, entrüstet.

– Wie entsetzlich! Ich trinke niemals diesen Muschik-Schnaps, diesen Schnaps eines pogromistischen Kosaken, eines weichlichen karamasowschen Träumers, eines attilesken und äthylischen Invasoren... Ich trinke nur den demokratischen Schnaps *par excellence,* den guten alten schottischen Whisky, dessen weltweite Verbreitung einhergeht mit dem Fortschreiten der klassischen Musik, des Fairplay, der schönen Literatur und der Empfängnisverhütung!

Franca lächelt. Sie beginnt zu glauben, daß Kepela heute wirklich eine wichtige Entdeckung gemacht hat. Über sich selbst oder über die Welt? Über beides zugleich vielleicht. Das macht ihn redselig.

Sie streckt die Hand aus.

– Also einen Tropfen, sagt sie.

Er serviert ihr ein wenig goldkäferfarbenen Schnaps.

– Sie dürfen einen Wunsch äußern, er geht in Erfüllung, sagt Karel.

Sie hebt das winzige Glas in Höhe ihres Gesichts, sie sieht die beiden einen nach dem andern an. Ein verrückter Wunsch entbrennt ihr Herz, ihren Körper, ganz plötzlich. Sie trinkt das Feuerwasser in einem Zug. Sie schließt die Augen.
Karel nimmt den Silberverschluß wieder an sich, der als Behälter dient, er füllt ihn von neuem, reicht ihn Nadine.
– Jetzt du.
Auch sie trinkt in einem Zug.
– Bravo! sagt er. Ihr seid wirklich würdig, mich zu begleiten, alle beide! Nach Meran oder nach Vals-les-Bains, gleichviel! Wir reden noch darüber.
Er schenkt sich zu trinken ein, er betrachtet die beiden ihm zugewandten Frauen im Wagen, dessen Motor im Leerlauf brummt.
– Ich bringe einen bewegten und dankbaren Toast aus auf die britische Flotte, die in diesem Moment mit flatterndem Union Jack zu den Malvinen eilt! sagt er.
Nadine sieht zu, wie er den Schnaps schluckt. Sie spricht mit mißbilligender Miene.
– Findest du das glorreich, diese imperiale Expedition? fragt sie.
Karel Kepela sieht sie ernsthaft an.
– Ich finde an keiner militärischen Unternehmnung, welche es auch sei, je etwas glorreich, sagt er. Aber diese finde ich tröstlich.
Er schenkt sich erneut ein.
– Ich bringe einen Toast aus auf die Niederlage der argentinischen Diktatur ... Ich weiß zwar, daß sich, im Gefolge von Fidel Castro und Garcia Márquez, alle lateinamerikanischen Progressisten den argentinischen Generälen, diesen mit Orden und Blut bedeckten Puppen in die Arme werfen ... Aber ich trinke auf ihre unbedingte Zerschmetterung, von ganzem Herzen. Diesmal hat die Dialektik etwas Gutes: diese imperiale Expedition, wie du sagst, Liebling, wird in Argentinien zweifellos die Demokratie wiederherstellen!
Franca de Stermaria sieht ihn an.

– Und wenn wir diese spannende Diskussion zu Hause fortsetzen würden? sagt sie.
Karel nickt, strahlend.
– Das ist, sagt er, eine ausgezeichnete Idee. Ich muß mit Juan sprechen!
Er schenkt sich wieder ein, einen letzten Schluck Whisky.
– Ich trinke auf das Ende der Libertinage, sagt er feierlich.
Sie wissen nicht, wovon er spricht, aber das ist nicht so wichtig. Das Auto fährt an. Er steckt die Flasche in seine Jackentasche zurück, er läßt sich gehen.

3.

Er hatte schon am Morgen zu trinken begonnen, bei Josef Klims.
Dieser wohnte in einer Wohnung in der Spiegelgasse 18, zwei Häuser weiter, als Lenin gewohnt hatte. Sie gingen dorthin, Kepela hatte noch Zeit.
Klims kochte Kaffee. Dann ließen sie sich, ohne Vorsatz, aber auch ohne Schwierigkeit, in die kommunikative Kälte des Alkohols gleiten. Sehr gut für den Verfremdungseffekt, sagte Kepela lachend: unerläßlich für eine Unterhaltung wie die unsere. Ohne Schnaps und ohne Verfremdung, fügte Klims hinzu, heult man zum Schluß wie ein Schloßhund. Sie sprachen über Brecht, den Faden ihres Gesprächs über *Dantons Tod* wieder aufnehmend; über die gleichsam zynische Klarheit (»*hündisch, hündisch,* würde Kafka sagen«, sagte Kepela) der *Maßnahme,* eines Lehrstücks, in dem Brecht schon Anfang der dreißiger Jahre die stalinschen Prozesse im voraus in Szene setzt, sie dabei, ebenfalls im voraus ihres ideologischen Rechtfertigungsflitters entkleidet.
Denn nicht, weil in die *Maßnahme* der junge kommunistische Agitator ein Agent des Feindes wird, beschließen seine Mitstreiter, ihn hinzurichten. Sondern, ganz im Gegenteil, weil er zum Agenten seiner selbst wird: seiner Triebe, seiner Gefühle, seiner Werte, seiner Individualität. Weil er von sich

selbst agiert wird, weil er er selbst wird, Akteur also und nicht mehr Agent der Parteiraison, des Parteigeistes. Es ist das besondere Individuum – o wie sonderbar, man selbst zu sein! –, das seine Kameraden hinrichten: ein Geschöpf, das verrückt genug, verantwortungslos genug war, die Geschichte der kommunistischen Bewegung durch seine persönliche Initiative prägen zu wollen. Aber er wird sie nur durch das Exempel seiner exemplarischen Bestrafung und die exemplarische, gemeine und glorreiche Hinnahme dieser Strafe prägen. Durch die Hinnahme eines entehrenden Todes zugunsten der historischen Ehre der Revolution.

Just dieser Aspekt des Brechtschen Stücks – sein beißender Zynismus und Realismus – erregten das Befremden und den gesinnungstreuen Grimm der Bürokraten der sozialistisch-realistischen Literatur der Kurella und Konsorten. Wie konnten sie eine so kalte Sprache, eine Sprache ohne ideologische Doppelzüngigkeit zulassen in dem Moment, da Stalin alle kleinen Pioniere im Matrosenanzug, die in seine Nähe kamen, in die Arme schloß und verkündete, daß der Mensch das kostbarste Kapital ist? Kurz, in dem Moment, da der Terror seinen Höhepunkt erreichte?

Sie sprachen, sie tranken: die Zeit verging.

Dann bekamen sie Hunger: Alkohol und Gespräche wecken den Appetit.

Wenn Libuše da wäre, verkündete Klims, würde sie uns was zu Essen machen. Rühreier zum Beispiel. Libuše? Aber ja, sie gehört jetzt zum Symphonieorchester von Zürich: dritte Geige. Aber sie hat den ganzen Vormittag Probe, du wirst sie nicht sehen, sagte Klims.

Kepela hatte den Vornamen von Klims Gefährtin vergessen. Er hatte sogar ganz einfach ihre Existenz vergessen. In der Freude des Wiedersehens, der Aufregung des Geplauders an diesem Morgen hatte er Libuše vergessen. Dabei war das recht undankbar, recht egoistisch, denn er hatte sehr gute Erinnerungen an sie gehabt. So vergnügliche, voller Lachen, voll schlüpfriger Erfindungen, voll sinnlicher Ungeniertheiten, daß es ein Jammer war, sie vergessen zu haben, wenn auch nur vorübergehend. In New York übrigens, vor vierzehn Tagen, hatte er an Libuše gedacht. Wegen des Albums des Herrn von Bayros, das er in einer Buchhandlung auf dem Times Square gekauft hatte natürlich. Er hatte eine der Bildtafeln der Sammlung betrachtet und hatte sich lächelnd an Libuše erinnert, an ihre Geige, in Karlovy Vary.

Denn er hatte Libuše in Karlovy Vary erkannt – biblisch, versteht sich, 1966, anläßlich eines Filmfestivals. Klims hatte sie bei derselben Gelegenheit erkannt, aber er, Klims, hatte nichts Biblisches: er war eher literarisch. Oder romantisch. Nun ja, was der Volksmund romantisch nennt, als ob die Romantiker nicht verdammte Ficker gewesen wären! Aber Klims, eher romanesk als romantisch, hätte es in intellektueller, wenn nicht moralischer Hinsicht für undenkbar, unschicklich gehalten, die Beine einer sichtlich willigen jungen Frau, die neben ihm auf einem Kanapee schmachtete, auseinanderzudrücken, ohne ihr zuvor, beispielsweise bei den Spaziergängen unter der Zítek-Kolonnade (wenn es sich in Karlovy Vary abspielte, wohlgemerkt, früher Karlsbad, zur Zeit, als Goethe, dann Marx, und dann Kafka dorthin fuhren, aber die Arkaden der rue de Rivoli hätten gegebenenfalls die Rolle genausogut übernehmen können), ausführlich von Diotima erzählt zu haben – ein wunderbarer Vorname, der es erlaubte, nahezu bruchlos von Hölderlin zu Musil überzuwechseln! –, ohne ihr zuvor einige Dutzend herzergreifende Briefe oder Billetts geschrieben zu haben, Klims also, in Karlovy Vary, machte Libuše in jenem Jahr beharrlich, aber ritterlich den Hof. In dieser Zeit traf sich Karel mit der jungen Frau zu schamlosen Siesten oder Frühstücken in ihrem Zimmer unter dem Dach des *Moskva-Pupp,* wo sie sich gegenseitig ergötzten, daß ihnen Hören und Sehen verging, zur eifersüchtigen, aber prickelnden Empörung der anderen Damen der Kapelle, die auf derselben Etage wohnten.

Dennoch beschwor Libušes Vorname nicht nur vergnügliche

Erinnerungen. Heimtückisch erinnerte er Kepela auch an Ottlas Schicksal, ihren Verrat. Karel Sabina nämlich – der erste Sabina, der aus dem vorigen Jahrhundert – hatte das Libretto zu einer Oper von Bedřick Smetana geschrieben, *Die verkaufte Braut*. Aber das berühmteste Werk des tschechischen Musikers war *Libuše*. Daher, wegen des momentan vergessenen Vornamens von Klims' Gefährtin, hatte sich Karel an Smetana erinnert und dann, assoziativ, an Sabina, den talentierten, patriotischen Journalisten, der als Spitzel der kaiserlichen Polizei Österreichs endete.

Da es heute also keine Libuše geben würde, auch keine Rühreier, erzählte er Klims von Ottlas Verrat, die Geschichte des winzigen, in der luxuriösen Puderdose versteckten Tonbandgeräts.

– Was hast du gemacht, fragte Josef, als der Zufall dir erlaubte, diese Überwachung zu entdecken?

– Ich habe Ottla gevögelt, so lange es ging, bis zur Erschöpfung meiner Kräfte, mit Verzweiflung, sagte Kepela. Und dabei nicht aufgehört zu reden. Und ich habe alles aufgenommen und damit die früheren Spuren auf dem Band gelöscht. Was vertrauliche Informationen angeht, so hat Sabina diesmal nur Schweinereien zu hören bekommen!

Sie lachten traurig.

Sie tranken weiter, ohne Hast, aber ununterbrochen. Der Alkohol tränkte ihr Blut, so wie der Herbstregen einst ins sandige Unterholz sickerte, rings um den Mácha-See.

Der mütterliche Regen aus Ottlas Erzählungen, für immer verloren.

4.

Ein Hund erwartete ihn in der Spiegelgasse, als er Josef Klims verließ.

Ich habe zuviel getrunken, dachte er zuerst.

Der Hund war von unbestimmter Rasse, sein Fell von gelbgeflecktem Grau. Auf seinem Hinterteil sitzend, schien

er genau gegenüber der Nummer 18, auf der andern Seite der Gasse auf Karels Kommen zu warten.
Er sprang auf, wedelte mit dem Schwanz.
Ich weiß, woher du kommst, Hund, dachte Kepela. Ich weiß, aus welchem Träumen, welchen Lektüren, wie im Traum gemachten Erfahrungen. Hund von Čapek, Hund von Kafka, Hund von Pinkas, verschwinde! Ich habe nicht genug getrunken, daß du mich begleitest!
Aber der Hund begrüßte ihn freudig auf dem Trottoir gegenüber.
Da ging er, quer über die Gasse rennend, auch brüllend, auf das Tier los, um diesem Hund meiner Hündin Angst einzujagen, diesem Hund aus Traum und Nebel.
Er mußte sich jedoch von der Tatsache überzeugen lassen: der Hund war durchaus wirklich. Er war zwar ein Bastard, aber er war wirklich. Nicht nur wirklich ein Bastard, sondern einfach wirklich. Wahr also. Ein wahrer Hund aus Fleisch und Blut, der auf ihn wartete, der obendrein spielen wollte: er war vor Glück japsend zur Seite gesprungen, als Karel auf ihn losgestürmt war. Er hatte überhaupt keine Angst gehabt.
Er hüpfte auf der Stelle, etwas weiter entfernt, leise jaulend. Hoffte zweifellos auf die Fortsetzung des Spiels der verrückten Rennerei durch die abschüssige Spiegelgasse.
Kurz und gut, dachte Karel, ich habe noch nicht genug getrunken.
Er setzte sich auf den Bordstein des Trottoirs. Lasset die Hündlein zu mir kommen, dachte er. Vielleicht sagte er es auch halblaut. Jedenfalls bellte der graugelbe Bastard vor Freude und pflanzte sich vor ihm auf.
In diesem Augenblick erkannte er ihn.
Es war der Hund von Valerie, natürlich! Oder vielmehr der Hund, den Valerie ihm geschenkt hatte. Wieviel Zeit war seitdem vergangen? Mehr als dreißig Jahre. Alles fiel ihm wieder ein, alles, was er beflissen, verbissen vergessen hatte. Ihn fröstelte deswegen unter der Aprilsonne auf dem Bord-

stein des Trottoirs, zwischen dem Haus, in dem Wladimir Iljitsch Lenin gewohnt hatte, und dem, in dem Georg Büchner gestorben war.
Er beugte sich zu dem Hund und rief ihn bei seinem einstigen Namen.
– Fučik, sagte er leise.
Der Hund spitzte die Ohren, schnupperte die laue Luft und begann, auf Karels Hand zuzukriechen, zu der Liebkosung, die diese Hand zu verheißen schien, im voraus winselnd vor Glück.
– Fučik, sagte Karel, mein kleiner Fučik!
Er streichelte den Kopf des jungen Hundes, der sich zwischen seine Beine legte.

Vor dreißig Jahren, in Prag, war Valerie, das Hündchen im Arm, in die Wohnung gekommen, in der sie seit ihrer Heirat lebten.
Da, hatte sie geschrien, wolltest du nicht einen Balg? Da ist er, ich habe ihn ganz allein gemacht!
Er war erbleicht, ohne recht zu verstehen, worauf sie hinauswollte. Aber immerhin genug, um zu erbleichen.
Was machst du so ein entsetztes Gesicht? Ich habe dir gesagt, daß ich kein Kind von dir will! Also, wenn du Papa und Mama spielen willst, spiel damit, soviel du willst! Da ist dein Balg, was andres kriegst du nicht!
Und sie hatte ihm das Hündchen in die Hände gelegt.
Karel schloß die Augen, atmete tief, versuchte, sich zu erinnern, wie sowas in den Romanen ausgeht, in denen die Liebe unglücklich ist. Als ihm mehrere Romane eingefallen waren, in denen es böse, wirklich sehr böse ausgeht, und er die Augen wieder öffnete, verließ Valerie den Raum, um sich in ihr Zimmer einzuschließen. Auf der Türschwelle drehte sie sich um.
An dem Tag, wo du mich den Kreml sehen läßt, können wir nochmal drüber reden! zischte sie.

Die Tür knallte. Karel blieb erstarrt, betäubt von diesem letzten Schlag zurück.
Zweifellos muß man die winzige Zeitspanne nutzen, die Karel Kepela brauchen wird, zu sich zu kommen, wie man sagt, sich zu fangen, wieder Oberwasser zu bekommen, wieder Kräfte, Atem und Lebensgeister zu schöpfen, um zu erklären, was der Kreml in dieser privaten Geschichte zu suchen hat.
Es ist im Grunde ziemlich einfach.
Alle Freunde des jungen Paars – sie sind zwanzig Jahre alt, ihre Kameraden sind zwanzig Jahre alt, die Tschechoslowakei baut den Sozialismus auf, zu Beginn der fünfziger Jahre! –, alle ihre Kommilitonen in der Universität, im Ateliertheater, das Karel mit bereits anerkanntem Talent leitet, sie alle sind streitbare Mitglieder der kommunistischen Jugend, manchmal sogar der Partei.
Aber sie sind Tschechen, sie gehören zu einem Land mit alter, andererseits lange gefoppter und gefesselter Kultur. Sie badeten also in einem Klima vorväterlicher Ironie, tief verwurzelten Humors, den üblichen Formen der nationalen Selbstverteidigung und Abwehrmaßnahmen des Schwachen gegenüber dem Starken. Und so können sie, ihrem getreuen ideologischen Enthusiasmus zum Trotz, nicht umhin, über die alberne Prüderie der sowjetischen Filme zu lachen, die man sie anzuschauen zwingt.
Einer dieser langen, ein überdies armenischer, Streifen war bei ihnen berühmt, weil jedesmal, wenn der Held und die Heldin sich schmachtend zueinanderbeugten; jedesmal, wenn sie sich hätten küssen, sich auf dem Teppich oder im Kolchosenheu hätten wälzen müssen, um die Ekstase zu erleben, einer von beiden die Bewegung unterbrach, einen Punkt am Horizont fixierte und emphatisch, mit starrem, leerem Blick verkündete, ihm wäre, als sähe er den Kreml, die erleuchteten Fenster des Kremls, hinter denen, spät in der Nacht, Josef Stalin väterlich über das Glück des Volkes wachte.
Und so war »den Kreml sehen« in ihrem Freundeskreis eine Art ironisches Losungswort geworden: das spöttische und

klandestine *analogon* für die sexuelle Lust, die sich die verdienstvollen Kolchosebauern besagten Films in einer sublimen Sublimierungsanstrengung versagten.
Tatsache ist, daß Valeries Schlußstrich, *in cauda venenum,* um so verletzender war, als es wahr war, traurig wahr.
Nach acht Monaten Ehe war es Karel immer noch nicht gelungen, seine junge Frau den Kreml sehen zu lassen. Er liebte sie bis zum Wahnsinn – denn sie war wahnsinnig liebenswert: die strahlendste Schönheit, die sich vorstellen läßt –, er begehrte sie in jedem Augenblick, er nahm sie bei allen Gelegenheiten und sogar ohne plausible Gelegenheit, aber es gelang ihm nicht, sie wirklich die Lust erleben zu lassen. Ihr Nahen, ihre Präliminarien, ihre Verheißungen, ihre Primizien, gewiß. Aber die Lust selbst: den Schrei, das Versinken, den unsäglichen Abgrund, den Genuß – nein. Und das gab sich auch nicht im Laufe der Zeit, natürlich nicht. Es gerann zu Bitternissen, Gehässigkeiten, Hoffnungslosigkeiten und Verletzungen.
Später, als Karel Kepela genügend Erfahrungen gesammelt hatte, um zu wissen, daß Valerie die einzige Frau war, bei der es ihm nicht gelungen war, sie den Kreml sehen zu lassen; die einzige, die keinen Kreml hatte – wenigstens nicht mit ihm – wie offenbar alle anderen ihn hatten, und zwar nicht nur einen leichten, sondern dicht unter der Haut, in Strömen, im Überfluß, noch und noch; später kam es manchmal vor, daß er sich sagte – ganz blödsinnig, denn entweder war es ein Ergötzen an Abwegigem oder aber die Weigerung, sein Scheitern bei Valerie zu Ende zu analysieren –, daß die große Liebe nicht vereinbar ist mit der Lust, daß sie zu verschiedenen Universen gehören. Jedenfalls hatte er langezeit so getan, als glaube er, daß er nie wieder eine Frau so geliebt habe wie Valerie. Dagegen hatte er nicht aufgehört, die Lust zu erleben und erleben zu lassen. Es wurde sogar langweilig, diese fortgesetzte Verschwendungssucht der Libertinage.

Er streichelte den Kopf von Fučik, der auf dem Bordstein des Trottoirs der Spiegelgasse zwischen seinen Knien kauerte.

– Also, sagte er halblaut zu dem Hund, also, junger Hund, alter Fučik, kleiner Bastard, bist du zurückgekommen? Hast du im Jenseits gehört, daß mir ein Unglück zugestoßen ist, wieder wegen einer Frau, hast du Straschnitz verlassen, bist du gekommen, mich wiederzusehen? Kleiner Bastard, kleiner Fučik, mein Liebling!

Vor dreißig Jahren hatte er zunächst beschlossen, das Hündchen zu verabscheuen, das Valerie ihm in die Hände gelegt hatte, als lächerliches Symbol – warm, lebendig, haarig, winselnd – seines Versagens bei ihr. Seines Unglücks mit ihr. Er hatte sogar beschlossen, sich von ihm zu trennen, ihn in einer Anlage auszusetzen, irgendwo. Aber der junge Hund hatte ihn so vertrauensvoll, mit solch zärtlicher Unterwürfigkeit angesehen, daß er nicht den Mut gehabt hatte, seinen Plan in die Tat umzusetzen.

Er hatte das Hündchen also behalten, ihm den Namen Fučik gegeben.

Zumindest war das der Name, den er privat benutzte, zu Hause. Oder auch vor einigen Kameraden seines engsten Freundeskreises. In der Öffentlichkeit rief er ihn auf Deutsch, er nannte ihn einfach *Hund.* Manchmal *Julius,* in den Augenblicken des Spiels und der Freude.

Der Name des Hundes war nach den gleichen Kriterien gesunder Ironie gewählt worden, mit der sie »den Kreml sehen« sagten. Julius Fučik war nämlich einer der kommunistischen Helden des antifaschistischen Widerstands gewesen. Er war am Galgen gestorben und hatte eine Art Tagebuch hinterlassen – zumindest stellte man diesen Text als ein solches vor –, dessen humanistische Rhetorik (»Menschen, ich liebe euch! Seid wachsam!« lauteten höchst gelegen die letzten Worte dieses Tagebuchs) zur quasi offiziellen Leier geworden war. Meetings, Versammlungen, sportliche Ausflüge, militärische Manöver oder Diskussionen über die Kunst fanden immer mit gleichem Erfolg einen angemessenen Abschluß mit den Worten von Julius Fučik. Später, zwei Jahre nachdem der kleine Hund in Karels Leben eingetreten war, leistete die Leiche des von Hitleranhängern ermordeten Fučik den Führern der Partei, des Staates und seines Sicherheitsdiensts noch einmal große Dienste, zur Zeit der getürkten Prozesse der fünfziger Jahre. Zum Beispiel wurden Rudolf Slansky und einige seiner Mitangeklagten beschuldigt, Fučik an die Gestapo ausgeliefert zu haben. Eine völlig unbegründete Anklage, wie man sich denken kann, die es jedoch ermöglichte, die Witwe des von den Nazis ermordeten Kämpfers in den Zeugenstand zu rufen. Fučikova war hehr und erhaben vor revolutionärer Strenge und Parteigeist. Sie verlangte den Kopf der Angeklagten, läufigen Hunden des Imperialismus, Zionismus und Revisionismus, und zitierte noch einmal Julius Fučiks letzte Worte: »Menschen, ich liebe euch! Seid wachsam!«

Im Namen dieser Liebe zu den Menschen wurden Slansky und seine Mitangeklagten erhängt. Im Namen dieser humanistischen Wachsamkeit erlebten Tausende von Männern und Frauen die Folter, das Gefängnis, die Zwangsarbeit.

Wie dem auch sei, einem jungen Hund, obendrein einem Bastard den Namen Fučik zu geben, war, sogar vor dem Slansky-Prozeß, einigermaßen respektlos. Nicht gerade boshaft, aber respektlos. Es vermenschlichte, paradoxerweise zweifellos, die Person von Julius Fučik, ließ ihn vom unerreichbaren Sockel des stalinistischen Humanismus herabsteigen. Aber diese Vermenschlichung war ganz unverkennbar ein politischer Fehler; der proletarische Humanismus ist nicht dazu da, die Chefs zu vermenschlichen, sondern sie zu vergöttlichen.

Noch ein Geheimnis der Dialektik!

In Kepelas eigenem Prozeß jedenfalls, der unter Ausschluß der Öffentlichkeit vor den Kontrollinstanzen der Partei stattfand, lud man zwar nicht Fučikova vor, damit sie an die Worte ihres Mannes erinnere, sondern schlicht und einfach Julius Fučik.

Den Hund Fučik, versteht sich, Belastungszeuge wider Willen.
Die Tatsache, einem Bastardhündchen den Namen eines unvergänglichen Helden gegeben zu haben, wurde, wie sich denken läßt, im Kapitel der gegen den Verdächtigen sprechenden Fakten festgehalten. Eines Tages also, vor der Kommission, die seinen Fall untersuchte und die aus Mitgliedern der Kaderabteilung der Partei und der Sicherheitsdienste bestand – alle waren sie anonym, alle mit der Maske des Worts »Genosse« verhüllt –, sah Karel Valerie in Erscheinung treten, den kleinen Hund Fučik im Arm.
Mit gebrochener, zitternder Stimme erklärte die immer noch strahlend schöne junge Frau, wie sehr sie in ihrem sozialistischen Patriotismus gelitten habe unter diesem skeptischen, kosmopolitischen Ehemann, der alles lächerlich machte. Ihr Leben sei eine wahre seelische Hölle gewesen. Sie veranschaulichte diese Behauptung mit Hilfe einiger plastischer Anekdoten – die Geschichte des Kremls war jedoch nicht dabei –, die Karels Querköpfigkeit entlarvten.
Mit feuchten Augen, den Genossen des Parteitribunals zugewandt, leistete Valerie eine gründliche Selbstkritik und bat abschließend um Gnade und Vergebung: gebt mir eine Chance, rief sie, mein Leben neu zu beginnen, bei der Arbeit am Aufbau des Sozialismus diesen Feind des Volkes für immer zu vergessen, diesen bürgerlichen Professorensohn, der fast mein Leben ruiniert hätte.
Karel war nahe daran, ihrer Tirade zu applaudieren.
Er hatte sich, rückblickend, zu dem guten Spürsinn beglückwünscht, der ihn, als er die Rollen eines Lehrstücks über den Slansky-Prozeß verteilte, das wie ein Bumerang zu ihm zurückgekehrt war, veranlaßt hatte, Valerie alle wunderbaren Frauengestalten anzuvertrauen, die ihre Ehemänner um der guten Sache willen denunzierten.
Sie wäre sehr gut in dieser Rolle gewesen, völlig passend. Der Beweis dafür war soeben erbracht worden.
Zum Schluß, um diesen Punkt der Anklage endgültig zu

klären, hatte einer der Genossen der Kaderabteilung Kepela aufgefordert, seinen Hund zu rufen.
Karel hatte gelächelt.
Hund! murmelte er zuerst. Der kleine Bastard spitzte die Ohren. *Julius!* sagte er dann. Der kleine Bastard wedelte mit dem Schwanz. *Fučik!* rief Kepela endlich. Der kleine Hund entschlüpfte Valeries Händen, die ihn an der Leine hielt. Er rannte auf Karel zu, vor Freude leise bellend, rieb sich an seinen Beinen, sprang an ihm hoch.
Es war klar: die Mitglieder des nichtöffentlichen Tribunals sahen einander an, schüttelten die Köpfe ob solcher Verderbtheit.
In diesem Augenblick fragte man Karel, ob er etwas zu erklären habe. Er stand aufrecht da, den kleinen Bastardhund in den Armen. Er heftete seinen blauäugigsten, ruhigsten Blick auf Valerie. Ja, gewiß, er hatte eine Erklärung abzugeben. Er sagte mit bedächtiger Stimme, er sei glücklich festzustellen, daß Valerie endlich den Kreml gesehen habe.
Niemand verstand, worauf er anspielte. Aber er hatte nur für Valerie gesprochen. Die junge Frau wurde kreidebleich. Vermied seinen Blick.
Einige Wochen später, als die Scheidung ausgesprochen war, wurde der Hund Fučik Valeries Obhut anvertraut. Ganz folgerichtig erachtete der Richter Karel für unwürdig, weiterhin einen kleinen Hund, und sei er ein Bastard, der großen sozialistischen Gemeinschaft zu erziehen.

Die Monate vergingen.
Karel Kepela arbeitete nun in Straschnitz. An jenem Morgen stand er am Haupttor des neuen jüdischen Friedhofs. Er sprach mit dem Oberaufseher, einem alten Arbeiter im Ruhestand, der Freundschaft mit ihm geschlossen hatte. Plötzlich erschien der Hund Fučik. Er rannte wie ein Verrückter, freudig japsend. Fučik war aus Valeries Wohnung entwischt, er hatte die Stadt durchquert. Er rannte keuchend

zu seinem Herrchen. Er überquerte gerade die Chaussee, in der Diagonalen, als ein Lastwagen ihn anfuhr und ihm die Rippen brach.
Wenige Minuten später starb Fučik in Karels Armen.
Trotz dem anfänglichen Widerstreben des Oberaufsehers, der Kepelas inständigen Bitten und Argumenten jedoch schließlich nachgab (»Hör zu, František, dieser kleine Hund ist wie ein Jude: allein, unglücklich wie ein kleiner verlassener Jude! Er hat das Recht, in Straschnitz beerdigt zu werden!«), nahm Karel den kleinen Leichnam und trug ihn ins Innere der Einfriedung. Achtsam, um nicht ertappt zu werden, hob er eine Grube innerhalb der Grenzen des grasbewachsenen Vierecks aus, das den Grabstein der Familie Kafka umgab. Er legte Fučik hinein, schüttete das Loch zu und markierte die Stelle mit einem schönen, seltsam blauen Kieselstein, den er in der Nähe fand.
Zu Beginn der sechziger Jahre, als Kepela, immer noch Friedhofswärter, von dem neuen jüdischen Friedhof in Straschnitz in den Alten Friedhof in Pinkas, mitten im Stadtzentrum, versetzt wurde, begriff er, daß er, ohne es zu wissen, eine traditionelle Geste der Sühne vollzogen hatte.
Im Friedhof von Pinkas, so sagte man ihm, markieren nämlich die Grabsteine, die sich hier und dort erheben – anonym, mitunter kreuz und quer, die Gräber überlappend, in einer auf den ersten Blick unverständlichen Anordnung –, die Stelle, wo im Laufe der Jahrhunderte die Leichen der Hunde hinfielen, von Christen in der Absicht über die Mauer geworfen, um die heilige Stätte der Juden zu schänden.
Der Hund Fučik hatte also das anständige Begräbnis eines jüdischen Hundes bekommen: es war nur gerecht.

Aber Kepela sitzt in der Sonne, auf dem Trottoir der Spiegelgasse.
Er spricht halblaut zu einem kleinen graugelben Bastard-

hund, der aufgetaucht war aus der Tiefe seines Lebens, des Gedächtnisses: des Todes. Er erzählt ihm, was ihm widerfahren ist, seit er Friedhofswärter war in Prag. Er erzählt ihm von den Leuten, die er an Kafkas Grab kennengelernt hat, Leute aus aller Welt, die herkamen, um eine Blume zu bringen, ein Veilchen, das sie zuweilen neben den blauen Kieselstein legten, der für alle Ewigkeit – aber nur für sie, zweifellos; niemand mehr wird mehr etwas davon wissen, wenn wir, du und ich, kleiner Bastard, tot sein werden – an das Leben des Hundes Fučik erinnerte. Er erzählt ihm von den Filmen, die er gedreht hat, von den Stücken, die er inszenieren will. Von den Frauen, die er gekannt hat. Er erzählt ihm vom Selbstmord seines Vaters, Professor Oskar Kepela. Er erzählt ihm von dem Stalindenkmal, das auf dem Letnáhügel stand. Er erzählt ihm von der Straßenbahn zur Bilá Hora, zum Weißen Berg.

Erinnerst du dich nicht an die Nummer der Tram, die vom Pohořelec-Platz zur Endstation Bilá Hora fährt?

Der kleine Hund spitzt die Ohren, beweist offenkundig besten Willen. Man kann die aufmerksame Anstrengung in seinem Blick lesen. Aber er weiß nicht, was antworten, sichtlich nicht.

Dabei hatte alles an diesem Morgen damit begonnen, mit jener Erinnerung, die sich hartnäckig entzog und den schwindelerregenden Mechanismus des Gedächtnisses ausgelöst hatte.

Er hat sich nicht an die Nummer der Straßenbahn zur Bilá Hora erinnert, aber er hat sich an alles andere erinnert. An alles, was vergraben, verdrängt, banalisiert worden war. Er sieht in den Augen des kleinen Bastardhundes in der Spiegelgasse seinem Leben ins Gesicht. Er hatte Valeries Verrat einst wie ein Vergehen erlebt. Vielmehr wie die Strafe für ein Vergehen, das er, Karel, begangen hätte und das um so schwerer wog, als niemand es hätte benennen, definieren, nicht einmal feststellen können. Kurz, ein unverzeihliches Vergehen, das er auszulöschen versucht hatte, indem er die

Liebe floh im erregenden und immer neuen Labyrinth der Libertinage.
Verstehst du, kleiner Fučik, Julius, Hund, du erlaubst, daß ich dich so nenne? Verstehst du, ein unverzeihliches Vergehen. Und seither habe ich die Liebe als unmöglich zu leben und die Lust als unmöglich zu lieben erfahren. Das war meine Strafe für jenes Vergehen, von dem ich nichts wußte. Alles ist nun klar, dank Ottlas Verrat, dank deiner: der Kreis hat sich geschlossen, es ist das Ende der Libertinage. Die Liebe wird wiederbeginnen!
Er streichelt den Kopf des Hundes, betrachtet die Welt mit der verletzenden, oder verletzten?, Hellsicht des Alkohols.
Aber ein achtjähriges kleines Mädchen kommt angerannt, ganz außer Atem, rot vor Glück, seinen Hund wiedergefunden zu haben.
Es nimmt ihn in die Arme, hätschelt ihn, erklärt Kepela, daß dieser kleine Hund immer sehr brav gewesen ist, aber seit gestern unsinnige Fluchtversuche unternimmt.
Karel nickt.
– Natürlich, seit Ottlas Verrat, murmelt er.
Das kleine Mädchen versteht nicht, aber das macht ihm nichts aus. Kleine Mädchen wissen, daß es viele Dinge gibt, die man nicht versteht, oder besser, deren Verständnis nicht unerläßlich ist. Nicht einmal interessant. Erst später, wenn sie erwachsen werden, wird die Sache faul, dann wollen sie immer ein *i* unter dem Tüpfelchen haben.
– Wie heißt dein Hund? fragt Kepela.
– Julius, sagt das kleine Mädchen.
Karel nickt.

KAPITEL IX

Edmund Husserl, Frau de Stermaria, geborene von Vahl, und die Straßenbahnen von Prag

1.

– Die 22, sagt Antoine, die Nummer 22.

Er hat mit klarer Stimme gesprochen; der Stimme eines Menschen, der eine wahrheitsgemäße, nachprüfbare Information gibt: Zugabfahrt, Börsenkurs, Inflationsrate.

Man dreht sich zu ihm um.

– Wie? sagt Kepela.

Karel hat gerade von seinen Tagen in Zürich erzählt. Mit Farbenpracht, aber auch mit Sinn für Abkürzung, wenn sich Abkürzung für die wirkungsvolle Schönheit der Erzählung als notwendig erwies.

Er wendet sich Antoine zu. Bisher hatte sich der hartnäckig abseits gehalten. Er trank Champagner, ein wenig abgerückt, kalten Blicks. Und Karel hatte diese absichtliche Distanz genau gespürt.

– Die Straßenbahn, die vom Pohořelec-Platz zur Bilá Hora führt, sagt Antoine, hat die Nummer 22!

Sein Ton drückt deutlich aus, daß es sich nicht lohnt, viel Aufhebens davon zu machen. Aus dem Umstand, daß sich Kepela heute morgen in Zürich an die Nummer der Prager Straßenbahn, die zur Endstation Weißer Berg führt, nicht hatte erinnern können, mußte man kein Drama machen. Er hatte sie vergessen? Das war nichts Aufregendes. Es war die 22, das ist alles!

Man kann sich Antoine de Stermarias Ärger erklären.

Kepelas Erscheinen, seine aufdringliche Gegenwart, um so mehr als die Person voller Charme und Wortwitz war, störte seine persönliche Strategie erheblich.

Er war im Programm dieser wenigen Tage in Freneuse überhaupt nicht vorgesehen, der Tscheche. Aber zweifellos hatte Franca ihn gerade aus diesem Grunde kommen lassen. Weil er nicht vorgesehen war, weil seine Anwesenheit Gefahr lief, störend zu sein. Sie hatte ein sicheres Gespür für solche Dinge.

Was vorgesehen war, was Antoine gewünscht hatte, war die Konfrontation von Franca und Nadine. Daher hatte er Juan gedrängt, mit der jungen Frau zu kommen. Im allgemeinen trafen sie Juans flüchtige Gefährtinnen nicht, kannten sie zuweilen nicht einmal. Daher hatte sich Juan über Antoines ungewohnte Beharrlichkeit gewundert. Schließlich hatte er nachgegeben. Nicht nur, weil er des Kriegs müde war. Vor allem auch, ehrlich gesagt, weil auch er, obgleich aus umgekehrten Gründen wie Antoine – umgekehrt symmetrischen –, dunkel gewünscht hatte, Francas mutmaßliche Eifersucht zu erregen, wenn sie ihn mit Nadine kommen sähe.

Seit Monaten war es ihm nicht gelungen, mit Franca allein zu sein. Nicht einmal eine Art Stunde, eine jener Arten von Stunden außerhalb der Zeit, außerhalb der ausgetretenen Pfade, die ihrer beider Geheimnis gewesen waren. Und zweifellos wäre es auch diesmal schwierig, sich unter vier Augen zu sehen. Wenigstens wäre sie unter seinem Blick. Irritiert überdies von Nadines Anwesenheit. Sie tat immer verrückte Dinge, wenn sie wütend war, Franca. Vielleicht würde er davon profitieren.

Aber Karel Kepelas unvorhergesehene Ankunft störte dieses subtile Ungleichgewicht der Kräfte, aus dem Neues hätte erwachsen können. Unvermutetes sogar. Jedenfalls, was ihre Beziehungen zu Franca betraf, mußten Juan und Antoine in ihrem Innern wissen, auch wenn sie sich hüteten, es sich einzugestehen, die Sache beim Namen zu nennen, daß sie schändlich verbündet waren: auf derselben Seite des blendenden, unseligen Schattens der Liebe.

Vor einer Stunde, nachdem die Champagnerflasche geleert war und sie das Atelier verlassen hatten, war niemand im Erdgeschoß gewesen.
Maria teilte ihnen mit, daß die Damen zum Bahnhof von Vernon gefahren seien. Wozu? Jemanden abholen. Wir sind doch alle angekommen! Maria schüttelte den Kopf, es sah nicht so aus. Madame hatte sie gebeten, noch ein Gedeck aufzulegen, das blaue Zimmer herzurichten.
Antoine vermutete sofort irgendeine Initiative von Franca, um sich einen Vorteil zu verschaffen. Eine dunkle Furcht nistete sich in seiner Brust ein. Aber das tröstete ihn fast: er hatte schon immer einen Hang zu Katastrophen gehabt.
– Wer mag das sein? Hast du eine Idee? fragte er Juan.
Nicht die geringste, Juan gab ein Zeichen, daß er nicht die geringste Idee habe.
– Du hast niemand anderen hergebeten? beharrte Antoine.
– Aber nein, wirklich nicht!
Er hatte denselben Gedanken gehabt wie Antoine: daß Franca jemanden eingeladen hatte, ganz überraschend, um die Abgeschlossenheit der beiden Paare zu durchbrechen, die Situation umzukehren. Er war neugierig zu erfahren, wer der Erwählte war. Denn es war ein Mann, zwangsläufig. Eine Frau hätte keine Verwirrung, zumindest nicht die gleiche Art Verwirrung in ihre Beziehungen gebracht.
– Ich habe niemanden eingeladen, sagte er, in neutralem Ton, du hast niemanden eingeladen, Antoine, das sieht man! Also war es Franca. Vertrauen wir ihr!
Sie sahen sich an.
– Das ist es ja! Ich vertraue ihr nur zu sehr! rief Antoine.
Sie lachten kurz auf.
Wenig später, als Nadine und Franca in Begleitung von Kepela vom Bahnhof zurückgekommen waren, sagte sich Juan, daß er es sich hätte denken können. Karel war der bestmögliche Gast für Franca. Der geeignetste, Verwirrung zu stiften. Er nutzte einen heimlichen Augenblick, im Lärm

des Einandervorstellens, um Franca zu beglückwünschen. »Gut gespielt«, murmelte er ihr zu.
Sie zuckte ironisch die Achseln.
Antoine de Stermaria dagegen war von Kepelas Ankunft zutiefst verwirrt.
Bis zu diesem Tag hatte er dessen Namen gedankenlos ausgesprochen, rein utilitaristisch. So hieß ein emigrierter tschechischer Regisseur, mit dem Juan gearbeitet hatte, zweifellos immer noch arbeitete. Er hatte *Das Tribunal im Askanischen Hof* gesehen, gewiß. Aber er hatte nicht an dem Souper nach der Premiere teilgenommen, wie groß Francas Enttäuschung darüber auch war. Antoine hatte eine Phobie vor derartigen Empfängen. Er war nicht einmal hinter die Kulissen gegangen, nach der Vorstellung. Er hatte Juan am nächsten Tag einen langen Brief geschrieben, um ihm zu sagen, was er von seinem Stück hielt. Was es alles in ihm aufgewühlt hatte. Aber nie war er Kepela begegnet. Es war nur ein Name, ein artikulierter Hauch, eine praktische Art, jemanden zu bezeichnen.
Ganz und gar nicht. Es war durchaus jemand: Karel Kepela, Sohn von Professor Oskar Kepela. Sofort hatte er die Statur, den Gang, den vor Intelligenz funkelnden Blick des Vaters wiedererkannt an diesem plötzlich inkarnierten Sohn. Der plötzlich aufhörte, lediglich ein mondäner Name zu sein, die Bezeichnung einer Pariser Persönlichkeit: ein Gesprächsthema, auch Objekt weiblicher Begierde, sagte man.
Nein, Kepela: wirklich. Der Sohn von Oskar Kepela.
Alle seine Jugendjahre in Prag waren ihm wieder eingefallen. Wild durcheinander, wie ein Wirbelsturm, atemberaubend.

Aber soweit sind sie noch nicht.
Sie sind noch allein im Salon, und Juan hat soeben auf einem Tisch die Postkarte von Joachim Patinir gefunden, die *Überfahrt über den Styx*.

– Die Reproduktion ist gräßlich, sagte er. Ich dachte, es würde dir trotzdem Freude machen!
Antoine war augenblicklich auf der Hut.
– Freude? Wieso denn?
Juan Larrea runzelte die Brauen.
– Was ist besser als Patinir, rief er, wenn vom Blau die Rede ist?
Antoine sah nicht so aus, als verstehe er.
– Es war vom Blau die Rede?
– Anfang des Monats, sagte Juan, deutlicher werdend, am Abend vor meiner Abreise nach Madrid, habe ich dich in La Hune getroffen. Du hast mir gesagt, daß du an deinem Blau arbeitest. Ganz glücklich, offenbar. Daher Patinir. Es ist doch einfach zu verstehen!
Antoine sah ihn an, seltsam enttäuscht. Sollte es für diese Postkarte eine so banale Erklärung geben?
– Ich habe vom Blau gesprochen? fragte er.
– Du hast sogar angefangen, mir einen Satz aufzusagen, in dem von einem Himmel die Rede war. Ein Zitat vielleicht. Es hörte sich ganz danach an. Aber wir wurden gestört, es blieb in der Schwebe.
Antoine hatte sich genähert.
– *Der Himmel,* rezitierte er sofort, mit klarer, volltönender Stimme, *bestand ganz und gar aus dem strahlenden, etwas blassen Blau, wie ihn ein Spaziergänger, der sich in einem Feld lagert, manchmal über seinem Haupte sieht, aber so einheitlich und so tief, daß man spürte, wie das Blau, aus dem er gemacht war, ohne jede Beimischung verwendet worden war und dabei in so unerschöpflicher Verschwendung, daß man immer tiefer in seine Substanz hätte eindringen können, ohne auch nur auf ein Atom von etwas anderem zu stoßen als immer auf dieses gleiche Blau ...*
– Man könnte es nicht besser ausdrücken, sagte Juan.
– Jedenfalls ist es genau das, was ich zu erreichen suche. Das *Helle Seestück* ist nur ein Schritt in diese Richtung. Ein unvermischtes Blau, wie die Freude desselben Namens!

– Hast du gerade *Die Gefangene* wiedergelesen? fragte Juan unvermittelt.
Antoines Lider begannen zu schlagen, er wandte sich ab.
– Bist du einverstanden, daß wir beim Champagner bleiben?
– Bleiben wir dabei!
Antoine entfernte sich, machte sich an einem Tisch voller Flaschen und Eiskübel zu schaffen, kehrte mit zwei vollen Gläsern zurück. Sie tranken einen Schluck Champagner: trocken, gut gekühlt, tonisch.
– Kennst du jemanden, der über Landschaften und Farben besser spricht als Proust? fragte Antoine.
Juan hielt seinem Blick stand.
– Wenn ich mich recht erinnere, sagte er in neutralem Ton, spricht *Die Gefangene* vor allem über die Eifersucht.
Antoine lächelte, entzog sich nicht.
– Ja, vor allem, sagt er. Du hast ein sehr gutes Gedächtnis!
Juan spielte mit dem Feuer, er wußte es. Er rückte ungedeckt vor in einer nackten Landschaft aus Salz und Schwefel. Eine Art düsterer Freude an der Verwüstung trieb ihn an. Er wünschte insgeheim, daß Antoine diese absichtliche Anspielung auf die Eifersucht ausnutze. Hatte er keine Fragen wegen Franca zu stellen? Er war darum herumgeschlichen, im Atelier, kurz zuvor, als er jenen Toast ausgebracht hatte. Jetzt richtete er es so ein, daß Juan wie zufällig die Postkarte von Joachim Patinir entdeckte. Nur Antoine konnte sie dort liegengelassen haben.
Juan warf erneut einen Blick auf die Reproduktion der *Überfahrt*. Drehte die Karte scheinheilig um. Aber er brauchte die paar Zeilen, die er geschrieben hatte, gar nicht wiederzulesen, er erinnerte sich genau. »Viele Grüße von Judith. Ich machte ihr soeben meine Aufwartung. Dann habe ich mich wie gewohnt überzeugt, daß das Patinir-Blau immer noch ist, was es war. *Solía ser.* Fixes Blau, irres Blau: unverwüstlich; ganz das andere. Ganz der Eure.«

Ein sehr gutes Gedächtnis, Antoine hatte nicht unrecht. Er hatte auch Gründe, sich zu beunruhigen. Zu interpretieren, zumindest.

Sie hatten eines Abends in der Bar des *Ritz* gesessen.
Nadine schrieb Postkarten. Das war etwas, was er schon alle möglichen jungen Frauen hatte tun sehen, an allen möglichen Orten. Du fährst mit ihnen nach Venedig, nach Lissabon, nach Amsterdam, in Städte also, die du ebensogut allein hättest besuchen können, da sie (die Städte, versteht sich) zu deinem Glück ausreichen. Du begleitest sie in die Museen, die Straßen, die Restaurants. Du vögelst sie wie gewohnt, aus Gewohnheit, aber die Ortsveränderung läßt sie den Akt ungewohnt erscheinen, beglückender als gewohnt. Und sie schreiben Postkarten an ihre Freundinnen, damit diese wissen, wie glücklich sie sind, wie angenehm es ist, einen reichen und schönen Geliebten zu haben statt einen armen und häßlichen!
Nadine schrieb also Postkarten in der Bar des *Ritz,* in Madrid.
Der 11. April, der vorletzte Tag ihres Aufenthalts, hätte vollkommen sein können. Jedenfalls hatte er gut angefangen. Sie hatten morgens lange im Bett gelegen: reichhaltiges, libidinöses Frühstück in dem schönen Zimmer, das auf den Prado und die Kirche von San Jerónimo ging. Dann Spaziergang im Retiro, in der Aprilsonne. Bevor sie den Park durch das monumentale Tor des französischen Gartens betraten, hatten sie Picassos *Guernica* einen kurzen Besuch abgestattet. Sie waren jeden Tag dorthin gegangen, vor oder nach dem rituellen Gang in den Prado.
Aber in den Alleen des Gartens hatte es sich plötzlich, unmerklich verschlechtert. Juan hatte den Himmel über seinem Kopf betrachtet. Ohne an Böses zu denken übrigens. Oder an Gutes. Ohne an irgend etwas zu denken.
Nadine hielt seinen Arm, hängte sich daran mit der dankba-

ren Wärme ihres Körpers, dessen Hüfte ihn absichtlich streifte. Der Himmel über seinem Kopf hatte das Blau von einst: Kindheitsblau. Blau von vor der Wucherung der Industrievororte, von vor der Verwandlung unter dem derzeitigen Regime der buhlerischen, bürokratischen, alles in allem ein wenig provinziellen Hauptstadt in eine krebsartig expandierende Metropole. Blau von vor der Rauchglocke der täglichen Verschmutzung, die jetzt häufig den früher schönsten Himmel Europas verfinsterte.

An jenem Tag war das Blau des Himmels von Madrid rundherum blau, ohne gräuliche Schatten, die es an den Rändern des Horizonts anfraßen. Das Blau war dicht, aber lauter, sogar geläutert, ohne die schleimige Dicke mancher tropischer Blaus. Dicht und leicht, fast unerträglich vor leichter Dichte, endloser Bläue. Anilinblau, wie jenes, das einst in den großen Kesseln der Familienwäsche zerfloß, sich ausbreitete, wenn die Anilinkugeln ins kochende Wasser getaucht wurden und sich dort ihres kräftigen, lebhaften, tanzenden Blau entledigten, das die Laken und Tischtücher aus Hollandgarn aufhellte.

Juan hatte den blauen Himmel betrachtet. Nadine plapperte, es war plötzlich kaputtgegangen.

Er befand sich nicht mehr in diesem Apriltag, der so gut begonnen hatte, der sich zumindest von einem Ende zum anderen als vollkommen angelassen hatte, wie man sich in einem Apriltag befinden kann: unschuldig, wie der Fisch im Wasser, der Vogel auf dem Zweig. Er fand sich gewissermaßen hineingeworfen. Verlassen, vergessen. *Dejado de la mano de Dios,* aus der Hand Gottes gefallen, hätte er in seiner Muttersprache gesagt. Aber in seinem Fall war es noch schlimmer: er wußte nicht einmal, welcher Gott ihn hätte fallen lassen können. Er konnte sich gegen diesen Unbekannten nicht einmal auflehnen.

Kurz, er befand sich plötzlich in diesem Tag wie in einem Bühnenbild, verwirrt vom Gefühl des Déjà-vu, der Wiederholung.

Zweifellos war es die latente Erinnerung an seinen Aufenthalt in Madrid mit Franca im vorigen Jahr, die das etwas fade Gefühl der Wiederholung hervorrief. Er hatte mit Franca nahezu dieselben Wege zurückgelegt wie mit Nadine. Er hatte dieselben Bilder betrachtet, die eine wie die andere auf das picassosche Profil von Goyas *Judith* aufmerksam gemacht. Für die eine wie die andere auf einem Spaziergang oder bei einem Essen – denn das kulinarische Gedächtnis ist eines der präzisesten – gewisse Episoden seiner Kindheit in Madrid heraufbeschworen, natürlich verklärt durch die hartnäckige, dunkle Arbeit des Vergessens und Wiedererinnerns.

Es war Francas Schatten zweifellos, der dieses Gefühl des schon einmal Gesehenen, schon einmal Erlebten weckte. Aber gleichzeitig war es das Leben selbst, das Leben im allgemeinen, einfach das Leben, das stereotyp wurde. Vielleicht sogar unnütz. Gewiß, die Situation war nicht gerade neu. Es genügte, daran zu denken. Und er dachte daran.

Das Blau eines Kindheitshimmels, die Erinnerung an Francas Gesten vor dem Frisiertisch des Zimmers im *Ritz* – die andere Gesten heraufbeschworen, von einst, beim ersten Mal, im Dämmerlicht der via del Tuoro in Capri –, das alles entlarvte nicht nur das Déjà-vu dieses Madrider Aufenthalts mit Nadine. Es entlarvte das Leben: es gab nichts hinter der Larve.

Nichts anderes als die Banalität des Lebens.

Er betrachtet also Nadine, die Postkarten schrieb.

Kurz vorher, im Zimmer, hatte sich die junge Frau für den abendlichen Ausgang angezogen. Sie ging hin und her, halb nackt, breitete Kleider aus, schwankte zwischen verschiedenen Gewändern. Glücklich, sich zu zeigen zweifellos. Stolz auf ihren glatten und kräftigen, festen, flammenden Körper: den glorreichen Körper einer jungen Jüdin aus der Zeit nach der Schmach und dem Massaker.

Ein Bild tauchte plötzlich auf, das ihn verletzte.
Er schloß die Augen, beugte sich vor, um sich vor ihm zu schützen. Aber es war zwecklos, das Bild war in ihm selbst aufgetaucht, verknotete, zerriß die Muskeln, die Nerven, das Fleisch seines Körpers. Ein graues Bild mit dem Schimmer einer krankhaften, widerwärtigen Weiße.
Er öffnete die Augen im Versuch, wieder Kontakt mit dem Realen zu gewinnen. Mit der Illusion der Realität. Mit dem Anblick des strahlenden Körpers von Nadine Feierabend, der jungen Jüdin aus der Zeit nach dem Tod.
Aber es gelang ihm nicht, Nadine zu sehen, er sah nur den Tod.
Er sah nur dieses grauenhafte, höhnische Bild: nackte Frauen, kahl geschoren, rasiert, die im Schlamm zu einem gedrungenen Gebäude im Hintergrund rannten, unter dem belustigten Blick einiger SS-Aufseher.
Er stand auf, ging zum Fenster, versuchte, wieder zu Atem zu kommen. Er öffnete das Fenster, sog die Luft des Abends ein. Seine Hände zitterten, es war ihm schwergefallen, den Riegel zu drehen.
Gegenüber, irgendwo auf der linken Seite der düsteren Masse des Prado-Museums, in den oberen Stockwerken eines entfernten Mietshauses, spiegelten die Scheiben das rosa Feuer einer untergehenden Sonne. Rings um diesen sehr hoch gelegenen Herd – gleich dem Gesang eines Rotkehlchens – war das Blau des Himmels blaß, von nahezu farbloser Durchsichtigkeit.
Aber Nadine rief ihn. Sie war fertig, bat um seine Meinung über ihre Toilette.
– Du bist schön, sagte er mit ernster, fast rauher Stimme.
Sie lächelte, hielt diesen Ernst für ein Zeichen verliebter Erregung.
Du bist schön, aber du bist nicht wirklich. Du bist nur ein Traum, dachte er. Mein ganzes Leben ist nur ein Traum seither. Aber warum kehrt diese Gewißheit heute wieder, nach so vielen Jahren vorsätzlichen, beherrschten Verges-

sens? Warum jetzt, wenn nicht als Vorzeichen des Todes? Nadine nahm Posen ein, wie die Mannequins bei Modeschauen. Sie lachte, wirbelte herum, zeigte ihre Beine im Hochfliegen ihres Rocks.

– Du bist schön, sagte er noch einmal.

Sie konnte nicht verstehen, daß er sich nicht nur an sie wandte. Auch an Franca, an Laurence, an die Unbekannte aus Savona. An sie alle. Daran, was das Leben hätte sein können, wenn er nicht vor langer Zeit gestorben wäre.

Daher hatte er, in der Bar des *Ritz,* etwas später, Lust gehabt – irrsinniger-, zweifellos unvorsichtigerweise – ein paar Worte auf eine Postkarte von Joachim Patinir zu schreiben. Worte für Franca, eine Art Appell, ein dumpfer Schrei. Verborgen im Blau des Himmels, im Blau des Styx.

2.

– Die 22, ja natürlich! ruft Kepela. Die Straßenbahn zum Weißen Berg!

Er ist hin und her gerissen zwischen dem Glück, diese Erinnerung wiedergefunden zu haben, und dem Unwillen, es Antoine zu verdanken. Das heißt Francas Mann.

– Wieso wissen Sie das? fragt er, in nicht eben höflichem Ton.

Während er auf die Erklärung wartet, leert er sein Whiskyglas in einem Zug.

– Ich habe in Prag gelebt, sagt Antoine.

Sie saßen in einer der Nischen des großen Raums im Erdgeschoß. Kepela erzählte sehr farbig von seinen Tagen in Zürich. Er erzählte nicht alles, gewiß. Er erzählte von der Spiegelgasse, von Josef Klims, dem Hund Fučik, den jüdischen Friedhöfen in Prag. Er erzählte wirklich sehr gut. Aber er hatte nichts von Ottla gesagt, zumindest nicht vor den anderen. Er hatte es Juan erzählt, unter vier Augen, gleich nach seiner Ankunft. Nachdem man einander vorgestellt hatte, hatte er ihn gebeten, ihn in das Zimmer zu begleiten, das ihm zugewiesen worden war. Er hatte es ihm erzählt, während er sich ein wenig frisch machte.

– Du, der du Ottilie kennst, Juan, hatte er zum Schluß gefragt, verstehst du so ein Verhalten?

Juan war ein wenig verdrossen. Er fand den Bericht von Ottlas Verrat etwas melodramatisch. Etwas kitschig, wie Kepela selbst hätte sagen können. Aber er sagte es eben nicht.

– Was für ein Verhalten? sagte er, um sich nicht äußern zu müssen.

Die Episode, die ihn wirklich interessiert hatte in Karels Bericht, war nicht die von Ottlas Verrat, es war die andere Geschichte, die vergrabene, vergessene, die durch die Gunst – vielmehr Ungunst –, jedenfalls die Gelegenheit dieser Entdeckung wieder aufgetaucht war. Die Geschichte von Valerie, der ersten Frau, der ersten großen Liebe des jungen Kepela. Und mehr noch die Geschichte der Dramatisierung, die er sich anhand der Berichte des Slansky-Prozesses ausgedacht hatte. Daß die für das Spiel der Schauspieler, für die Fiktion, welche jede Aufführung ist, unerläßliche Wahrhaftigkeit die Lügen der Realität des Prozesses entlarvt hatten – das konnte Juan Larrea durchaus interessieren. Ein schönes Thema, um über die Paradoxa der Komödie zu meditieren!

– Wieso, was für ein Verhalten? rief Karel erstaunt. Daß Ottla mich auf solche Weise verraten hat!

Juan interessierte sich sichtlich nicht für Ottlas Verrat. Er fand das alles relativ banal. Recht vulgär, die Wahrheit zu sagen, nicht wirklich tragisch. Er äußerte seine Meinung nicht ganz so unverfroren, um Karel nicht zu enttäuschen, der ihr viel Bedeutung beizumessen schien. Aber trotz löblichen Bemühens gelang es ihm nicht, etwas anderes zu sagen als mehr oder weniger platte Allgemeinheiten. Eher sehr platte übrigens.

Daß dagegen der Polizist, der Ottla manipuliert hatte – die ganz offenkundig einwilligte, genau das war kitschig: dieser Bazar-Sadomasochismus; wie unglaublich war doch Karels Naivität, daß er sich nicht schon früher darüber gewundert hatte, wie leicht Ottla in den Westen reisen konnte! –, daß dieser Polizist Karel Sabina hieß, das fand Juan herrlich. So herrlich, daß er Kepela verdächtigte, ihn erfunden zu haben.

Aber der hatte scheinbar abrupt das Thema gewechselt.

– Erinnerst du dich an die Begegnung von Ulrich und Diotima bei Musil? fragte er unvermittelt.

Er knüpfte gerade ein Hemd von kräftigem Rosa zu, das sehr gut zu seinem sonnengebräunten Teint, seinen weißen Haaren paßte.

Juan nickte.

– *Als er ihre milde, gewichtlose Hand wieder in der seinen hielt, sahen sie einander in die Augen. Ulrich hatte den bestimmten Eindruck, daß sie auserwählt seien, einander große Unannehmlichkeiten durch die Liebe zu bereiten,* sagte er.

Karel packte ihn bei den Schultern, er lachte.

– Ich glaube, ich habe dich noch nie bei einem Fehler ertappt, Juan!

– Doch, einmal! Am Tag, an dem du mir von Veroneses *Dialektik* erzähltest.

– Genau, rief Karel. Am Tag der Dialektik! Erinnerst du dich, daß du auf eine Frau wartetest? Es sei dein Geheimnis, hast du mir gesagt.

Juan erinnerte sich. Wie hätte man Francas Abwesenheit auch vergessen können? Aber es wurmte ihn, daß sich Kepela an die Abwesenheit dieser Unbekannten erinnerte, statt sich daran zu erinnern, daß er genau an jenem Tag Nadine begegnet war. Worauf wollte er hinaus? Aber vielleicht hatte Karel schon zuviel getrunken. Er wollte auf nichts hinaus. Auf nichts anderes als seinen eigenen Rausch.

– Auch ich habe ein Geheimnis! Aber ich werde es dir verraten! Ich teile meine Geheimnisse! Ich habe die Frau meines Lebens gefunden!
– In Zürich? fragte Juan.
Er dachte flüchtig, daß Ottlas Verrat wirklich wie gerufen gekommen war: er machte Karel frei von jedem Skrupel. Aber dieser fuchtelte in wütender Verneinung.
– Ganz und gar nicht! rief er. In Vernon. Auf dem Bahnsteig von Vernon.
Juan verstand sofort, daß er nicht von Nadine sprach.
– Warte, sagte er mit plötzlich dumpfer Stimme. Du kennst Antoine der Stermaria nicht! Warte, bis du ihn kennenlernst und wieder nüchtern bist. Dann wirst du verstehen, von wessen Leben sie die Frau ist, Franca!
Er gab sich Mühe, seine Stimme zu beherrschen. Es gelang ihm, er lächelte sogar.
– Laß dich nicht hinreißen, sagte er zu Karel. Franca ist keine Frau für Abenteuer, auch nicht für Liebeleien.
Kepela protestierte energisch.
– Wer redet von Liebeleien? Ich rede von Leidenschaft!
Redselig erklärte er Juan, warum sein Leben sich an diesem Tag verändert habe. Warum für ihn das Ende der Libertinage gekommen sei.
Juan hörte ihm zu. Er war skeptisch.

Aber sie sind jetzt zusammen in dem Raum im Erdgeschoß, und Antoine hat soeben gesagt, daß er in Prag gelebt hat.
– Ich habe in Prag gelebt, etwa vier Jahre lang, hat er soeben gesagt.
Er hatte den Blick der Frauen beobachtet, einen sichtlich verzauberten Blick, als sie Kepela vorhin lauschten. Aber Franca hatte den Raum seit ein paar Minuten verlassen. Zweifellos um die letzten Vorbereitungen des Abendessens zu überwachen.
Antoine wendet sich Nadine zu. Irgend etwas an ihr macht

ihn neugierig, er weiß noch nicht was. Eine Ähnlichkeit? Er kommt nicht dahinter.
Sie sitzt auf dem Teppich, Juan zu Füßen. Sie läßt sich von Antoine de Stermaria betrachten. Eine Art innere Sonne wärmt ihr die Brust, den Augenwinkel. Sie sagt sich, daß es wirklich prima ist – das ist kein Wort von ihr, gewiß nicht, sie hat natürlich gedacht, daß es *geil* ist, prima ist nur eine litotische Umschreibung – prima, ja, drei so anziehende Männer in Reichweite zu haben.
– In welcher Zeit? fragt Karel.
Antoine läßt Nadines Blick los, dreht sich zu ihm um.
– Wir sind Anfang 1934 nach Prag gekommen, sagt er. Und wir sind 1938 wieder weggezogen, nach München.
Er trinkt einen Schluck.
– Im ersten Jahr, ich war vierzehn, hat mich meine Mutter eines Tags in ihr Zimmer gerufen. Zieh dich anständig an, hat sie zu mir gesagt, wir gehen auf eine Beerdigung. Also habe ich einen Anzug mit Weste und Krawatte angezogen: die einzige Kleidung, die meine Mutter für anständig hielt.
Er wendet sich an Kepela.
– Wie alt waren Sie 1934. Fünf, sechs?
– Vier, sagt Karel.
Antoine lächelt.
– Da wußten Sie wahrscheinlich noch nichts vom Friedhof in Straschnitz...
Karel lacht frei heraus. Aber er fragt sich, worauf Antoine hinauswill.
– Ich wußte nicht einmal, daß es jüdische Friedhöfe gab!
– Die Beerdigung, zu der meine Mutter mich schleppte, hat auf dem Friedhof in Straschnitz stattgefunden. Ich erinnere mich nicht an das genaue Datum, aber es wäre relativ leicht, es herauszufinden. Man begrub an jenem Tag Julie Kafka, geborene Löwy, die Mutter von Franz Kafka.
Sie warten auf die Fortsetzung, sie sehen sich verblüfft an. Genau das wollte Antoine erreichen, versteht sich.

Er bedauert nur, daß Franca nicht da ist. Obwohl er – und daß er sich dessen flüchtig bewußt wird, wundert ihn selbst ein wenig – nicht Franca von den Jahren in Prag erzählen möchte, Jahre, die plötzlich wegen Kepela in seinem Gedächtnis wieder aufgetaucht sind. Franca weiß im Grunde nicht viel darüber. Juan auch nicht. Nur vereinzelte Bruchstücke. Übrigens sieht Juan ihn mit einem Erstaunen an, in dem ein gewisser Vorwurf schimmert. Warum hat er ihn von dieser Erinnerung ferngehalten?
Nadine ist es, der er von Prag erzählen möchte, er fragt sich, warum. Dort hatte er begonnen, alles kennenzulernen, die Bücher, die Frauen, die Malerei. Ihr sein Leben als Heranwachsender erklären in Prag, einer der Hauptstädte Europas von vor dem Regen, von vor dem Blut und der Schmach, im Kielwasser einer noch begüterten Mutter, die schöner war denn je in der Reife ihrer fast vierzig Jahre.

Die Mutter von Antoine de Stermaria, Elisabeth, war in St. Petersburg geboren, als eine von Vahl. Sie stammte aus einer jener Familien teutonischer Junker am Hof der Zaren, die sich in der Armee, der Verwaltung oder den Finanzen des Reichs ihren Weg zu den Gipfeln der Macht gebahnt hatten.
Einer ihrer Onkel, der Gouverneur Victor von Vahl war im Mai 1902 Ziel eines Mordanschlags des Sozialrevolutionärs Hirsh Lekkert gewesen. Eine Episode, die, man erinnert sich vielleicht, in der *Iskra* eine Polemik über den politischen Terrorismus entfachte, zwischen Martow und Wera Sassulitsch auf der einen und Lenin auf der anderen Seite.
Was Elisabeth von Vahl betrifft, so erinnerte sie sich sehr gut an die Episode. Oder vielmehr an die Folgen, die sie für das Familienleben hatte, an die Diskussionen und Zwistigkeiten, an deren Ursprung sie stand. Es war sogar, nach späteren Berichten mehr oder weniger rekonstruiert, ihre erste bewußte Erinnerung. Sie war ein Jahr vor der Jahrhundertwende geboren. Sie war also drei Jahre alt, als

man sie 1902, nach dem Ereignis, zu ihrem Onkel Victor, dem Gouverneur von Vahl brachte. Sie weigerte sich, ihn zu küssen, weinte heiße Tränen, als man sie dazu zwingen wollte. Wahrscheinlich hatte sie ganz einfach Angst gehabt vor den mächtigen Koteletten des Onkels, vor seinem preußischen Offiziersmonokel. Aber die konfusen Berichte über das Attentat, dem der Gouverneur um ein Haar zum Opfer gefallen wäre; die Diskussionen, die sich in den folgenden Monaten, ja Jahren in der Familie hinzogen, Diskussionen über die Rolle der von Vahl in der kaiserlichen Politik – alle diese Elemente kristallisierten sich schließlich um das Ereignis, machten es zu einer Schlüsselerinnerung ihrer Kindheit.

Als sie siebzehn war, heiratete Elisabeth Nicolas de Stermaria, Antoines Vater. Die Stermarias waren bretonische Hugenotten, die nach der Aufhebung des Edikts von Nantes ausgewandert waren. Im 18. Jahrhundert lebten sie in Königsberg, in Ostpreußen, und schlossen sich dann dem Drang des germanischen Kleinadels nach Osten an, auf der abenteuerlichen und eigensinnigen Suche nach Lebensraum und Pfründen.

Seit Sippengedenken hatte es für die Männer der Familie immer nur drei mögliche Tätigkeiten gegeben: die militärische Karriere, die Musik oder die Mathematik. Die meisten Stermarias waren übrigens in allen drei Künsten gleichermaßen begabt. Erst in dem Augenblick, da es eine Stellung zu wählen galt, optierten sie für die eine oder die andere, je nach den Umständen. Aber niemals war ein Stermaria etwas anderes gewesen als Musiker, Offizier oder Mathematiker. Und in jeder dieser Tätigkeiten stets mit Brillanz. Um sich davon zu überzeugen, braucht man nur in dem monumentalen *Biographischen Lexikon* von Puttkamer nachzuschlagen, in dem die erlauchtesten germanischen Namen verzeichnet sind: die Stermarias kommen in großer Zahl darin vor, in den allerersten Rängen.

Das Schicksal der Frauen der Familie dagegen war immer

tragisch gewesen. Sie starben jung. An einem Lungenleiden, wenn eines natürlichen Todes. Meist jedoch eines gewaltsamen Todes. Ermordet von einem eifersüchtigen Ehemann oder einem treulosen Liebhaber. Oder umgekehrt: alle Fälle waren mit diesen vier Elementen denkbar. Oder sie töteten sich selbst. Das war sogar, statistisch gesehen, ihr wahrscheinlichstes Ende.
Vielleicht aus Vorsicht, aus Prüderie, vielleicht weil die Stermarias sich in das Schicksal ihrer Frauen wie in ein Verhängnis ergaben – der Preis, der dafür gezahlt werden mußte, daß ihnen einst ihr Glaube lieber gewesen war als ihre Lehenstreue, eine Prüfung mehr auf ihrem langen Weg als streitbare Christen –, Tatsache ist, daß sie die Gründe für dieses tödliche Phänomen nie näher untersucht hatten. Hätten sie es getan, hätten sie die Familienpapiere, Briefe und Tagebücher durchgesehen, die diskret in einem großen Koffer mit kupferbeschlagenen Lederecken vergraben lagen (wo Antoine sie fand, sehr viel später, ein wenig durch Zufall, in Nizza, am Ende der langen Wanderung der letzten überlebenden Stermarias, seiner Mutter und seiner selbst), dann hätten sie zweifellos – wie Antoine, aber das hatte keinen Sinn mehr, zumindest keine praktische Bedeutung mehr: er hatte nie eine Schwester gehabt, er war nicht nur der einzige, sondern auch der posthume Sohn von Nicolas de Stermaria – einen der Schlüssel des Rätsels entdeckt. Vielmehr des Skandals. Denn die Wahrheit war skandalös. Alle weiblichen Stermarias nämlich, soweit die Familiendokumente zurückreichten, waren immer unsterblich in ihre eigenen Brüder verliebt gewesen. Eben diese inzestuöse Leidenschaft, die manchmal ungestillt blieb, andere Male erfüllt wurde, wie zwischen den Zeilen der erhalten gebliebenen Briefe zu lesen stand (es nutzte nichts, wie leicht einzusehen ist, daß diese Leidenschaft erfüllt wurde), hatte das Leben der jungen Frauen der Familie buchstäblich verbrannt, zu Selbstmorden aus Verzweiflung oder verzweifelten Morden geführt.

Aber Elisabeth von Vahl wußte noch nichts von alledem, als sie im Jahre 1916 Nicolas de Stermaria begegnete. Dieser war in St. Petersburg auf Urlaub. Er war fünfundzwanzig, acht Jahre älter als Elisabeth. Er hatte beschlossen, sich der Musik zu widmen, genau in dem Augenblick, als der Krieg einen Offizier des Generalstabs aus ihm gemacht hatte.

An jenem Septembernachmittag des Jahres 1916 war der Himmel über dem Newadelta von durchsichtiger Blässe, kaum gefärbt von einem zarten Blau. Nicolas war gerade auf Urlaub gekommen. Aber er vergaß den Krieg, die endlosen Diskussionen in der Offiziersmesse über das Schicksal des Reichs. Er dachte nicht mehr an den nahenden Sturm, dessen radikale Gewalt seine besten Freunde und er selbst vorhersahen: Elisabeth von Vahl hatte soeben den Salon betreten. Er hatte nur noch Augen für sie. Seine Seele durchtränkte sich plötzlich mit der Aura des jungen Mädchens. Später setzte er sich ans Klavier. Elisabeth durchquerte den Raum, um sich neben ihn zu stellen. Er spielte ein Stück von Schubert. Er hob den Blick zu ihr, sie nahm diesen Blick an, ihr Schicksal war besiegelt.

Erst mehrere Jahre später, nach dem Zusammenbruch des Reichs, nach der Niederlage der aus der Februarrevolution 1917 hervorgegangenen Demokratie – die Nicolas de Stermaria mit Entschlossenheit gegen die Extremismen beider Seiten verteidigt hatte, überzeugt, daß es die einzige Überlebenschance eines freien, entwicklungsfähigen Rußlands war –, nach dem Bürgerkrieg, den Interventionen des Auslands, nach den chaotischen Kämpfen quer durch die Ostseeländer, Kämpfen zwischen Roten, Weißen, Polen, Freischärlern jeder Obedienz, Söldnern und Abenteurern jeder Couleur, Pogromisten jeden Kalibers, begriff Elisabeth, als sie sich mit Nicolas in Berlin niedergelassen hatte, daß die Schwester ihres Mannes auch seine Geliebte war.

Ein Jahr jünger als Elisabeth, hatte Ulrike de Stermaria, eine unerschrockene Amazone, das kriegerische Leben ihres Bruders all die Jahre hindurch geteilt. In der unvermeidlichen Promiskuität der Etappen, der Feldlager, der wilden Ritte hatte sich Elisabeth an die ständige, herrische und glühende Gegenwart ihrer Schwägerin gewöhnt. Unerfahren, vom sanften Komfort eines dem Kult der Harmonie huldigenden Familienlebens in den Strudel der quartierlosen Partisanenkriege gestoßen, hatte Elisabeth die Wahrheit nicht zu erkennen vermocht. Die leidenschaftlichen Gesten in ihrer Gegenwart, die sprachliche Freiheit, die Wiedersehensküsse zwischen Bruder und Schwester nach einem Hinterhalt oder Scharmützel, dem sie ein weiteres Mal lebend, unversehrt, gemeinsam entronnen waren: alle diese Zeichen hatte Elisabeth im blutigen, trüben Licht einer getrübten Epoche interpretiert. Sie hatte im übrigen um so weniger Grund, sich zu beunruhigen, als Nicolas' Leidenschaft für sie ebenso heftig und beharrlich war wie am ersten Tag.

In Berlin aber, im Haus am Savignyplatz, in das alle drei gezogen waren, im Licht des wiedergefundenen Friedens mußte sie sich wohl oder übel von den Tatsachen überzeugen lassen. Ulrike und Nicolas waren Liebende, sie gestanden es ihr. Es war das Schicksal ihres Bluts, sie akzeptierten es in einer Art fiebrigen Hast: der Tod würde früh genug kommen, um dieses unheilvolle und süße Band zu zerreißen. Auch Elisabeth akzeptierte es und teilte mit Ulrike die Liebe dieses Mannes, von dem getrennt zu sein sie sich nicht eine Sekunde lang vorstellen konnte. Sie war zwanzig Jahre alt, sie ließ sich ein Kind machen. Das war ihr einziges Mittel, auf die Zukunft zu setzen.

Aber der Tod verachtete die eingewurzelten Traditionen, er verschonte diesmal die inzestuöse Schwester. Es war Nicolas, den er holte. Überdies ein idiotischer, fast unflätiger Tod, bei einer nächtlichen Schlägerei in einem Berliner Kabarett, deren Grund oder Anlaß nachträglich keiner zu sagen wußte. Nicolas de Stermaria hatte unversehrt, unberührbar, sagten seine Kameraden, drei Jahre Krieg und noch einmal drei Jahre Revolution und Partisanenkämpfe überstanden, um sich den Schädel von einem Betrunkenen zertrümmern zu lassen, von dem er nichts wußte und der von ihm nichts wußte.

Ulrike und Elisabeth blieben allein, um das Kind zu behüten, das zur Welt kommen würde. Allein, um gemeinsam den Mann zu beweinen, den sie geliebt hatten. Um einander mit der Liebe zu dem Mann zu lieben, der gestorben war, dessen sie beraubt waren.

3.

Antoine war vierzehn Jahre alt, er nahm an der Beerdigung von Julie Kafka, geborene Löwy, auf dem neuen jüdischen Friedhof von Prag teil.

Auf dem Weg dorthin hatte seine Mutter ihm erklärt, wer Franz Kafka war. Die Inbrunst ihrer Stimme war ihm aufgefallen. Sie hatte ihm versprochen, ihm nach der Zeremonie einen Band mit Erzählungen des Schriftstellers zu lesen zu geben, *Ein Landarzt*. Antoine hatte dieses Buch überallhin mitgenommen in diesem Jahr. Er hatte die meisten Erzählungen im Freien gelesen, auf seinen langen Spaziergängen durch die Stadt. In den Gärten, an den Ufern der Moldau, auf dem Letnáhügel, in den durchsonnten Gassen, die zur Burg hinaufführten.

Zweifellos weil das Hintergrundgeräusch aller jener Streifzüge durch Prag das Bimmeln der Straßenbahnen war, die er nahm, um sich bei seiner entzückten Entdeckung der Stadt von einem Punkt zum andern zu begeben; weil dieses scheppernde und kristalline, schillernde Geräusch seine Lektüre des *Landarzts* leise begleitet hatte; zweifellos deshalb wird in seiner Erinnerung die Begräbniszeremonie in Straschnitz von einer schrillen Musik begleitet: vom Bimmeln aller Prager Straßenbahnen.

Es ist nicht wahrscheinlich, daß man es an jenem Tag an dem Grab hörte, in dem im Bangen um die Ewigkeit Franz,

Hermann und Julie Kafka ruhen sollten. Doch trotz dieser Unwahrscheinlichkeit hört er es noch heute, wenn er sich an die Zeremonie erinnert.
Jedenfalls hatte ihm seine Mutter, während das Totengebet gesprochen wurde, mit leiser Stimme einige der Anwesenden genannt. Aber es waren Namen, die ihm unbekannt waren und die Antoine nicht behalten hat. Er erinnert sich nur, daß Franz Kafkas Schwestern da waren. Er erinnert sich an ihre breiten Trauerhüte, an ihre langen schwarzen Röcke.
Er schaut Nadine Feierabend an, heute, in Freneuse, knapp fünfzig Jahre später. Kafkas Schwestern sind in den Nazilagern umgekommen, denkt Antoine. Wie Milena Jesenská, wie Dora Dymant: die meisten Frauen, die Franz Kafka umgaben.
Aber Nadine Feierabend ist lebendig. Er schaut sie an.
Er weiß jetzt, daß sie ihn an jemanden erinnert. An eine Frau natürlich. Er weiß noch nicht, an welche. Eine Frau von früher. In seinem Leben oder in Juans Leben? Nein, nicht an Laurence. An eine Haltung, eine Kopfbewegung: etwas Provozierendes und Zerbrechliches zugleich. Etwas Sinnliches und Zartes, ohne Geziertheit. Mehr weiß er im Augenblick nicht. Vielleicht weiß es Juan.
Er wendet sich Kepela zu.
– Auf dem Grab der Familie Kafka stand noch nicht das Denkmal, das man heute dort sieht. Nun ja, das ich auf Fotos gesehen habe! Es ist wohl später aufgestellt worden.
Karel nickt.
– Nach der Zeremonie hat mir meine Mutter dann *Ein Landarzt* zu lesen gegeben. Ich erinnere mich gut, es war die Erstausgabe, die von 1920, bei Kurt Wolff erschienen. Es läßt sich nachprüfen: das Buch steht noch oben in meiner Bibliothek.
Das ist zuviel für Kepela.
Er zappelt, gestikuliert. Er verkündet, zwischen zwei Schluck Whisky, daß auch er Kafkas Erzählungen in dieser Ausgabe gelesen hat. Auch er hat den Band aufbewahrt,

durch alle Schicksalsschläge des Lebens hindurch, trotz des Exils. Sein Vater hat ihn ihm gegeben.

Unmöglich, die Umstände zu vergessen.

Es war 1938, Karel war acht Jahre alt. Genauer, im September 1938, einige Tage nach dem Münchner Abkommen. Er hatte, von seinem Vater gerufen, den großen Raum betreten, der mit Büchern angefüllt war: Tausenden von Bänden. Er atmete den Geruch von Bohnerwachs, Leder, bedrucktem Papier – Geruch von Tinte, Klebstoff, dicht und fruchtig, fast forstlich –, wie man den Sauerstoff des wahren Lebens atmet.

Es gab in der Wohnung noch einen anderen Raum, den Karel nicht unaufgefordert betreten durfte. Es war das ehemalige Schlafzimmer seiner Mutter, die gestorben war, als er drei Jahre zählte. Oskar Kepela, sein Vater, hatte es so belassen, wie es zum Zeitpunkt ihres Hinscheidens gewesen war. Auch hier herrschte ein besonderer Geruch, ebenso verwirrend, aber verworrener: der Geruch der in ihren Flacons aus schwerem geschliffenen Kristall maderisierten Parfums; der Geruch von Seidenstoffen und Pelzen, mit einem sich verflüchtigenden, doch unlöslichen Aroma durchtränkten Kleidern: ein Frauengeruch.

Sein Vater erwartete ihn hinten in der Bibliothek an jenem Septembertag 1938, in einer Fensternische.

Der Haupteingang des Gebäudes befand sich an der Ecke der Pařižská-Straße und einer Querstraße linker Hand, wenn man vom Platz der Altstadt zum Fluß geht. Aber die Fenster der Bibliothek – eines langgestreckten, aus einer Reihe von Mansarden gewonnenen großen Raums im obersten Stockwerk, zu dem eine Innentreppe führte – gingen nach Norden. Über die Dächer hinweg hatte man einen unverstellbaren Blick: man sah den Hradschin, den Letnáhügel und seine Gärten, genau gegenüber, jenseits der Moldau.

Sein Vater erwartete ihn dort, in der Nische eines der Mansardenfenster.
Zehn Jahre später, 1948, sollte er ihn erneut an derselben Stelle erwarten. Aber es war nicht Ende des Sommers, es war mitten im Winter: Februar. Und er war kein Kind mehr, er war 18 Jahre alt. Und er hörte seinem Vater nicht mehr mit bewunderndem Respekt zu wie zehn Jahre zuvor. Er hörte ihm mit Ungeduld zu. Gleichviel: Oskar Kepela hatte wieder einmal recht. Er hatte in beiden historischen Augenblicken recht gehabt; hellsichtig hatte er die beiden Totalitarismen analysiert, die beide in der Tschechoslowakei ihren makabren Höhepunkt erreichten: der von Hitler im September 1938; der von Stalin zehn Jahre später.

(Stalin! dachte er, im Innern der schwindelerregenden Spirale dieser von den Worten Antoine de Stermarias heraufbeschworenen Erinnerung. Stalin! Das letztemal hatte er seinen Vater, Oskar Kepela, wieder vor demselben Fenster gesehen. Man hatte ihn von seinem Arbeitsplatz geholt. Aber er war nicht mehr Wärter des Friedhofs in Straschnitz, damals arbeitete er auf dem in Pinkas: dem alten jüdischen Friedhof in Pinkas, ganz in der Nähe des väterlichen Hauses. Man war ihn holen gekommen. Er war gerannt, hatte mit kurzem Atem die breitstufige Steintreppe erklommen. Er hatte die Bibliothek betreten. Sein Vater saß in seinem Sessel in der üblichen Fensternische, den leeren und toten Blick der Flußlandschaft zugewandt. Sein Vater hatte sich vor der ewigen Landschaft Prags eine Kugel in den Kopf geschossen. Aber auch vor dem scheußlichen, massiven Stalindenkmal, das sie auf dem Letnáhügel errichtet hatten, die Schweine!).

Oskar Kepela hatte beidemale recht gehabt, auch wenn er, sein Sohn, 1948 nicht auf ihn hören wollte.

Und beide Male hatte der Westen geschwiegen, hatte kapituliert vor einem mit dem Flitter eines historischen Schicksals bemäntelten totalitären Gewaltstreich. Der demokratische und fortschrittliche Westen hatte 1938 und 1948 das glühende Herz Europas, die Stadt Prag preisgegeben, um die einst die christlichen König- und Kaiserreiche ein Jahrhundert lang verbissen gekämpft hatten.

Kepela zappelt also, gestikuliert.
– Ich auch, ruft er, ich auch! Genau diese Ausgabe hat mein Vater mir gegeben. Die von Kurt Wolff. Auch ich habe sie noch!
Er ist aufgewühlt davon.
Oskar Kepela hatte seinen Sohn gebeten, ihn am späten Nachmittag in der Bibliothek aufzusuchen. Er hatte von der Münchner Auflösung gesprochen. Er hatte ihm finstere Zeiten angekündigt. *Finstere Zeiten,* sagte er, ein Gedicht auf Deutsch zitierend, in einer Sprache, die man bei den Kepelas fast ebenso häufig sprach wie das Tschechische und um so andächtiger, als Karels Mutter Wienerin gewesen war. Er hatte ihn aufgefordert, Mut zu sammeln für diese finsteren Zeiten.
Und dann, gleichsam als Fortsetzung oder Folge dieser kurzen Ansprache, hatte sein Vater ihm ein paar Bücher gegeben: Du bist erst acht Jahre alt, hatte er gesagt. Lies sie, wenn es soweit ist, behalte sie, hebe sie auf wie eine Wegzehrung. Damit sie dir leben helfen, immer.
Sechs Bücher, verstaut in einer Reisetasche aus Wildleder, die um so wertvoller war, als sie Karels Mutter gehört hatte. Eine Auswahl von Hölderlin-Gedichten. Der Roman von Sterne, *Leben und Meinungen des Herrn Tristram Shandy.* Die *Education sentimentale* von Gustave Flaubert. *Die Dämonen* von Dostojewski. *Ein Landarzt* von Franz Kafka, in der bereits genannten Ausgabe. Und *Don Quichotte,* zum Schluß. Auch zum Anfang. Denn alles beginnt und endet mit

Don Quichotte, Roman der Utopie und Utopie des Romans.

– Ihr Vater, sagt Antoine, Professor Oskar Kepela... Als ich beschlossen habe, mein Leben der Malerei zu widmen, hat mich meine Mutter zu ihm gebracht, in Ihr Haus also, damit ich mir seine Ratschläge anhöre...

Kepela wird leichenblaß, er verschluckt sich, er verschüttet einen Teil seines Whiskys.

– Sie haben meinen Vater gekannt!

In dem Sturm der Gefühle, die über ihn hereinbrechen, ist das Gefühl, das obenauf schwimmt und sich aufzudrängen scheint, auf den ersten Blick ungehörig. Es ist das Gefühl, wie lachhaft und anstößig es wäre, die Frau eines Typs verführen zu wollen, der als Heranwachsender Kafka gelesen hat, in derselben Ausgabe wie man selbst, dem der eigene Vater, eine fast mythische Gestalt, ästhetische Ratschläge erteilt hat. Auch ethische, zweifellos, denn das gehört zusammen.

Ja, unmöglich. Franca entfernt sich von ihm, plötzlich, Opfer dieser ungelegenen, aber zauberischen Beschwörung des Gedächtnisses.

Kepela lacht. Mit einer Art Gewaltsamkeit, wildem Hohn. Es gibt nichts anderes zu tun.

– Kurzum, sagt Nadine Feierabend, Ihre Mutter kannte alle Welt in Prag 1934!

Antoine dreht sich zu ihr um.

– Es ist eher so, daß alle Welt sie kannte. Ich meine: alle, die wirklich zählen sollten. Sie praktizierte, wenn man so sagen darf, einen ganz besonderen Snobismus. Sie verkehrte nicht mit Leuten, die in Mode waren, sondern mit solchen, die irgendein wirkliches Talent hatten, die wegen ihres glänzenden und anerkannten Verdienstes erst zwanzig Jahre später in Mode kommen würde! Einen vorwarnenden Snobismus.

Irgend etwas beginnt zu dämmern, bezüglich Nadines Ähnlichkeit mit einer Frau von einst.

– Aber mein Besuch, fährt er fort, bei Professor Oskar Kepela – ich erinnere mich an die Bibliothek: ein Fenster mit Blick über den Fluß, auf die Burg – hat nicht 1934 stattgefunden. Sondern zwei Jahre später, '36, ich war sechzehn Jahre alt.
Er bricht in ein jungenhaftes Lachen aus.
– Ich habe einen unfehlbaren Anhaltspunkt. Es war im selben Jahr, in dem ich meine Mutter in Prag zu den Vorträgen von Edmund Husserl begleitete, aus denen *Die Krisis der europäischen Wissenschaften* hervorgegangen ist. Sehen Sie? 1936, ein Zweifel ist nicht möglich.
– Nein, sagt Juan Larrea, ein Zweifel ist nicht möglich. 1936: das Jahr des spanischen Bürgerkriegs. Ein unfehlbarer Anhaltspunkt.
– Genau, sagt Kepela. Husserls *Krisis* und der spanische Krieg, das gehört zusammen. Es ist das Ende einer Epoche, das Ende einer Nachkriegszeit. Oder der Beginn einer Vorkriegszeit.
– Eine vollkommen dialektische Formulierung, mein Alter! Vollkommen hohl also! sagt Juan. Man sieht, daß du aus Zürich kommst, einer Stadt, in der Lenin wohnte!
Sie lachen.
Und Kepela lacht um so fröhlicher, als er soeben einen tröstlichen Gedanken hatte. Einen kecken sogar. Die Frau eines so bemerkenswerten Mannes wie Antoine de Stermaria zu verführen, ist immerhin kein geringes Unterfangen. Es ist seiner durchaus würdig.
Nadine Feierabend meint, daß man vom Thema abkommt.
– Ich hätte Ihre Mutter gern kennengelernt, sagt sie zu Antoine.
Man hört plötzlich Francas Stimme.
– Das können Sie, meine Liebe, das können Sie noch!
Sie drehen sich um. Seit wann ist Franca wieder im Salon?
Franca geht auf sie zu.
– Sie lebt im Hinterland von Nizza, in Saint-Césaire. Immer

noch rüstig, trotz ihren dreiundachtzig! Fuß, Auge, Kopf, alles gut beieinander. Aber sie spricht nicht gern von der Vergangenheit. Ich meine, nicht mit irgendwem, nicht mit dem Erstbesten!

In der gewohnten Musik von Francas Stimme ist eine dunkle Klangfarbe aufgetaucht, hart an der Grenze des Mißklangs. Eine Art Aggressivität, die sich in einer Verdrehung der Betonungen äußert. Sie können nicht umhin, es zu bemerken.

Aber im Augenblick macht sich Antoine nichts daraus. Zum einen hatte er mit Francas Gereiztheit Nadines wegen gerechnet. Und außerdem ist ihm soeben eingefallen, wem die junge Frau ähnlich sieht. Es war so offenkundig, daß es wieder rätselhaft wurde. Es verbarg sich hinter der selbstverständlichen Klarheit. Diese Kopfhaltung, diese Mischung aus unverschämter jugendlicher Gesundheit und bezaubernder Zerbrechlichkeit, diese durch einen unschuldigen Blick wohltemperierte Sinnlichkeit: an Mary-Lou erinnert ihn Nadine. An die spöttische und freigebige, zynische und zärtliche Mary-Lou seiner Jugend.

Unserer Jugend, denkt er, Juan ansehend.

Ihm kommt eine verrückte Idee, die sein Herz klopfen läßt. Er hatte Mary-Lou, vor vierzig Jahren, in Nizza Juan geschenkt. Als Freundschaftspfand: Mary-Lous Körper zwischen ihnen wie ein Band. Warum sollte er Juan nicht bitten, ihm dieses Pfand zurückzugeben, ihm Nadine zu verehren, heute? Er sah die junge Frau an, intensiv, sinnlich erregt, wie er es schon lange nicht mehr gewesen war. Er fragt sich, ob Nadine einverstanden wäre.

Er macht einen Schritt auf sie zu.

– Bei Gelegenheit, sagt er, werde ich Sie nach Saint-Césaire mitnehmen. Wenn Sie mit mir kommen, wird uns meine Mutter von der Vergangenheit erzählen.

Er lacht, wendet sich feierlich an Karel.

– Wenn er Zeit hat, uns zu begleiten, werden wir Herrn Kepela einladen. Meine Mutter hat einen Koffer voll Erinnerungen an Prag. Fotos, Zeitschriften, Theaterprogramme, Briefe... Es gibt welche von Teige, von Roman Jakobson, von Klíma, von Musil. Zweifellos auch von Professor Oskar Kepela...

Aber Franca unterbricht ihn.

– Bevor diese köstliche Kulturexpedition stattfindet, seid ihr zunächst einmal zu Tisch gebeten!

Sie begeben sich dorthin.

Dritter Teil

KAPITEL X

Blauer Akt von hinten

1.

Kepela träumte, daß er einen Traum habe. Daß er in einem Traum sei vielmehr. Denn es war ein schon fertiger Traum, in dem er umherging. Er wußte auch, wer diesen Traum schon einmal gehabt hatte. Wer ihn erzählt hatte zumindest. Denn man weiß ja nie, ob die Träume, die die Leute erzählen, wirklich ihre eigenen oder nur erträumt sind. Noch mehr muß man sich hier vor einer besonderen Art von Träumern in acht nehmen: den Schriftstellern. Sie erzählen häufig ihre Träume, wie sie ihr Leben erzählen: indem sie Täuschung hineinlegen.

Es brachte ihn zum Lachen, in einem so unverkennbaren, so augenfälligen Traum zu sein. Es brachte ihn über sich selbst zum Lachen, auch über den Traum selbst. Aber diese Distanz, die sich durch diesen lächerlichen Aspekt zwischen ihn und den Traum schob, hinderte ihn nicht daran, den Traum intensiv zu erleben. Als ob er daran geglaubt hätte, als ob er sein Ende nicht gekannt hätte. Als ob er diesen Traum entdeckte, in diesem Augenblick. Als ob es ein Abenteuer wäre.

Er ging durch eine lange Häuserreihe in der Höhe des ersten Stockwerks, so wie man in einem Zug von einem Waggon zum andern geht. Manchmal mußte man ein paar Stufen hinauf- oder hinuntersteigen, wenn man von einem Haus ins nächste ging. Er sagte sich, daß es logisch sei, daß sogar in Wohnblocks die ersten Stockwerke nie genau auf derselben Höhe liegen in Städten wie Prag, die im zufälligen Lauf der Jahrhunderte, in der Unordnung gewachsen sind. Doch obgleich er wußte, daß er von einem Gebäude ins andere ging, von einer Wohnung in die nächste, brauchte er keine Türen zu öffnen. Der Raum entfaltete sich in einer riesigen,

endlosen Zimmerflucht. Jedenfalls hatte er nicht den Eindruck, sich dem Ende dieser Reihe von Wohnungen zu nähern: meist waren es Schlafzimmer: Paare schliefen in großen alten Betten, oder er schreckte sie auf, wenn er durch das Zimmer ging, was nicht verfehlte, ihn zu überraschen, denn er hatte das Gefühl, sich in diesem Traum ohne das leiseste Geräusch fortzubewegen; und es waren immer Paare desselben Geschlechts: Männer, zusammen, häufig bärtige, und dann Frauen, nicht nur zusammen, manchmal sogar im Schlaf umschlungen. Er hatte also den Eindruck, daß das Ende dieser Flucht von Zimmern, von Wohnungen nicht aufhörte, vor ihm zurückzuweichen, sich zu entfernen, je weiter er ging. Im übrigen sah es so aus, als gäbe es da hinten, ganz in der Ferne, keine Wand: Bäume bewegten sich in einem Wind, den man sich vorstellen konnte.
Die Reihe von Wohnungen war manchmal von Salons unterbrochen, in denen sich Dirnen aufhielten. Denn es handelte sich offensichtlich um Mädchen schlechten Lebenswandels, oder Freudenmädchen, genau genommen: es waren Bordellsalons. Er wußte dies bestimmt, wenn er auch keine persönliche Erfahrung mit derartigen Orten hatte: er war nie im Bordell gewesen. Aber er wußte mit Sicherheit, daß es Bordelle waren, weil Kafka sie ausdrücklich erwähnt in dem Traum vom 9. Oktober 1911, den er selbst nachzuträumen im Begriff war. Weil die Mädchen zudem im Halbkreis saßen, schweigend, manchmal mißmutig, aber sich darboten, den Körper strafften, geblümte Seidennegligés öffneten, auf denen die Farbe Rot vorherrschte, genau wie man sie es auf Fotos oder realistischen Gemälden tun sieht.
Aber er sah sie kaum an, blieb nicht einmal stehen, suchte nicht zu erkunden, was sie unter dem professionellen Negligé anhatten. Wollte nicht wissen, ob sie die schwarzen Strümpfe und Strapse trugen, für die er eine Vorliebe hatte, nicht nur in seinen Träumen. Nicht nur in dem Traum Franz Kafkas, den er heute nachträumte oder nacherlebte.

Er ging rasch, überzeugt, wie ihm schien, zu wissen, wohin er ging; als wäre das Wesentliche nicht die Durchquerung der Bordellsalons; auch nicht die Reihe der Schlafzimmer, wo er unbeabsichtigt homosexuelle, zumindest gleichgeschlechtliche Paare störte. Als wäre das Wesentliche weiter entfernt, am Ende dieses Wegs.
Manchmal blickte er sich um.
Zur Linken befanden sich alte Betten; oder die Halbkreise von Dirnen, die ihren Körper darboten, und vor Tapeten, stattlichen, aber anmutslosen Möbeln, Vasen voll künstlicher Blumen, Samtkanapees postiert waren. Ein bürgerlicher Dekor also.
Zur Rechten, wenn er zufällig in diese Richtung blickte, war die Wand der Zimmer, durch die er ging, durchsichtig. Oder es gab überhaupt keine Wand.
Er ging in der Höhe der bunten Ladenschilder einer Straße, von der man annehmen konnte, daß sie an den Häusern entlangführte, die er mit hastigen, leisen Schritten durchquerte. Alle Aufschriften der Geschäfte waren deutsch, das Wort, das am häufigsten wiederkehrte, war DELIKATESSEN. Dennoch, trotz der Sprache, vielmehr seltsamerweise wegen ihr, wußte er, daß er sich in New York befand. Er hatte denselben Eindruck beruhigender Vertrautheit, den man in einer New Yorker Straße haben kann, wenn man die Augen nicht zu hoch erhebt, wenn man seinen Blick in Menschenhöhe hält, auf die Schilder schielt und daraus die behagliche Gewißheit gewinnt, das alte Europa noch nicht verlassen zu haben, irgendwo im unsterblichen Herzen des alten Europas zu spazieren, zwischen München, Wien und Prag.
Plötzlich, als die Baumgruppe, die er am Ende der Zimmerflucht undeutlich wahrgenommen hatte, sich zu nähern schien; als ihre grünende, mobile Masse einen unerreichbaren Horizont zu verlassen schien, um ihm entgegenzukommen, bemerkte er zu seiner Linken eine Tafel an der Wand des Zimmers, durch das er ging.

Es war diesmal kein Bordellsalon, auch kein Schlafzimmer. Es war ein nackter Raum, seiner Möbel und Bilder entleert, die ihn geschmückt hatten und deren rechteckige oder quadratische, in zwei Fällen sogar ovale Spuren man noch an den Wänden sah. Eine Marmortafel war an der Wand zur Linken angebracht, und noch bevor er nähertrat, wußte er, worum es sich handelte.

Genau das war es.

Hier wohnte vom 21. Februar 1916 bis 2. April 1917 Lenin, der Führer der russischen Revolution.

Er war nicht übermäßig verwundert darüber, daß Lenin mehr als ein Jahr lang hier gewohnt hatte. Er fragte sich nur, welche Haltung Lenin gehabt haben mochte, wenn er alle diese Bordellsalons durchquerte, um in sein bescheidenes Zürcher Studierzimmer zu gelangen. War er hindurchgegangen wie er, gleichgültig – aber nicht aus vitalem Desinteresse, gewiß nicht: weil es nicht der rechte Augenblick war, weil er anderes zu tun hatte, momentan gleichgültig, wie dem auch war, für alle die dargebotenen Mädchen, ihre schwarzen Strümpfe, ihre Strapse, ihre Korsetts und Korsagen, ihre Spitzen, um sich wieder, nach den langen, in der Stadtbibliothek zugebrachten Stunden, über das Manuskript irgendeines feurigen Pamphlets zu beugen, wie er sie damals unermüdlich schrieb, Pamphlete gegen den bürgerlichen oder sozialverräterischen Pazifismus?

Oder war Lenin, wie Franz Kafka, in der Realität, von der diese Wiederholungsträume nur ein schwacher Abklatsch waren, stehengeblieben, um die Mädchen lange zu betrachten, die Züge ihrer Gesichter, die Linien ihrer Körper eingehend zu mustern?

Er muß laut gedacht haben, denn jemand ruft ihn jetzt, er dreht sich zu dem Sprechenden um, im Glauben, es mit Josef Klims zu tun zu haben, überzeugt, daß er mit ihm das endlose Gespräch wiederaufnehmen wird, das sich zwischen ihnen seit dem fernen Tag fortsetzt, an dem sie sich auf dem Friedhof in Straschnitz kennengelernt haben.

Keineswegs. Es ist Larrea, der neben ihm steht.
Auf jeden Fall, sagt Juan, hat Kafka die Tafel nicht sehen können, die an Lenins Anwesenheit hier, in der Spiegelgasse 16, erinnert. Sie wurde erst nach dem Tod von Wladimir Iljitsch angebracht. Also nach 1924.
Er dreht sich zu Larrea um.
Eine Art gereizter Unruhe hat ihn erfaßt. Was hat Larrea in seinem Traum zu suchen? Es irritiert ihn, daß Juan da ist, um ihm mit überheblicher Miene das Datum von Lenins Tod in Erinnerung zu rufen, an das er sich auch allein sehr gut erinnert. Mit dem er übrigens nichts zu tun hat. Aber es ist mehr. Die von Unruhe getönte Gereiztheit, die ihn erfaßt hat, rührt nicht nur von Larreas Überheblichkeit her. Er hat den vagen Verdacht, daß dieser nicht nur deshalb in einem alten Traum von Kafka erschienen ist – noch dazu statt Josef Klims, der darin willkommen gewesen wäre! –, um ihn mit professoraler Miene an das Datum von Uljanows Tod zu erinnern. Nein, es ist etwas anderes. Er weiß noch nicht was, aber das plötzliche, unvorhergesehene Erscheinen Larreas in diesem Traum ist aus einem anderen Grund irgendwie bedrohlich.
Man muß ihm den Schnabel stopfen, unverzüglich.
Schon gut, Alter, schon gut! Wir haben verstanden: 1924. Auch Kafka ist 1924 gestorben, ich entsinne mich!
Aber Juan Larrea sieht ihn etwas mitleidig an.
Er zuckt die Achseln.
Gewiß, sagt er. Kafka ist im selben Jahr gestorben wie Lenin. Und er ist 1883 geboren, im Todesjahr von Karl Marx. Kafka hat genau, akkurat, zwischen dem Todesjahr von Marx und dem Todesjahr von Lenin gelebt. Sogar J. L. Borges hat versäumt, uns auf dieses Zusammentreffen hinzuweisen!
Aber Kepela kann nicht mehr. Er fragt sich, was er tun soll, um Larrea aus seinem Traum zu verscheuchen.
Inzwischen setzt dieser seinen schulmeisterlichen kleinen Vortrag fort.

Wenn dich Daten interessieren, sagt er, sollte man vielleicht daran erinnern, daß Kafka im selben Jahr geboren wurde wie Josef Alois Schumpeter und John Maynard Keynes, zum Beispiel!
Dann wendet er sich Karel zu und sieht ihm in die Augen, mit dem komplizenhaften Lächeln eines Verschwörers.
Im selben Jahr auch wie Nikolai Nikolajewitsch Krestinski! fügt er mit leiser Stimme hinzu, als fürchte er, diese Wahrheit lauthals zu verkünden oder anzukünden.
Kepela sieht sich verstohlen um.
Eine Frau entfernt sich plötzlich, beginnt zu rennen. Zweifellos stand sie hinter ihnen, in Reichweite, um sie zu belauschen. Hat sie den Namen Krestinski in Verbindung mit dem von Kafka gehört? Hat sie dieses Geheimnis aufgeschnappt?
Er dreht sich um, Larrea versucht, ihn am Arm zurückzuhalten. Er reißt sich los, hetzt hinter der flüchtenden Frau her, deren Nacktheit er soeben bemerkt hat.
Er rennt, trotz Larreas Schreien, hinter dieser nackten Frau her, ihrem geschmeidigen schlanken Körper, der in eine Art blaue Phosphoreszenz getaucht ist.
Er begreift plötzlich, warum er in New York ist, warum dieser alte Traum von Franz Kafka diesmal in New York spielt. Er schreit vor Freude. Er hat die Frau wiedererkannt, diesen nie gesehenen Körper, diese Freude. Er rennt, lachend. Aber Larrea scheint ihn eingeholt zu haben, er spürt seinen Atem dicht in seinem Nacken. Sie gelangen ans Ende der Zimmerflucht, die jetzt erleuchtet ist von dem Licht, das von dahinten kommt, aus dem grünenden Raum voller Bäume, dem er sich mit rasender Geschwindigkeit nähert.
Man stößt ihn mit unglaublicher Kraft in den Rücken.
Er fällt ins Leere, lange, den Namen dieser Frau murmelnd, die er soeben wiedererkannt hat: Franca.
Die Angst umklammert ihn, er glaubt, die Besinnung zu verlieren. Als er die Augen wieder öffnet, liegt er im jüdischen Friedhof in Pinkas inmitten der Grabsteine.

Er sieht über die Mauer des Friedhofs.
Er gewahrt in der Ferne, zwischen den Bäumen und Grabsteinen eine der Fassaden der Philosophischen Fakultät der Karls-Universität. Er sieht das weiße Schild, das die Studenten quer über die Fassade gehängt haben und das den Namen Jan Pallach trägt. Den Namen, den sie ihrer Fakultät gegeben haben, nach der Selbstverbrennung von Jan Pallach im Jahre 1969.
Er hört das kristalline, scheppernde fiebrige Bimmeln aller Straßenbahnen von Prag. Er ruft die Nummer derjenigen, die zur Bilá Hora fuhr, zum Weißen Berg, die Nummer 22. Er ruft sie wie ein Losungswort.
Und er fährt aus dem Schlaf, schweißgebadet.

2.

Meine Liebe ist traurig
Denn es ist die verstörte Natur der Liebe, traurig zu sein
Wie das Licht traurig ist
Das Glück traurig...

Es war drei Uhr morgens, Franca schlief nicht.
Im Dunkeln ausgestreckt, versuchte sie seit ein paar Minuten das Gedicht zu rekonstruieren, das in Bruchstücken heftig in ihrem Gedächtnis aufgeblitzt war. Sie schob die Laken weg, zündete eine Lampe an, schlüpfte in blaue Leinenjeans, zog einen leichten, ebenfalls blauen Pullover über.
Barfuß ging sie hinaus auf den Flur des ersten Stocks.
Sie hatte Lust, das Gedicht von René Char noch einmal zu lesen, es in seiner Vollständigkeit zu erfassen. *Es ist die verstörte Natur der Liebe, traurig zu sein...* Doch welches war ihre Liebe? Würde sie es in Erfahrung bringen?
Sie ging geräuschlos zu der breiten Treppe.
Vielleicht waren die Char-Bände nicht in der Bibliothek im Erdgeschoß, wo sie Kepela untergebracht hatten, vor ein

paar Stunden, nachdem er plötzlich zusammengebrochen war. Mitten in einem Satz, wie vom Blitz getroffen. In eine Art Koma gefallen war, Gläser auf dem Tisch umstoßend. Vielleicht hatte Antoine Chars Bücher – die meisten in Ausgaben mit begrenzter Auflage – in seiner Privatbibliothek aufbewahrt im zweiten Stock neben dem Atelier.
Sie blieb auf dem Absatz der breiten Treppe stehen, lächelnd. Belustigt zumindest bei der Vorstellung, den einen oder den anderen aufzuwecken, Antoine oder Kepela, wenn sie den Band von René Char suchte. Wahrscheinlich, übrigens, würde auch Antoine in dieser Nacht nicht schlafen. Er schlief wenig in letzter Zeit.
Sie wünschte, er wäre wach. Er würde zu ihr kommen, wenn er sie oben in der Bibliothek hörte. Jedenfalls war es Antoine, der sie mit René Char bekannt gemacht hatte. Sie würden das Gedicht gemeinsam wiederlesen.

Meine Liebe ist traurig
Denn sie ist treu

Ein weiterer Goldsplitter oder Goldglimmer des Gedichts war aufgeblitzt, aus der Lagune des Vergessens emporgetaucht. Aber war ihre Liebe treu? Vielleicht könnte sie mit Antoine darüber sprechen. Vielleicht könnte sie künftig nur noch mit ihm darüber sprechen. Das hatte sie in ihrer Schlaflosigkeit zu ahnen gemeint.
Wieder bekam sie deswegen Herzklopfen.
In diesem Augenblick hörte sie ein Geräusch im Erdgeschoß. Lampen gingen an. Zweifellos war Kepela aus seinem alkoholischen Koma erwacht.

Als sie am gestrigen Abend mit Kepela vom Bahnhof zurückgekommen war, hatte sie versucht, mit Juan zu sprechen. Es war nicht möglich gewesen, zumindest nicht im Augenblick. Karel hatte ihn mit Beschlag belegt, ihn mit sich

gezogen. Er hatte Juan etwas zu sagen, es sei lebenswichtig, sagte er. Juan hatte nur Zeit gehabt, ihr zuzumurmeln: »Gut gespielt!« Offenkundig war das auf Kepelas Anwesenheit gemünzt. Ja, es war gut gespielt. Damit vereitelte sie Antoines Machenschaften. Er hatte das Tête-à-tête zu viert gewünscht, mit der ihm eigentümlichen Raffinesse, Katastrophen zu arrangieren und zu genießen; um, wenn er unglücklich war, die anderen leiden zu lassen und selber Höllenqualen zu leiden. Wenn er unglücklicher war als sonst.
In Juans und Kepelas Abwesenheit – Nadine war ebenfalls auf ihr Zimmer gegangen – hatte Antoine ihr eine Szene gemacht. Er war eiskalt gewesen, gewalttätig.
Wer habe ihr erlaubt, sagte er, diesen Tschechen einzuladen, diesen selbstgefälligen Salonlöwen, Schwarm aller Dämchen von Paris?
Sie hatte sich entschieden, darüber zu lachen.
Aber Antoine, er ist doch ein Freund von Juan. Sie arbeiten zusammen!
Ich scheiße auf ihren *Weißen Berg!* rief Antoine.
Franca unterließ es, ihn auf seine Unwahrhaftigkeit hinzuweisen. Vor einiger Zeit hatte Juan ihnen von diesem Plan erzählt, und Antoine hatte sich lebhaft dafür interessiert.
Freut es dich nicht, daß ich Juan diese Überraschung bereite?
Ich wollte, daß wir unter uns sind, sagte Antoine. Es sollte ein intimes Fest sein!
Wir? erwiderte sie mit bösem Lachen. Ist sie intim, die kleine Feierabend? Ist sie unter uns?
Er hatte sie lange angesehen, mit verwirrtem Blick. Man konnte darin sowohl Verzweiflung wie wahnsinnige Liebe lesen. Das heißt den Wahnsinn verzweifelter Nichtliebe.
Sie ist zwischen Juan und dir, Franca, hatte er geflüstert. Also unter uns. Also völlig intim.
Erkläre dich, sagte sie kurz.
Es gibt nichts zu erklären, Franca. Es ist einfach. Juan liebt diese junge Person wahrscheinlich nicht, er hat immer nur

Laurence geliebt, das weißt du. Zumindest solltest du es wissen. Aber er vögelt die kleine Feierabend, und das macht dich krank.
Sie hatte versucht, ihn mit einem Lachen zu unterbrechen, das ungezwungen, beißend klingen sollte.
Aber Antoine hatte sie gepackt, hatte ihr den Arm verdreht, so daß sie vor Schmerz erbleichte.
Er vögelt sie, und du erträgst es nicht! hatte er sie angeschrien.
Da war Franca ordinär geworden, sie hatte ein paar von Herzen kommende Obszönitäten gesagt, aber sie hatte sie auf Italienisch gesagt. Das lag ihr mehr. Sie hatte gesagt, Nadine könne sich von Juan soviel reinstecken lassen, wie sie wolle, sich bumsen, bügeln, rammeln, bürsten lassen, es sei ihr scheißegal.
Sei nicht vulgär, hatte Antoine gesagt. Vergiß nicht, daß du eine Mailänderin aus guter Familie bist, daß deine Wiener Großmutter mütterlicherseits mit Wedekind verkehrte, daß dein Papa der Lieblingskollaborateur von Antonio Banfi war! Gewöhnlich liegst du uns damit in den Ohren! Außerdem verrätst du dich, wenn du so vulgär bist!
Sie hatte sich aus seiner Umklammerung gelöst.
Was willst du, Antoine?
Die Grobheiten, die sie gesagt hatte, und andere, die sie gedacht hatte, ohne sie zu sagen, aber genüßlich in ihrem Kopf gewälzt hatte, hatten sie beruhigt.
Sie sah Antoine an, mit der alten Komplizenschaft einer geteilten Lebensmühe.
Willst du die Wahrheit hören, Antoine?
Er hatte das Gesicht in den Händen vergraben. Dann hatte er eine ungeschickte Bewegung auf sie zugemacht.
Verzeih mir, sagte er. Seit einiger Zeit weiß ich nicht mehr, woran ich bin.
Sie atmete tief ein, kostete die herzzerreißende Freude ihrer Macht über diesen Mann.
Du weißt sehr gut, woran du bist in deiner Arbeit. Im Leben,

ganz allgemein. Nur in bezug auf mich, deine Beziehung zu mir, weißt du es nicht mehr. Aber es ist nicht unbestimmt, nicht erst seit einiger Zeit so. Es ist völlig präzis: seit Amsterdam, letzten Herbst. Sprechen wir über Amsterdam, willst du?
Er machte einen Rückzieher.
Ein andermal, vielleicht.

Etwas später war es Franca dennoch gelungen, ein paar Worte mit Juan unter vier Augen zu wechseln.
Er stand neben einer Fenstertür, betrachtete die rasenbedeckten Hänge, die zum Fluß abfielen. Aber es gab nichts mehr zu sehen, es war dunkel geworden.
Er drehte sich zu ihr um, als sie ganz nahe war.
Ich fragte mich, ob die rosa Kastanienbäume in Blüte stehen, murmelte er.
Sie nickte.
Es fängt an, sagte sie, es ist die Jahreszeit.
Sie streifte seinen Körper mit ihrer Hüfte, löste sich wieder.
War das *Ritz* schön ohne mich?
Es war ohne dich, sagte er lakonisch.
Warum hast du mir das angetan? fragte sie.
Er sah sie an: ein Art liebevolles Licht, selbst in den schönsten Augenblicken ungewöhnlich bei ihm, war in seinem Lächeln zu erkennen.
Was denn? sagte er. Madrid, Patinir, Goya? Du weißt es doch genau, Franca! Man tut immer dieselben Dinge mit den Frauen, und es ist immer wieder anders. Ich meine: die Frauen sind anders. Sei nicht fetischistisch!
Ich bin nicht fetischistisch, sagte sie, sondern exklusiv.
Er hatte fröhlich gelacht.
Merkwürdige Art, exklusiv zu sein, hatte er ausgerufen. Seit sechs Monaten fliehst du mich.
Ich fliehe die Vorstellung von dir mit diesem Mädchen.

Dieses Mädchen, wie du sagst, sagte er, hat sich in deine Abwesenheit eingeschlichen. Deine Flucht ist es, die ihr Platz machte, das weißt du genau!
Und sie wird dort bleiben, an meinem Platz? murmelte sie, ohne ihn anzusehen.
Das liegt bei dir, sagte Juan.
Dann machte er eine müde, ratlose Bewegung.
Vielleicht ist es zu spät, fügte er hinzu.
Sie mißverstand ihn.
Du beginnst sie zu lieben?
Er zuckte gereizt die Achseln.
Lieben! Immer dieses Wort im Mund!
Aber sie hatten nicht die Möglichkeit weiterzusprechen. Kepela lenkte plump die Aufmerksamkeit auf ihr Aparté, neckte sie deswegen.
In der Tat, wir sind überflüssig, Nadine und ich! verkündete Karel. Ihr hättet das Ereignis zu dritt feiern sollen: Francas Geburt, den Jahrestag der Begegnung unserer beiden Berühmtheiten! Was meinst du, Nadine, lassen wir sie allein?
Franca hatte Antoine angesehen. Er hatte ihr freundschaftlich zugenickt. Ein Zeichen des Friedens. Es hatte sie beruhigt.
Er hat sich unsterblich in dich verliebt, der Tscheche, murmelte Juan, während er zu den anderen ging. Er hat es mir soeben gestanden, mit einem Musilzitat! Ich kenne meinen Kepela: wenn er Musil zitiert, dann geht's los!
Sie lächelte, fuhr sich mit der Hand durch die Haare, bewunderte von fern Karels Erscheinung.
Das vereinfacht alles, sagte sie spöttisch.
Wie die Negation der Negation, hauchte Juan.
Sie drehte sich verdutzt zu ihm um. Aber er hatte keine Zeit mehr, ihr zu erklären, warum er an die Dialektik gedacht hatte. Nicht nur an die von Paolo Caliari, genannt Veronese.

Aber um drei Uhr morgens machte man im Erdgeschoß nicht nur Lärm. Man machte Musik.
Franca erstarrte auf der breiten Treppe.
Una paloma blanca, como la nieve, me ha picado en el pecho, cómo me duele!
Sie legte die Hand auf die Brust.
Der Schmerz, ja, wild und vertraut.

3.

Karel war aufgewacht, er blieb reglos im feindlichen Dämmerlicht eines unbekannten Zimmers liegen, versuchte, sich zurechtzufinden, den Raum und die Zeit rings um ihn, in ihm zu rekonstruieren.
Ottla hatte ihn verlassen, er war nicht mehr in Zürich: das war ein Ausgangspunkt.
Kaum hatte er diese winzige Gewißheit heraufbeschworen, da fiel ihm sein Traum wieder ein. Ganz und gar, in einem Stück, wie ein schimmernder Block.
Er schlug eine Mohairdecke zurück, die man über ihn gebreitet hatte. Er fand seine Mokassins zu Füßen seines Notbettes.
Er stand auf.
Blauer Akt von hinten, sagte er leise und tastete nach dem Licht.

Vor vierzehn Tagen war er in New York gewesen.
Er mußte mit dem Chef einer großen amerikanischen Gesellschaft ein Filmprojekt besprechen. Ein erster Vertrag war mit dem Vertreter der Firma in Europa abgeschlossen worden: jetzt mußte man sich über ein Thema einigen. Er hatte mehrere vorzuschlagen, von denen eines auf einer Idee von Larrea basierte. Dieser hätte ihn eigentlich begleiten sollen. Aber in letzter Minute hatte er es vorgezogen, mit Nadine nach Madrid zu fahren. Das Drehbuch handelte von Elea-

nor Marx; ihrer Reise in die Vereinigten Staaten, 1886, mit Edward Aveling, ihrem Geliebten, dem finsteren Gesellen. Larrea hatte ihm etwa fünfzehn Seiten übergeben, er hatte zwei oder drei eigene Ideen hinzugefügt: ein Projekt, das ihn entzückte.
Aber er hatte nicht die Möglichkeit gehabt, es mit irgend jemandem zu besprechen.
Man hatte ihm eine Limousine zum Flugplatz geschickt mit einem Chauffeur, das war das mindeste. Mit einer charmanten jungen Frau zudem, die sich ihm für die Dauer des Aufenthalts zur Verfügung stellte. Sie war vom Computer der Personalabteilung ausgewählt worden, weil, erklärte sie, obwohl sie in New York geboren war und eine amerikanische Mutter skandinavischer Herkunft hatte, ihr Vater aus Prag stammte, das er mit seinen Eltern verlassen hatte, 1948, nach dem Staatsstreich desselben Namens.
Sie sei nicht die einzige Angestellte der Firma, sagte sie lächelnd, die sich solcher Herkunft rühmen konnte. Der Computer habe noch drei weitere ausfindig gemacht. Aber der Verantwortliche der Produktionseinheit, der sich eventuell des Projekts von Kepela anzunehmen hätte, Mister Bob Adams, habe sie dazu bestimmt, ihres Namens wegen.
Sie saßen bereits in der Limousine, fuhren gerade auf die Autobahn, als das Gespräch diesen Punkt erreichte.
Ihres Namens wegen? Warum? fragte Karel höflich.
Er hatte eher Lust, die Landschaft zu betrachten, er kam erst zum zweitenmal nach New York. Der Name der jungen Person interessierte ihn weniger als das Profil der Stadt am Horizont. Weniger auch als ihre Beine, die recht appetitlich waren, freizügig gezeigt wurden. Aber die Beine würden sich nicht in Luft auflösen. Zweifellos könnte er sich noch später mit ihnen befassen.
Ich weiß nicht warum, sagte sie. Mister Adams hat mir lediglich gesagt, Sie würden ihn zu schätzen wissen.
Nun war er gezwungen, sie nach ihrem Namen zu fragen.
Er hatte überhaupt keine Lust dazu, aber er war gezwungen,

es zu tun. Das gebot die Ritterlichkeit. Im übrigen erwartete die junge Frau diese obligatorische Frage mit Neugier, das sah man. Sogar mit etwas Ungeduld. Sie wollte unbedingt wissen, warum, Mister Adams zufolge, ihr Name unfehlbar geschätzt werden würde von diesem Regisseur tschechischer Herkunft, von dem sie praktisch nichts wußte.

Außer, daß er verteufelt verführerisch war.

Vorhin, als sie diesen Fluggast aus Paris auf sich zukommen sah – vielmehr auf das kleine Schild, das sie in der Hand hielt und das es erlaubte, sie zu identifizieren –, hatte es ihr den Atem verschlagen. Augenblicklich hatte sie sich dazu beglückwünscht, einen Namen zu tragen, der sie, aus noch unerfindlichen Gründen, für eine Aufgabe der Begleitung ausersehen hatte, die unter glücklichen Auspizien zu beginnen schien.

Jetzt, in der Limousine, wartete sie gewissermaßen fiebernd darauf, daß er sie nach ihrem Namen fragte. Ihre Knie zitterten ein wenig – nein, es war nicht das Schlingern der Limousine, dessen war sie sicher –, ihre Beine spreizten sich schon.

Kepela drehte sich zu ihr und fragte sie nach ihrem Namen, endlich.

Milena Jesenská, sagte sie.

Sie hatte sehr schnell gesprochen. Sie hatte ihm diesen Namen, diesen Vornamen ins Gesicht geschleudert, Namen, die sie seit jeher trug, von denen sie jedoch nie vermutet hätte, daß sie ausreichen würden, sie mit einem so anziehenden Mann zusammenzubringen.

Der Mund war ihr trocken geworden.

Aber Adams – sie vergaß darüber das »Mister«, das sie seinem Namen stets voranschickte, sogar im Schweigen ihrer inneren Rede –, Adams hatte tausendmal recht zu sagen, daß Karel Kepela ihn zu schätzen wissen würde.

Er wußte ihn sehr zu schätzen, es ließ sich nicht leugnen.

Zuerst hatte er sie angestarrt, derart verblüfft, daß er für den Bruchteil einer Sekunde einen Teil seines Charmes verlor,

indem er den Mund aufriß, weit und blöde. Dann, nach einem kurzen, aber heftigen und fröhlichen Auflachen, hatte er etwas Unerhörtes getan.
Mit der einen Hand hatte er zärtlich ihr Gesicht gestreichelt: die Wangen, die Augenbrauen, die Lider, die Umrisse der Lippen. Eine keusche, fast geistige Liebkosung, als versuche er, ihre Seele zu berühren.
Mit der anderen jedoch – und hier konnte man wahrhaftig sagen, daß die linke Hand nicht wußte, was die rechte tat, oder umgekehrt –, während er mit leiser Stimme zu ihr sprach, ihr Worte sagte, die sie nur mit Mühe verstand, zumal sie sich auf die vielfältigen körperlichen Empfindungen konzentrierte, von denen sie sich nicht die kleinste Nuance, nicht das geringste Schillern entgehen lassen wollte; mit der anderen Hand also hatte er ihre Knie auseinandergeschoben, sich sofort Zugang zu ihrer Intimität erzwungen, um sich mit stöbernden, göttlich geschickten Fingern darin einzunisten.
Freilich, auch wenn die Fahrt in der Limousine köstlich gewesen war, eine echte Rutschpartie voll Ekstase und Gelächter, war sie nichtsdestoweniger ans Ende gelangt – und ans Ziel, gewiß, wiederholt –, ohne zu wissen, warum der Name Milena Jesenská, den sie seit sechsundzwanzig Jahren arglos trug, derart dazu angetan war, prompt die imaginative Sinnlichkeit eines europäischen Regisseurs zu erregen, der noch vor wenigen Minuten nichts von ihr gewußt hatte.
Kepela jedenfalls versäumte es, ihr das Phänomen zu erklären. Was sie betrifft, so konnte sie schicklicherweise Bob Adams keine allzu genauen Angaben machen, man weiß ja nie, wie Chefs in solchen Fällen reagieren.

Karel hatte drei Tage auf das Treffen mit dem großen Chef der Filmgesellschaft gewartet.
Am ersten Tag, nach einem kleinen Arbeitsfrühstück mit

Bob Adams, der keinerlei Entscheidungsbefugnis hatte und zu froh war, eine Milena Jesenská für ihn aufgetrieben zu haben, um über irgend etwas anderes zu reden, war er lange in New York spazierengegangen.
Am zweiten Tag hatte ihn Bob Adams angerufen, um ihm zu sagen, daß der Boss plötzlich nach Kalifornien habe reisen müssen, daß er in Kürze zurückkäme. Was heißt in Kürze? fragte Kepela unzufrieden. Es heißt in Kürze; er werde ihn auf dem laufenden halten, sagte Adams. Bis dahin, sagte er noch, schreiben Sie keine Briefe an Milena, sehen Sie sie lieber an, aus der Nähe! Sie ist den Blick wert!
Er lachte aus vollem Herzen über seinen Witz, Adams. Der Idiot!
Aber Karel war enttäuscht über Milenas Albernheit, sie war zur Unzeit geschwätzig, zum Heulen dumm. Zum Abschlaffen also. Er fragte sich, ob sein Verlangen nach Frauen, das sich im allgemeinen so prompt einstellte, nicht dem Bordeaux-Wein glich: ob er das Reisen nicht vertrug. In Europa allerdings vertrug er es gut. Vielleicht lag es an der zivilisatorischen Verschiebung. Milena war reizend, gefügig, es war sicher nicht unwiderruflich. Statt sich über ein paar kleine Mängel zu ärgern, hätte er sie unterweisen können. Der pädagogische Aspekt der Libertinage ist einer der dankbarsten, das ist bekannt. Aber nein, er fühlte, daß das Herz, wenn man so sagen darf, nicht dabei war: er scheute die Mühe. Kurz, er mühte sich ab. Die übliche Erfinderfreude glänzte durch Abwesenheit. Er erbrachte eine Leistung, im englischen Sinn des Worts, versteht sich. Eine schauspielerische *performance*.
Immerhin und auf gut Glück, als die junge Frau ihn am Morgen jenes zweiten Tags anrief, kurz nach Adams – die Hierarchie der Firma wurde sogar in der Reihenfolge der Telefonanrufe gewahrt –, um sich nach seinen Wünschen zu erkundigen, bat Kepela, sie möge ihn mit einer Violine im Hotel aufsuchen. Mit einer was? Einer Violine, einer Vi-o-line, einem ziemlich berühmten Musikinstrument! Sie lachte

verwirrt am Ende der Leitung. Sie haben doch jemand in der Familie, in Ihrer Umgebung, der Violine spielt? sagte er. In der Tat, es gab jemanden. Eine Kusine, sie heißt Valerie, unter uns Valli, erklärte Milena. Er bat sie, Valeries Violine zu holen, ihn mit der Violine aufzusuchen. Aber ohne Valerie. Vor allem keine Valli, um keinen Preis.
Milena versprach, sich zu beeilen.
Am Abend zuvor hatte Kepela in einer Buchhandlung auf dem Times Square eine amerikanische Ausgabe der erotischen Gravuren von Franz von Bayros gefunden.
Er schritt langsam zwischen den Auslagen entlang, warf einen Blick auf die angebotenen Bücher, blätterte hin und wieder in einem, als er ein Album von hübschem Grün entdeckte, das eine vergoldete Vignette zierte: *The Amorous Drawings of the Marquis von Bayros*. Einige Sekunden lang war die Zeit aufgehoben. Nicht wiedergefunden, natürlich nicht, welche Torheit! Sondern aufgehoben. Die Zeit, die seit dem Juli 1966 in Karlovy Vary verstrichen war, war aufgehoben.

Er hatte ein Antiquariat des Badeorts betreten, unter den Arkaden der Zítek-Kolonnade. Der Besitzer hatte ihn wiedererkannt: Karel Kepela, der Regisseur. Welche Ehre! Das passierte ihm hin und wieder, seit sein erster Film herausgekommen war. Seit man sein Foto in den Illustrierten veröffentlichte, seit er berühmt war. Unter allen Journalisten, die gekommen waren, um sich mit ihm zu unterhalten, hatte nur einer gefragt, was er vorher gemacht habe. Aus welcher Anonymität, welcher Vergangenheit tauchte er wohl auf wie ein Meteor, mit sechsunddreißig Jahren? Ich komme aus dem Friedhof in Pinkas, hatte Kepela geantwortet. Ach, Sie waren dort begraben? In gewisser Weise, ja, hatte Kepela gesagt. Ich bin dort auferstanden, gewissermaßen, im Mai 1963! Der Journalist wollte wissen, wie, bei welcher Gelegenheit, unter welchem Vorwand er sich erlaubt habe, aufzuerstehen, in Pinkas, im Friedhof der alten Synagoge. Er sei sich zwar nicht sicher, ob er Kepelas Antworten in seiner Zeitschrift vollständig werde veröffentlichen können, aber er wolle sie wissen. Erinnern Sie sich an das Kafka-Kolloquium Ende Mai 1963, in Liblice? sagte Kepela. Die Augen des jungen Journalisten leuchteten. Er erinnerte sich sehr gut an das Jahr 1963: mindestens drei Ereignisse hatten es ihm ins Gedächtnis gegraben. Das Kafka-Kolloquium, selbstverständlich. Es war das erstemal seit Jahrzehnten, daß man öffentlich über Kafka sprechen durfte. Aber auch die Veröffentlichung eines Essays von Karel Kosík, *Die Dialektik des Konkreten*. Und vor allem die Sprengung des riesigen Stalin-Denkmals, das seit Anfang der fünfziger Jahre auf dem Letnáhügel stand und die Stadtlandschaft monströs verschandelte. Am Tag, an dem die letzten Granitblöcke des Denkmals in die Luft geflogen waren, war in Prag das Bier in Strömen geflossen. Es hatte keine Demonstration gegeben, keinen lärmenden öffentlichen Umzug. Aber Unbekannte grüßten sich in den Kneipen, luden einander fröhlich ein, ein Glas zu trinken, ohne je den Grund für diese kollektive, verhaltene Freude zu nennen. Ja, der Journalist erinnerte sich sehr gut an den Frühling 1963, vor drei Jahren. Nun, sagte Karel, nach dem Kafka-Kolloquium in Liblice gab es eine Abendgesellschaft, Führungen durch die Altstadt für die Herren und Damen des fortschrittlichen, offenen, marxschen, uferlosen Marxismus! Und so hatten sich einige Teilnehmer des Kolloquiums eines schönen Morgens auf dem Friedhof in Pinkas eingefunden. Er hatte sie empfangen, denn er war Wärter des Friedhofs. Anwesend waren, erinnert er sich, unter anderen Anna Seghers, Roger Garaudy, Ernst Fischer und seine Frau Luise. Und auch Tschechen: insbesondere Ivo Fleischmann und Eduard Goldstücker. Einem von ihnen, oder vielleicht auch zweien, verdankte er seine Auferstehung, dachte er. Er hatte den illustren Besuchern die Synagoge und den Friedhof von Pinkas gezeigt. Und dann, an seinen vorherigen Aufenthalt

in Straschnitz erinnernd, hatte Kepela ihnen von Kafka erzählt, von den Gesprächen, die er im Laufe der Jahre mit den berühmten oder anonymen Besuchern des Grabs des Schriftstellers geführt hatte. Zweifellos war er im Laufe dieses Gesprächs bemerkenswert gewesen. Zumindest war er bemerkt worden. Entweder Fleischmann oder Goldstükker, oder beide, hatten wohl irgendwo, in den der Macht nahen Arkana, von diesem sonderbaren Friedhofswärter gesprochen. Tatsache ist, daß er drei Monate später zur Miliz bestellt und autorisiert wurde, wieder öffentliche Tätigkeiten im kulturellen Leben auszuüben.
Deshalb, um auf die aufgehobene Zeit zurückzukommen, war er im Juli 1966, während eines Filmfestivals in Karlovy Vary von dem Antiquar sofort wiedererkannt worden. Der Buchhändler hatte für Kepela einige seiner nicht ausgestellten Schätze hervorgeholt. Darunter die Originalausgabe einer Auswahl erotischer Gedichte des 18. Jahrhunderts, von der Österreichischen Gesellschaft der Bibliophilen veröffentlicht unter dem Titel *Florettens Purpurschnecke,* illustriert mit zwanzig Stichen von Franz von Bayros.
Es hatte ihn ein Vermögen gekostet, aber Kepela hatte das kostbare Buch gekauft. Nicht nur wegen seines inneren Werts, sondern auch und vor allem wegen der Tafel 10 der Sammlung, *Andante con fantasia,* die eine Marquise zeigte – ein anderer Adelstitel hätte es gewiß ebenso getan! –, drall, nackt, seidig, aber mit Hut, köstlich Rokoko, die mit sanfter Hand und einem schlüpfrigen Geigenbogen das hoch aufgerichtete Glied eines Marquis – siehe oben – liebkoste, der sinnestrunken auf einem Diwan lag, zwar völlig angekleidet, aber mit zweckdienlich offenem Hosenlatz. Er hatte es eilig, diesen Wiener Stich von ebenso kitschiger wie unbestreitbarer Erotik einer jungen Frau zu zeigen, der er kürzlich begegnet war und die Geige spielte in einer weiblichen Kapelle – vielmehr einer fast weiblichen, da sein Freund Klims das Schlagzeug bediente, wenn es nötig war –, im Hotel *Moskva-Pupp.* Er hatte es eilig zu erfahren, wie

Libuše, seine abenteuerliche und frivole Spielgefährtin, mit diesem *andante con fantasia* bei ihm zurechtkäme.

An seinem zweiten Tag in New York also kam Milena Jesenská mit der Violine ihrer Kusine Valli ins Hotel, neugierig, was Karel damit zu tun beabsichtigte. Sie erfuhr es bald. Aber ihre Hand war weniger musikalisch als einst die von Libuše. Es sei denn, er war voreingenommen, was möglich ist.

Am dritten Tag verbrachte Kepela, da der Boss noch immer auf Reisen war, seine Zeit damit, Museen zu besuchen. Im MOMA, in einer Ausstellung jüngerer französischer Malerei, stieß er auf einige Bilder von Antoine de Stermaria. Endlich, sagte er sich, sehe ich Bilder von dem Typ, mit dem mir Larrea ständig in den Ohren liegt!

Aber kaum stand er vor einer *Roten Landschaft*, da wurde seine Neugier zu leidenschaftlicher Aufmerksamkeit. Zudem überkam ihn ein seltsames Gefühl der Vertrautheit. Ein wenig später, als er vor einem *Blauen Akt von hinten* in Bewunderung erstarrte, erinnerte er sich.

Vor zehn Jahren, Anfang der siebziger Jahre, als die Normalisatoren in seinem Land die alte Ordnung wiederherstellten, hatte er bereits einige dieser Bilder gesehen. Oder vielmehr Reproduktionen dieser Bilder. Damals war er von neuem aus jeder öffentlichen Tätigkeit verbannt worden. Er war Heizer in den Kellern eines Wohnkomplexes der nahen Prager Vorstadt. In dieser platonschen Höhle – an einem Ende des Souterrains reihten sich die altertümlichen Kohlekessel, die es unaufhörlich zu überwachen und zu füttern galt und deren rotglühende Münder den halbdunklen Raum erleuchteten, wenn man sie öffnete, um sie zu füllen; am anderen Ende ließ ein langes Kellerfenster mit Scheiben aus Mattglas die beweglichen Schatten der Passanten, der Spaziergänger im Stadtgarten ahnen –, in dieser platonschen Höhle also organisierte Kepela hin und wieder geheime

Lesungen literarischer oder dramatischer Texte. Freunde stießen zu ihm und halfen ihm. Schauspieler, Schriftsteller, Journalisten, Philosophen, die Trambahnschaffner, Gärtner, Straßenkehrer oder Heizer geworden waren wie er.
Als sie in ihrer Höhle gerade an einer kritischen Aufführung von *Die Maßnahme* von Brecht arbeiteten – man ahnt, zu welch perversen theoretischen Schlüssen sie dabei kamen, brachte einer der Schauspieler eines Tages durchreisende französische Schauspieler einer Tourneetruppe mit.
Unter ihnen befand sich Roger Blin.
Blin blieb lange bei ihnen, nahm am nächsten Tag an einer Arbeitssitzung über den Text von *Die Maßnahme* teil. Als er wenige Tage später Prag verließ, schenkte er Karel alle Bücher, die er in seinem Gepäck hatte. Eines davon war eine Monographie über den Maler Antoine de Stermaria.
Da hatte er zum ersten Mal den *Blauen Akt von hinten* betrachtet, vor dem er nun in New York stehenblieb, reglos und zitternd vor Rührung, unendlich lange Zeit. Oder eine aufgehobene Zeit, wenn man so will.
Am nächsten Morgen hatte er Milena gebeten, für diesen Tag seine Rückfahrkarte bestätigen zu lassen.
Bob Adams persönlich hatte ihn zum Flughafen begleitet. Daraus läßt sich mühelos schließen, daß diese Fahrt in der Limousine weniger vergnüglich, weniger erfinderisch war als die vor zwei Tagen. Adams jedenfalls hatte nichts unternommen, um ihn zurückzuhalten. Zu beeindruckt zweifellos von Karels Verhalten. Zu froh auch, seinem Chef verkünden zu können – um zu sehen, was für ein Gesicht er machen würde –, daß der Tscheche sich geweigert habe, auch nur eine Stunde länger auf ihn zu warten. Im Flugzeug hatte Kepela angenehm gedöst und unaufhörlich den *Blauen Akt von hinten* in den Bildern seiner Träumerei geschaut.

4.

Um drei Uhr morgens, als er Franca in den Salon im Erdgeschoß kommen sah, schaltete Karel den Plattenspieler ab.

Er hatte auf den Startknopf gedrückt – mechanisch, nachdem er die Lampen des großen Raums eingeschaltet hatte –, ohne auf die darauf liegende Schallplatte zu achten. Aber die Automatik war so eingestellt, daß immer dieselben beiden Stücke abgespielt wurden.

Das machte ihn stutzig. Vor allem, da es spanische Lieder waren. Er dachte an Larrea. Bilder schwebten vorüber, Assoziationen begannen sich in seinem Gedächtnis zu verknüpfen. Er wollte mehr darüber wissen.

Sogleich fand er eine Broschüre neben dem Plattenspieler. Es war das Begleitheft der Deutschen Grammophon zur Kassette mit der Vokalmusik aus Ludwig van Beethovens Gesamtwerk. Die Worte des ersten Liedes, *Bolero a solo* (WoO 158, Nr. 19), lauteten: *Una paloma blanca / como la nieve / me ha picade en el pecho / cómo me duele.*

Er lauschte von neuem, dachte, daß Beethovens Bearbeitung ein wenig manieriert sei. Aber diese Schneeweiße rührte ihn, weckte Erinnerungen. Er dachte an einen anderen Liebestext, ein anderes Lied: *O Hand von Schnee,* sagte er halblaut zu sich.

Welche Botschaft hatte Franca übermitteln wollen (nur sie konnte den Mechanismus des Plattenspielers eingestellt haben)? Und wem? Die zweite Frage war einfach: Juan natürlich. Die erste ebenso. Oder vielmehr war es die unergründlichste Frage der Welt, die Frage unglücklicher Liebe.

Er lauschte von neuem. Er verstand genug Spanisch, um zu sehen, daß die Übersetzung des *Bolero a solo* in der Broschüre unzulänglich war: sogar völlig ungeschickt. *Une colombe blanche comme neige / A picoté ma poitrine / Oh quelle douleur!*

Diese zerpickte Brust erschien ihm erbärmlich, unwürdig der

Leidenschaft, die im kastilischen Text durchschimmerte. Er bemühte sich, in Gedanken die Übersetzung zu verbessern, als er das Gefühl einer Anwesenheit in seinem Rücken hatte.
Er drehte sich um, es war Franca.
Barfuß, ganz in Blau. Er lächelte ihr zu, stellte den Plattenspieler ab.
– Was den Schnee angeht, sagte er unvermittelt, und die Liebesbotschaft, so kenne ich eine ebenso schöne!
Verblüfft kam sie noch näher.
– Erinnern Sie sich an Grillparzer, sagte Karel, *König Ottokars Glück und Ende?* An die Szene, wo Zawisch von Rosenberg seinen Herrn, Ottokar von Böhmen, verrät und seine Leidenschaft für die Königin gesteht?
Sie lachte kurz auf, nickte. Ihre Haare flatterten. Sie war offensichtlich nackt unter ihren knappen Jeans und ihrem leichten Pullover, unter dem die Brüste sich frei bewegten.
Blauer Akt von vorn, dachte er, verwirrt.
– Uff! rief sie, ich bin erleichtert! Sie werden Grillparzer zitieren, das geht ja noch. Erst wenn Sie Musil zitieren, hat man mir gesagt, kann es mulmig werden!
Das hat Juan ihr gesagt, natürlich, dachte er. Niemand sonst kann es ihr gesagt haben. Und sie wiederholt es mir, damit ich weiß, daß Juan es ihr gesagt hat. Damit dieses Wissen eine Schranke zwischen uns ist.
Nun verstand er, warum Juan in seinen Traum getreten war, versucht hatte, sich zwischen Franca und ihn zu stellen. Er dachte auch, daß sie es war, die Frau, die Juan erwartet hatte, im Oktober, in der rue de l'Université.
– Tatsächlich, sagte er, wollte ich nicht von Musil sprechen, haben Sie keine Angst! Auch nicht von Grillparzer. Das Gedicht von Zawisch von Rosenberg war nur ein Umweg.
– Das hatte ich begriffen, sagte Franca.
Sie sahen sich an.
– Aber Sie haben es immer noch nicht aufgesagt, das Gedicht!

Er trat noch näher, berührte Francas Hand.
– *O Hand von Schnee / Und doch so heiß / O Blick, so feurig / und dennoch Eis!* Verstehen Sie Deutsch?
Sie verstand. Die weiße Taube und die Hand von Schnee – sie kannte das. Das Frösteln und das Fieber: den feurigen Rauhreif.
Der Ernst des Augenblicks war Karel bewußt. Auch daß diese Frau sich entfernte, gerade wegen des Ernsts: sie lebte einen anderen Traum als den seinen.
Er sah sie an.
– Ich habe einen Traum von Kafka gehabt, heute nacht …
Doch sie unterbrach ihn spöttisch.
– Wirklich, Sie machen nichts selber!
– Hören Sie! Es begann wie Kafkas Traum vom 9. Oktober 1911. Aber es endete wie ein Traum von Kepela, das versichere ich Ihnen! Ich habe darin entdeckt, warum ich den Eindruck hatte, Sie schon einmal gesehen zu haben. Sie waren es doch, die Modell gestanden hat für den *Blauen Akt,* der in New York ausgestellt ist, nicht wahr?
Sie spürte Kepelas Blick auf ihrem Körper. Sie hatte den Eindruck, nackt zu sein unter diesem Blick.

Sie hatte ihn flüchtig hinten in der Buchhandlung wahrgenommen, zwischen den beweglichen Silhouetten der Käufer, den Regalen voller Bücher.
Sie machte ein paar Schritte, ein junges Mädchen stieß sie an, Bücher fielen herunter, sie verlor ihn aus den Augen.
Dann suchte sie ihn.
Er war da, plötzlich, vor ihr, kehrte ihr den Rücken. An das Regal gelehnt, betrachtete er einen Kunstband, versunken, wie es schien. Sie trat näher, sah über seine Schulter: *Blauer Akt von hinten.*
Juan hatte ihre Anwesenheit noch nicht bemerkt, obwohl sie so nahe war.

Sie zuckte zusammen, beschämt fast, mit einem Gefühl von Voyeurismus. Als habe sie eine intime, beinahe obszöne, zumindest schlüpfrige Szene beobachtet. Die um so verwirrender war, als diese nackte Frau auf der ganzseitigen Reproduktion von Antoines Bild sie selber war.
Als wäre sie in ein Zimmer eingedrungen und hätte sich, nackt, mit einem Mann überrascht.
Juan war dieser Mann: sie zitterte.
Seit zwölf Jahren, seit dem Telegramm, das den Unfall von Laurence mitteilte und ihre Eskapade nach Capri abgebrochen hatte, hatte sie Juan nicht wiedergesehen. Oder vielmehr, sie hatte ihn gelegentlich wiedergesehen, bei einem Essen in der Stadt, wie man so sagt. Auch in ihrem Haus, wenn Antoine sie bat, ein paar Leute einzuladen, die er selbst auswählte: Juan gehörte dazu, wenn er nicht auf Reisen war.
Aber sie hatten ihre Begegnung nie wieder erwähnt.
Manchmal, wenn er sich an Dritte wandte, sagte Juan Dinge, die sie, Franca, betrafen. Die sogar für sie bestimmt schienen: es war nicht ausgeschlossen. Es war zweideutig, mit Absicht zweifellos. Aber meistens sahen die beiden sich allein, Antoine und er. Ohne ihr Dabeisein, wenn nicht ohne ihr Wissen. Juan suchte Antoine im Süden auf, damals, als dieser sich zum Arbeiten wochenlang in Saint-Césaire einschloß, in das Atelier nahe dem Haus, in das seine Mutter sich zurückgezogen hatte. Später, als Antoine sein Atelier nach Paris, ins vierzehnte Arrondissement verlegt hatte, verbrachte Juan dort lange Tage mit ihm.
Sie hatte versucht, ihren Mann auszufragen, wenn er nach einer jener Perioden der Klausur in seinen diversen Ateliers wieder auftauchte, abgemagert, ein wenig hager, erregt, manchmal auch überdreht, aber mit drei oder vier neuen prächtigen Bildern. Was machten er und Juan? Worüber sprachen sie? Gingen sie abends aus? Wohin gingen sie? Sahen sie Frauen?
Antoine lachte sehr, gab vor, sich über so viele belanglose Fragen zu wundern.

Er sagte: Sie sind belanglos, deine Fragen! Juan und ich, wir arbeiten jeder für sich. Oder er sieht mir beim Arbeiten zu, während wir sprechen. Das hat er mir voraus, oder ich ihm: man kann einem Maler beim Arbeiten zuschauen, man sieht seine Arbeit. Aber man sieht nichts, wenn man einem Schriftsteller beim Arbeiten zusieht. Wir sprechen also. Wir trinken auch ein bißchen: immer im Rahmen unserer Mittel. Das ist alles: die Malerei, die unsichtbare Schriftstellerei, die Diskussion. Metaphysik, alles in allem. Keine Frauen. Warum sollte es andere geben, wenn du nicht da bist?

Aber ich will ja da sein! rief sie.

Er nickte, lächelte, blieb unzugänglich.

Erst in Freneuse, als er sein Atelier in dem Haus eingerichtet hatte, in dem sie alle beide lebten, hatte sie gelegentlich, wenn es ihr erlaubt wurde, Antoines Atelier betreten können.

Freilich kam Juan fast nie nach Freneuse. Gab es einen Zusammenhang zwischen den beiden Ereignissen?

Aber es war nur eine List, daß sie Antoine fragte, ob sie Frauen sähen, andere Frauen, Juan und er. Es war nur ein Vorwand, ein Trick, um Antoine zum Reden zu bringen. Sie brauchte sich keine andere Frau vorzustellen, die mit ihnen lachte, während sie abwesend war, um eifersüchtig zu sein. Auf ihre Männerbeziehung, ihre männliche Einsamkeit, ihre Komplizenschaft war sie eifersüchtig. Das genügte durchaus.

Eines Tages aber tauchte ein Frauenname auf. Bei einem Abendessen machte Antoine eine zumindest für sie, zumindest in diesem Detail rätselhafte Anspielung auf eine gewisse Mary-Lou. Auf den Tod einer Mary-Lou.

Sie konnte Juans Reaktion sehen – seine Ergriffenheit, sein niedergeschlagenes Gesicht –, denn er saß neben ihr. Zu ihrer Rechten, auf dem Ehrenplatz. Denn an jenem Abend feierte man die zweihundertste Aufführung von *La Sainte Mort d'un Maréchal de France,* des Stücks, das er über das Schicksal von Gilles de Rais geschrieben hatte. Irgendwann

hatte es eine lebhafte Diskussion darüber gegeben, daß Larrea, in Form einer dramatischen Collage, einige Fragmente der *Pucelle* von Voltaire verwendet hatte. Denn das Stück über Gilles de Rais handelte auch von Jeanne d'Arc, das war offenkundig, wobei letztere wirklich zu respektlos behandelt wurde, wie einige sagten. Daran ist Voltaire schuld! erklärte Juan lachend. Und dann, nach der Hitze der Diskussion, begann eine junge Frau – keiner wußte, warum, was der unmittelbare Anlaß für ihre Erzählung war – höchst langweilig über die Agonie von jemandem zu erzählen, den keiner wirklich kannte. Jede Agonie ist langweilig, zweifellos. Aber wenn sie mit offenkundiger Grämlichkeit erzählt wird, wird es geradezu unerträglich. Und da, im Dunst des Überdrusses, der um den Tisch brodelte, wandte sich Antoine an Juan und flüsterte ihm die Nachricht von Mary-Lous Selbstmord zu. Man hatte sie zum letztenmal in la Nartelle gesehen; sie soll ins offene Meer hinausgeschwommen sein bis zur Erschöpfung ihrer Kräfte, sie soll ertrunken sein. Neben ihren sorgfältig am Strand zusammengefalteten Kleidern hatte man einen Abschiedsbrief gefunden.
Sie hatte gefragt, wer Mary-Lou sei.
Aber das Gesicht der beiden Männer blieb verschlossen; keiner hatte geantwortet.
Später als sie allein waren, drang sie erneut in Antoine, der lakonisch antwortete. Das war nicht zu deiner Zeit. Es war eine Frau unserer Jugend.
Sie erfuhr nichts weiter. Versäumte jedoch nicht, den besitzanzeigenden Plural zu bemerken: eine Frau von ihnen beiden, sie hatte gut verstanden.
War es Zufall? Oder gab es eine dunkle, vielleicht verdunkelte Beziehung zwischen der flüchtigen, rätselhaften Beschwörung Mary-Lous an jenem Abend und der ungewöhnlichen Tatsache, daß Antoine sie bat, nackt für ihn Modell zu stehen? Wie dem auch sei, Antoine bat sie wenig später darum.
Er hatte noch nie einen Akt gemalt, auch kein Porträt. Er

wollte es versuchen. Vielleicht ist es an der Zeit, den Körper der Frau zu erfinden, sagte er lächelnd.

Sie war einverstanden, versteht sich.

Aber Juan Larrea hat soeben ihre Anwesenheit bemerkt, in der Buchhandlung der avenue Matignon. Er dreht sich um, wendet den Blick vom *Blauen Akt von hinten* ab. Er starrt sie an.

Natürlich! sagt er.

Wie bitte?

Es ist normal, sagte er, vielleicht sogar gerecht, moralisch, daß du in eben dem Augenblick erscheinst, da ich beim Betrachten deines nackten Körpers deine Anwesenheit heraufbeschwöre.

Erinnert es dich noch an etwas? fragt sie und errötet augenblicklich über diese allzu intime Frage, allzu anspielungsreiche, provozierende. Entschuldige, ich wollte sagen... Du wolltest irgendwas sagen, sagt er. Aber du hast es gesagt: wesentlich ist, was man sagt, nicht, was man sagen wollte!

Er lacht, sie tritt näher. Sie betrachtet den *Blauen Akt*.

Antoine hatte sie nach Venedig mitgenommen. Ein idealer Ort, sagte er, um eine Frau einzusperren, sie zu malen: bis zum Wahnsinn. Auch um sie zu lieben, wer weiß? schlug sie vor.

Ja, er liebte sie. Wie nie zuvor, wie er sie später nie wieder geliebt hatte. Besessen, versteht sich: genommen, beglückt hatte. Es waren Monate, die den minutiösen Zeremonien des Erkennens dieser Frau, ihres Körpers gewidmet waren. Ein Herbst, ein Winter, ein Frühling: zu Beginn des Sommers fuhren sie nach Paris zurück. Er nahm einige Hundert Blätter mit, Tuschzeichnungen, Aquatinta sowie etwa zehn Ölbilder verschiedener Größe.

In dieser ganzen Zeit hatte er praktisch keine Nachricht von Larrea erhalten, hatte nicht einmal versucht, welche zu erhalten.

Aber Juan hatte soeben die dicke Monographie über die

Malerei von Antoine de Stermaria auf das Regal der Buchhandlung zurückgestellt.
Sie gingen zusammen weg, ohne sich abzusprechen; sie waren draußen. Duftige weiße Kügelchen, wie die winzigen Flocken eines frühlinghaften, pflanzlichen Schnees; Myriaden, dem bloßen Auge unsichtbarer, duftender Pollenkörner wirbelten in der Sonne, über den Gärten der Champs-Elysees.
Nel mezzo del camin di nostra vita, murmelte sie.
Er hatte eine Art rauhes Lachen. Oder Schluchzen: man konnte es verwechseln. Geh, sagte er, sofort! Laß mich! Aber sie blieb bei ihm, stumm, verfügbar. Er zog sie mit.
Später, in einem nahgelegenen Hotel, bläute das nachmittägliche Licht ihren nackten Körper. Von hinten, von vorn, von der Seite: in allen Spiegeln zeigte sich sein Widerschein, unberührbar und entweiht. Wieviel Zeit haben wir? hatte er gefragt, vorher, als er die Tür des Zimmers schloß.
– Eine Art Stunde, hatte sie geantwortet.
So hatte alles wieder zwischen ihnen begonnen. Es hatte zwei wirkliche Begegnungen gegeben, in Meran und in Madrid, und dann eine Reihe von solchen Stunden, Stunden vergänglicher, unbekennbarer Ewigkeiten. Der Treue und des Verrats. Wegen eines Bilds von Antoine, eines einst in Venedig gemalten: *Blauer Akt von hinten.*

Franca sieht Kepela an, in Freneuse, um drei Uhr morgens.
– Das Bild ist also in New York?
Karel nickt.
– Wußten Sie es nicht? fragt er.
– Es ist in Amsterdam verkauft worden im letzten Herbst, an einen holländischen Sammler.
– Amsterdam? sagt er. Nun, der *Blaue Akt* ist jetzt in New York. Die primitiven Gesellschaften tauschen die Frauen, sagt man. Wir tauschen ihre Phantasmen! Es ist weniger

konkret, beschäftigt aber immerhin die Phantasie. Auch die Kunsthändler!

Er schüttelt sich, macht ein paar Schritte.

– Wie war die Nacht ohne mich? fragt er. Ist etwas geschehen, was mich interessieren könnte? Ich möchte nicht draußen bleiben!

KAPITEL XI

Der Raub der Europa

1.

»Es handelt sich hier offenbar unter dem Titel Europa um die Einheit eines geistigen Lebens, Wirkens, Schaffens: mit all den Zwecken, Interessen, Sorgen und Mühen, mit den Zweckgebilden, mit den Anstalten, den Organisationen ...«

Er unterbrach seine Lektüre, senkte die Hand in den neben dem Sofa stehenden Eiskübel, nahm die Flasche, schenkte sich ein Glas Champagner ein, trank es in einem Zug, horchte plötzlich auf.

Man machte Musik im Erdgeschoß.

Er lauschte, vermochte sie nicht wiederzuerkennen. Er vermutete jedoch, daß er es hätte sollen, daß diese Melodie ihm vertraut sein müßte. Aber er war unmusikalisch. Er lächelte, trank noch einen Schluck Champagner. Er war der erste Stermaria in einer langen Linie, der nicht für Musik begabt war. Auch nicht für die Mathematik. Was die Kriegskunst betrifft, so stellte sich die Frage erst gar nicht.

Jedenfalls machte man im Erdgeschoß Musik, um drei Uhr morgens. Er zuckte die Achseln: alles konnte passieren, wahrhaftig, heute nacht in diesem Haus.

Er nahm das Buch wieder zur Hand.

»Es liegt darin etwas Einzigartiges, das auch allen anderen Menschengruppen an uns empfindlich ist als etwas, das, abgesehen von allen Erwägungen der Nützlichkeit, ein Motiv für sie wird, sich im ungebrochenen Willen zu geistiger Selbsterhaltung doch immer zu europäisieren ...«

Im Erdgeschoß ließ sich erneut dieselbe Melodie vernehmen, zum drittenmal. Es wurde ermüdend. Er fragte sich, ob Kepela aus seiner Alkohol-Katalepsie erwacht war, ob er den Radau machte.

Er nahm den Band erneut zur Hand, suchte nach dem genauen Datum des Vortrags von Edmund Husserl, den er noch einmal hatte lesen wollen im Anschluß an eine Diskussion, die während des Abendessens stattgefunden hatte. Auf S. 314 fand er eine Anmerkung des Herausgebers, die Auskunft gab: der Vortrag *Die Krisis des europäischen Menschentums und die Philosophie* war am 7. und 10. Mai 1935 gehalten worden.
Er stand jäh auf, ging im Atelier umher.
Das Datum dieses Vortrags war wichtig, vielleicht sogar entscheidend. Zweifellos nicht im Leben Europas. Husserls Worte änderten nichts daran: Europa fuhr fort, auf den Abgrund zuzurollen, trotz seinen Warnungen. Vielmehr seinen Analysen. Sondern wichtig in seinem eigenen Leben. Vielleicht sogar entscheidend.

Denn alles hatte im Mai jenes Jahres begonnen. Er war fünfzehn Jahre alt, seine Mutter war nach Wien gereist, allein. Das heißt ohne ihn. Aber auch ohne Ulrike, die in Prag geblieben war. Antoine hatte sie leise streiten hören, vor ein paar Tagen, wegen dieser Reise. Ulrike von Stermaria – in Rußland hatte die Familie das französische Herkunftsprädikat beibehalten; in Deutschland, nach dem Krieg, hatte Ulrike das Zeichen ihrer Zugehörigkeit zu einer alten bretonischen Familie germanisiert –, Ulrike also behauptete schroff, daß ein Vortrag von Edmund Husserl die Strapazen einer solchen Reise nicht rechtfertige. Seine Mutter entrüstete sich. Es kommt vor, rief sie Ulrike säuerlich in Erinnerung, daß du durch halb Europa fährst, um ein Konzert von Alfred Cortot zu besuchen, und plötzlich ist dir Wien zu weit weg, die Reise zu anstrengend? Es sei nur ein recht vulgärer Vorwand, ebenso geschmacklos wie unredlich.
Antoine, der den Salon betreten hatte, um dort nach etwas zu suchen, und dessen Anwesenheit von den beiden Frauen nicht einmal bemerkt worden war, aber konnte nicht genau

verstehen, worum es bei dieser Auseinandersetzung ging, was sich hier in Wirklichkeit zusammenbraute. Er verstand nur, daß seine Tante Ulrike sich weigerte, nach Wien zu fahren (»Du wirst mir erzählen, was Husserl gesagt hat, Elisabeth, wenn es dir gelingt, dir irgend etwas davon genau zu merken!« sagte sie mit böser Unverschämtheit), und daß seine Mutter es ihr verübelte. Obendrein schien sie den Gründen, die Ulrike vorbrachte, um die Reise abzulehnen, keinen Glauben zu schenken; sie nannte andere, aber nur andeutungsweise – weil sie für die eine wie die andere wohl zu offenkundig waren und es überflüssig war, sich darüber auszulassen –, so daß Antoine wirklich nicht viel verstand.

Er blieb also in Prag mit seiner Tante Ulrike, und in diesem Augenblick – in der ersten Maihälfte 1935: er hat das genaue Datum des Ereignisses soeben in einem Band der Werke Husserls wiedergefunden – hatte alles angefangen.

In Wirklichkeit hatte alles, wie in den gut eingefädelten Geschichten, in denen das Schicksal seine Rolle ernsthaft spielt, seinen wahren Anfang einige Monate vorher genommen, als er seinen Entschluß verkündet hatte, Maler zu werden. Seine Mutter war sofort einverstanden gewesen, hatte unverzüglich Maßnahmen getroffen, damit Antoine Zeichenunterricht nehmen konnte. Nicht, weil sie den Entschluß innerlich billigte, sondern aus Achtung vor der Wahl ihres Sohns. Persönlich hätte sie es lieber gesehen, wenn er Schriftsteller geworden wäre. Wenn er schon die Karrieren aufgab, in denen die Stermarias sich stets ausgezeichnet hatten – die einzige, die wirklich in Betracht kam, war die des Musikers: weder die Mathematik noch das Kriegshandwerk faszinierten Elisabeth de Stermaria, ihr Sohn konnte sie vergessen! –, hätte sie es vorgezogen, daß er die Schriftstellerei wählte. Sie glaubte unbedacht, zumindest spontan, daß sie in der Zukunft mit einem schriftstellernden Sohn einen reicheren, intensiveren geistigen Austausch haben würde als mit einem Maler. Doch nach einem

Gespräch mit Antoine, der nicht nur entschlossen, sondern von diesem Entschluß, der auch eine Entdeckung war, begeistert zu sein schien, erhob sie keinen Einwand mehr und stellte sich ganz in den Dienst dieser jugendlichen Berufung.

Der Zufall entschied – und hier liegt der wahre Ursprung des Dramas, das daraus folgte, auch wenn die Reise nach Wien die Episode lieferte, die das Pulver und die Seelen entzünden sollte –, daß der für Antoine ausgewählte Zeichenlehrer eine junge Frau von großer Schönheit war, Natacha Hissel, deren jüdische Familie Petersburg – nicht doch, Ulrike: Leningrad! – Ende der zwanziger Jahre verlassen hatte, nachdem die Politik der NEP aufgegeben worden war und die Kollektivierung der Landwirtschaft erste Früchte trug. Also kurz vor dem von Stalin ausgelösten zweiten Bürgerkrieg.

Mit fünfzehn Jahren stand Antoine dem Zauber seiner körperlichen Erscheinung, der gerade zu erblühen begann, vollkommen gleichgültig gegenüber. Er war eher vom Gegenteil überzeugt, geneigt, sich plump zu finden. Er fühlte sich noch unbehaglich in seinem knochigen großen Körper, fand ihn zu mager, zu hoch aufgeschossen, auch zu weiß, um ihn der Sonne der Badeanstalten an der Moldau auszusetzen.

Dieses innere Gefühl verbot ihm jede ungezwungene Annäherung an die jungen Mädchen seines Alters, machte sie zumindest schwierig: er fürchtete immer die Lächerlichkeit, die Abweisung. Im übrigen besaß er nicht nur bereits einen sehr sicheren, sehr ausgeprägten Geschmack – trotz seiner wiederholten Mißerfolge lud er nur entzückende junge Mädchen zu sich ein –, sondern durch den Umgang mit den Freunden seiner Mutter auch intellektuelle Ansprüche und Kriterien, die zu streng waren, als daß sie ihm Widrigkeiten hätten ersparen können.

Die Situation wurde dadurch um so komplizierter: kaum blieb ein junges Mädchen den empfindsamen Avancen seines Gefühls gegenüber gleichgültig, oder gelang es ihm selbst nicht, die fuliginösen Mäander seiner Schüchternheit zu überwinden, so machte er augenblicklich die Torheit, die Unbildung oder die kleinbürgerliche Beschränktheit der betreffenden jungen Person dafür verantwortlich; was ihm einerseits die Niederlage moralisch erträglicher, andererseits jedoch die körperlichen Gesten in Zukunft noch schwieriger machte.

In dieser Hinsicht war Natacha Hissels Erscheinen in seinem Leben eine Art Wunder. Sie war schön, sie war gebildet, interessierte sich für Zeitgeschichte wie für Philosophie. Und vor allem war sie unnahbar. Oder vielmehr: Antoine kam es gar nicht in den Sinn, ihr zu nahen, da er sie in jeder Weise für unerreichbar hielt. Da er also keinerlei Absichten auf sie hatte, es sei denn die uneigennützige, ihr durch seine Unterhaltung und seine zeichnerischen Fortschritte zu gefallen, war er plötzlich alle Hemmungen seiner Schüchternheit los, geheilt von den Mißgeschicken seines gewohnten Fehlverhaltens.

So entstand eine muntere Komplizenschaft zwischen dem fünfzehnjährigen Knaben und der vierundzwanzigjährigen jungen Frau, die von der Intelligenz und Begabung ihres Schülers sehr angetan war. Dessen Schönheit im Laufe jenes Frühlings 1935 mit einem Schlag reifte.

Aber nicht zwischen Natacha und Antoine entspann sich das Drama. Zwischen ihnen konnte sich nur das Band einer Initiation, der Aufklärung des Knaben entspinnen. Nachdem es geknüpft war, hätte dieses Band nur Leichtigkeit, nur Freude stiften können. Das Drama entspann sich außerhalb ihrer, trotz ihrer, durch das Auftreten eines Dritten. Einer Dritten, genau gesagt: Ulrike von Stermaria.

Zwar begriff Antoine erst sehr viel später den verhängnisvollen Verlauf, die affektgeladene Verknüpfung der Ereignisse jenes Jahres. Doch als er imstande war, sie zu begreifen, hatte er keinen anderen Wunsch, als sie zu vergessen, zu versuchen, sie von sich fern, für null und nichtig zu halten.

Zu jener Zeit erriet er viele Dinge, ahnte deren unheilvolle Realität mehr, als daß er sie im einzelnen durchschaute und ihre genaue Bedeutung erfaßte.

In dieser Nacht indes, in Freneuse, konnte Antoine de Stermaria, da Kepelas Erscheinen seine Vergangenheit aufgewirbelt hatte, dem alten Vergessen abschwören und sich jenen fernen Frühling in Prag mit Gefühlen in Erinnerung rufen, die trotz Erregung und Verwirrung die Heiterkeit nicht ausschlossen.

Er legte sich wieder auf das Sofa, stellte fest, daß die Champagnerflasche fast leer war, bemerkte, daß die Musik im Erdgeschoß verstummt war, fragte sich, ob er hinuntergehen solle, schloß die Augen, spürte die Mattigkeit des nahenden Morgengrauens.

Er sprach nie über die Vergangenheit.

Er sprach nicht mit seiner Mutter darüber, Elisabeth von Stermaria: das war leicht zu verstehen. Seit Ulrikes Körper, auf dem Boden eines Boots liegend, unter den Fenstern der Prager Wohnung langsam auf dem Wasser der Moldau dahingetrieben war, war Schweigen zwischen sie gesunken. Einmal, sehr viel später, als Antoine in Saint-Césaire einen Teil der Familienpapiere in dem großen Koffer aus Leder und Leinen entdeckt hatte, hatte er versucht, die Rede wieder auf diese ganze Geschichte zu bringen, nunmehr eine ruhige, zumindest beruhigte, wenngleich von Ulrikes unauslöschlicher Erinnerung durchzogene Rede. Aber seine Mutter hatte sich dagegen gesträubt, in einem Anfall von fiebriger, unerbittlicher Heftigkeit.

Auch mit Franca hatte er nie darüber gesprochen. Nicht einmal mit Juan. Ein einziges Mal, als dieser, allein mit ihm, einige Zeit im Süden verbracht hatte und sie bei Frau de Stermaria zu Abend gegessen hatten, wäre er fast der niederträchtigen – weil letztlich selbstgefälligen – Versuchung erlegen, alles zu sagen, aber es war ihm gelungen, sich zu beherrschen.

An jenem Abend, nach besagtem Abendessen, als sie in

Antoines Atelier zurückgekehrt waren, hatte Juan die sonderbare, so offen zwiespältige und starke Beziehung kommentiert, die er zu seiner Mutter unterhielt. »So stark, so zwiespältig«, hatte er zum Schluß gesagt, »daß man alles mögliche zwischen euch vermuten kann. Sogar den Inzest, sogar eine Leiche!«

Juan sprach in seinem üblichen Ton romanesker Ironie. Er äußerte keinen Verdacht, nicht einmal eine Hypothese: seine Anspielung auf den Tod und den Inzest war reine Metapher. Aber Antoine tat so, als ließe er seine Zeitung fallen, um, indem er sich bückte und sie aufhob, sein Gesicht zu verbergen.

Fast hätte er, sich wieder aufrichtend, sich an Juan gewandt. Ja, es hatte einen Inzest gegeben. Es hatte auch eine Leiche gegeben. Die von Ulrike von Stermaria in einem Boot voll roter und weißer Rosen, unter dem bestürzten Blick der Einwohner von Prag, die in Gruppen an den Kaianlagen standen oder sich gegen das Brückengeländer drängten, um diese den Fluß hinabtreibende tote Frau zu betrachten, o ewige Reisende!

Aber Antoine hielt an sich, widerstand der schändlichen Versuchung, seine Seele zu entblößen, lachte mit wissender Miene über Juans Scherz, lenkte auf ein ganz anderes Thema über.

In jenem Frühling 1935 hatte Ulrike deutlich eine plötzliche Veränderung im Gebaren ihres Neffen bemerkt: ihr war die neue Zwanglosigkeit seiner Gesten, seines Verhaltens nicht entgangen. Ebensowenig das Erblühen seiner Männlichkeit. Sie war ihm daher eines Tages überraschend zu seiner Zeichenlehrerin gefolgt, jener Natacha Hissel, deren kürzliches Auftauchen mit all diesen Neuerungen zusammenzuhängen schien. Sie war neugierig, sie kennenzulernen.

Sie war entzückt, die beiden Frauen errieten augenblicklich ihre gemeinsame Neigung.

Von diesem Tag an schloß Ulrike sich Antoine auf der Straße an, an irgendeinem Punkt seines Weges – sie verließ das

Haus nie zur gleichen Zeit wie er, um Elisabeths Verdacht nicht zu erregen –, und begleitete ihn zu Natacha. Doch im Monat Mai, als Elisabeth eine Gruppe von Freunden nach Wien geschleppt hatte, um die Vorträge Edmund Husserls zu hören, begann das Schicksal sich zu erfüllen: das tragische schwarze Schicksal der weiblichen Linie der Familie.

Ganz zu Anfang freilich gab sich das Verhängnis als Fest, als Einschiffung nach Kythera: eine fröhliche Einweihung in die fleischlichen Lüste. In Natacha Hissels Atelier, das den Gärten von Vyšehrad gegenüberlag, bot Ulrike ihren Körper als Modell für die Zeichenstunden dar. Mit fünfunddreißig Jahren war sie auf dem Höhepunkt einer blonden Schönheit, stürmisch: amazonisch.

Der Körper, den sie inmitten des Gelächters entblößte, dabei die Gesten und Chansons der Berliner Stripteaseusen der verrückten Jahre parodierte, unter dem lüsternen Auge von Antoine und der bald begehrlichen Hand Natachas, war vollkommen: schlank, zart, von glatter und fester Jugend, fast androgyn.

Antoine schließt die Augen über diesen Bildern, die, so lange in seinem Gedächtnis umnebelt, seine Lider verbrennen.

Er steht abermals auf, geht im Atelier umher, sucht in einer Schublade nach den zum Teil mit Tusche gehöhten Zeichnungen, die er in Venedig gemacht hatte, Jahre zuvor.

Aber in Venedig war nicht Ulrike sein Modell gewesen, sondern Franca.

Dennoch, die Intuition – vielmehr die verschwimmende, plötzlich zur festen Gewißheit gewordene Erinnerung –, die ihn gedrängt hatte, diese Zeichnungen nach so vielen Jahren von neuem zu betrachten, hatte sich sogleich bestätigt. Der Körper, den er in Venedig so ausführlich, so unterschiedlich und so minutiös gezeichnet hatte, selbstverständlich ohne ihn je endgültig erfassen zu können, Francas strahlender Körper war wie der von Ulrike: Zwillingsschönheiten, identische Gestirne in derselben kargen Nacht des Begehrens.

Als er dann weiter in seiner Venedig-Mappe kramte, fand er

ein vergilbtes Blatt Papier. Es war an eine Aquatinta geheftet, die Franca von hinten zeigte, nackt, wie sie sich mit tanzendem Schritt zum scharfen Licht einer Glaswand entfernt: zweifellos eine seiner Vorstudien. Mit seiner eckigen, gut leserlichen Schrift hatte er einen kurzen Text von Baudelaire darauf geschrieben, *Die Sehnsucht zu malen.*

Die letzten Zeilen waren mit roter Tinte unterstrichen: *Es gibt Frauen, die man besiegen und derer man sich in Liebe erfreuen möchte; aber bei ihr sehnt man sich danach, langsam unter ihrem Blick zu sterben.*

Unter ihrem Blick zu sterben, fragte er sich, oder sie unter meinem Blick sterben zu sehen? Das Wesentliche ist der Blick, wie dem auch sei. Es ist der Blick, an dem man stirbt, auf jeden Fall. Mit dem Blick begeht man den geistigen Mord. Und was ist der Tod, wenn nicht die Abwesenheit eines Blicks?

In Prag jedenfalls, in den Monaten nach ihrer Reise nach Wien, versuchte Elisabeth wild und verbissen, Ulrikes Liebe wiederzugewinnen. Seit über zehn Jahren, seit dem Tod von Nicolas, Antoines Vater, hatten sie nie wieder einen anderen Mann gekannt. Sie hatten sich die Lust an Männern von heute auf morgen versagt, so wie man sich verstümmelt. Trotz ihrem prunkvollen Leben in den verschiedenen Hauptstädten Mitteleuropas, trotz ihren zahlreichen männlichen Freundschaften hatten sie sich in die sonderbare Treue ihrer Paarung eingesperrt. Gewiß war Ulrike, launisch und heftig, manchmal ausgeflogen, hatte Elisabeths Eifersucht erregt durch einige stürmische Verhältnisse mit berühmten Schauspielerinnen oder Sängerinnen: berühmt mußten sie sein, damit der Skandal von sich reden machte. Wozu sonst? Aber sie war immer wieder zu Elisabeth zurückgekehrt, weder reuig noch gebessert, sondern um so begehrenswerter, da mit der Aura eines schwefligen Rufs umgeben.

Diesmal indes zog Ulrike die Liebelei in die Länge, vergaß sich und Elisabeth in Natacha Hissels Armen. Das zumin-

dest glaubten sowohl die eine wie die andere, Elisabeth wie Natacha, die sich um Ulrikes Herz stritten. Diese jedoch – der Apfel fällt nicht weit vom Stamm – hatte sich wahnsinnig in Antoine verliebt, ihren jungen Neffen. Ihr Abenteuer mit Natacha war zur Vorspiegelung geworden, zum skandalösen, immer von neuem auflodernden Blendwerk, eine Art Sand, den sie in die Augen streute, und der es ihr ermöglichte, ihre inzestuöse Liebe besser zu verheimlichen.
Bis zu dem Tag, an dem Elisabeth de Stermaria, die ihr in eine Wohnung gefolgt war, wo sie sie mit Natacha zu finden meinte, entschlossen, eine endgültige Erklärung herauszufordern, ihren Sohn in Ulrikes Armen entdeckte, so wie sie sie in Berlin, Jahre zuvor, sinnestrunken, stöhnend vor Glück, in Nicolas' Armen entdeckt hatte.
Am nächsten Tag, nachdem sie ein Boot gemietet, es mit roten und weißen Rosen gefüllt hatte, öffnete sich Ulrike in der Strömung des grauen Wassers der Moldau die Adern. Der Nebel einer langsamen, sanften Agonie sank auf sie herab, während sie unter den Brücken von Prag hinabtrieb, ihre leblosen Hände in den Wirbeln der Strömung. Ihre Augen verschleierten sich für immer, ihre Seele entwich ihrem Körper genau in dem Augenblick, da das Boot träge unter den Fenstern von Antoines Zimmer vorüberglitt, dem ein anonymer, aber drohender Brief eingeschärft hatte, den Flußlauf um diese Stunde zu beobachten.
Langsam unter ihrem Blick zu sterben, in der Tat.

2.

Er erinnerte sich, daß er lange das Gesicht der Europa betrachtet hatte. Es war in Venedig, im Dogenpalast. Ottla war an seiner Seite, las ihm halblaut die Anmerkung über den *Raub der Europa* aus dem Führer vor, den sie in der Hand hielt. Ottla las immer aufmerksam die Kunstführer, wenn sie Denkmäler und Museen besuchte: es war der ernste, von deutscher Gründlichkeit, Ehrfurcht vor dem

Wissen geprägte Aspekt ihres ansonsten urwüchsigen Charakters.

»Ausgeführt für den Grafen von Iacopo Contarini, wurde das Werk von Bertucci Contarini (1733) der Republik Venedig vermacht«, las Ottla. »1733 erwähnte es Zanetti an diesem Ort, von wo es für einige Jahre geraubt wurde, als die Franzosen es nach Paris schafften (1797). Die wichtigste Episode ist ...«

Aber Karel unterbrach sie, ganz aufgeregt.

Warte, warte! rief er. In welchem Jahr, sagst du? Was, in welchem Jahr? wunderte sich Ottla. In welchem Jahr haben die Franzosen Europa aus Venedig geraubt?

Ottla sah in den Führer, fand das Datum wieder. 1797, sagte sie.

Aha, während Bonapartes erstem Italienfeldzug!

Kepela strahlte, als wäre dieses Detail von entscheidender Bedeutung.

Warum interessiert dich das so? fragte Ottla überrascht.

Ich habe mein Thema, sagte Karel, ohne ihr direkt zu antworten. Ich muß alle Einzelheiten dieser Affäre herausfinden ... Über die Franzosen in Venedig, den Namen des Offiziers, der Europa rauben ließ. War es Bonaparte selbst? Wie lange Veroneses Gemälde in Frankreich geblieben ist ... Und so weiter!

Er erklärte Ottla, daß man ihn um einen Essay für eine neue Zeitschrift gebeten hatte, die in Paris erscheinen sollte, *L'Autre Europe*. Es sollten vor allem Exilanten des Ostens darin schreiben. Man hatte ihn gebeten, einige Seiten für die erste Nummer zu liefern. Er hatte deren Prinzip zugestimmt, die Themen, die behandelt werden sollten, standen ebenfalls schon fest, aber er hatte noch keinen erzählerischen Aufhänger gefunden.

Das heißt, bis vor einer Minute war es so gewesen: jetzt hatte sich alles in seinem Geist geordnet.

Ottla wollte verstehen. Sie klappte den Führer zu, nicht ohne das blaue Seidenband sorgfältig an der Seite eingelegt

zu haben, auf der der *Raub der Europa* von Paolo Caliari, genannt Veronese, beschrieben wurde.
Karel betrachtete das Gesicht der Europa, ihre zum Teil entblößte Brust. Den leicht geöffneten Mund, die Augen voll Verlangen und Entsetzen: entsetztem Verlangen. Oder entsetzlichem? Er betrachtete das kleine Ohr am Saum der kurzen lockigen Haare: eine reizende, mit einer Perle verzierte Muschel, über deren Rand man mit dem Finger streichen könnte, ganz sanft, in die man eine verliebte Zunge stecken könnte, bevor man hinabglitte, den Hals entlang – einen Augenblick würde man an den Zähnen die schimmernde Kälte der Perlenkette um Europas Hals gespürt haben – zur Spitze der entblößten Brust, wunderbar in ihrer Wölbung und Anmut.
Aber er zuckt die Achseln.
Denn nicht er, Exilant des anderen, untergründigen, unterdrückten Europas, würde Veroneses herrliche Blondine umwerben und rauben: sondern der Stier, Zeus oder Bonaparte, ein Gott oder ein barbarischer Eroberer. Und das Luder wird sogar Vergnügen daran finden!
Er lacht, bittet Ottla, mit der Lektüre der Anmerkung des Führers fortzufahren.
»Die wichtigste Episode«, fährt Ottla fort, »ist in allen Einzelheiten von Ridolfi beschrieben worden (1648): Europa, auf dem falschen Stier sitzend, der verliebt ihren Fuß küßt, ihn mit der Zunge leckt. Einige aus ihrem Gefolge stützen sie; andere schmücken sie mit Blumen; und kleine Amors flattern über ihr...«
Ottla hebt die Augen, wirft Karel einen schrägen Blick zu: das Azurblau ihrer Pupille hat sich geweitet.
Sie bringt mich auf komische Ideen, diese Europa! sagt sie.
Kepela dreht sich nicht einmal um.
Gibt es etwas, was dich nicht auf solche Ideen bringt, liebe Ottilie?
Sie lacht, nähert sich, schmiegt sich eng genug an ihn, um seinen Männerhintern an ihrem Bauch zu spüren. Mit ge-

schickter, freimütiger Hand streichelt sie ihn zwischen den Beinen.
Laß mich, sagt er, ich betrachte Europa.
Und das macht dich nicht geil?
Nicht im Augenblick: ich denke nach!
Sie bricht in ein rauhes Lachen aus, löst sich von ihm, dreht sein Gesicht dem ihren zu.
Sag mal, aber das ist Kepelas Ende! ruft sie. Früher konntest du nachdenken und gleichzeitig geil sein.
Ich leugne es nicht, sagt er.
Ich hockte zwischen deinen Knien, während du lasest, erzählt Ottla. Du warst in meinem Mund, aber das hinderte dich nicht daran, mir Schweinereien zu sagen und weiter in den *Meditationen* von Descartes zu lesen!
Nein, ruft er entrüstet. In den *Cartesianischen Meditationen* von Husserl. Red nicht so daher. Es ist ganz und gar nicht dasselbe!

Es war im Saal der Thermen, in Meran. Die Schachweltmeisterschaft sollte beginnen, einige Tage zuvor.
Am Vortag, am Sonntag, dem 20. September 1981, hatte Kortschnoi auf seiner Pressekonferenz mitgeteilt, daß die Sowjets soeben Auszüge aus einer Privatkorrespondenz mit seiner Frau veröffentlicht hätten, die man gegen ihren Willen in Leningrad festhielte. Ein schändliches Manöver, schäumte Kortschnoi. Die Agentur Tass dagegen beschuldigte ihn, er verlange die Ausreise seiner Frau in den Westen nur deshalb, um dem Ansehen der UdSSR zu schaden, und keineswegs, um wieder mit ihr zusammenzuleben. Hatte er übrigens nicht eine holländische Muse?
Kepela hatte die Möglichkeit gehabt, sich ein paar Tage auszuruhen, er war nach Meran geeilt, angelockt von der dramatischen Zuspitzung der Konfrontation. Er schloß die Idee nicht aus, sich von ihr inspirieren zu lassen, um einen Film zu schreiben. Vielleicht ein Theaterstück.

Er hatte den Dekor des Saals betrachtet und gedacht, daß auch das Schicksal Europas, zumindest symbolisch, im Laufe dieser Schachpartie auf dem Spiel stand. Jedenfalls würden die geistigen Formen, die gegebenenfalls über dieses Schicksal zu entscheiden hätten, sich hier zeigen, metaphorisch, aber deutlich. Auf der einen Seite die brillante, einsame, ein wenig alternde, auch ein wenig neurotische Individualität des Dissidenten, auf der anderen eine kollektive Organisation, darauf programmiert, das Maximum an Kräften zu konzentrieren und im günstigen Augenblick den maximalen Treffer zu erzielen. Nur das verschlungene, fast mystische Genie Bobby Fischers hatte diese massive und raffinierte Organisation des Schachspiels irremachen können, das als Fortsetzung des Kriegs mit anderen Mitteln galt; des Klassenkampfs auf anderer Ebene.

Am Donnerstag, dem 1. Oktober um siebzehn Uhr wurde die Partie eröffnet. Die beiden Männer hatten es unterlassen, sich die Hand zu geben. Kortschnoi, der das Los gezogen hatte, spielte mit den Weißen.

Karel Kepela sah sich diese Eröffnung an, etwas schnürte ihm die Kehle zusammen.

Er fragte sich plötzlich, ob Franz Kafka Schach gespielt hatte: ein biographisches Detail, das er unbedingt klären müßte. Er, jedenfalls, Kepela, hatte die Feinheiten des Schachspiels mit Josef Klims gelernt, auf dem jüdischen Friedhof in Straschnitz. Sie stellten das Schachbrett zwischen sich an sonnigen Tagen – sogar in Prag gibt es solche, sogar auf einem jüdischen Friedhof – auf den Zementrand, der die Grabstätte der Familie Kafka umgrenzte.

Sollte er einen Film über diese Weltmeisterschaft drehen, so müßte er darin, dachte er, die Schatten von Kafka und Krestinski beschwören.

Sein Herz schlug schneller: Kortschnoi hatte soeben seine erste Figur bewegt.

– Apropos, sagte er, zu Larrea gewandt, ich dachte gerade, daß du ihn bestimmt kennst, diesen Klims, mit dem ich euch seit Beginn des Abendessens in den Ohren liege!
Der Satz war völlig unpassend, versteht sich. Im übrigen sah Juan ihn an, ohne das Apropos zu verstehen.
Immer dann, wenn sich uns eine Idee aufdrängt, aufgrund einer plötzlichen Assoziation, einer geheimnisvollen Alchimie des Geistes, absolut unpassend für die Personen, die uns zwar zuhören, aber lediglich ahnen können, daß soeben ein Funke aus den Tiefen und Windungen des Innern aufgeblitzt ist, führen wir diese dem Nichts entsprungene Idee mit der stehenden Redensart ein: apropos.
Kepela sprach gar nicht von Klims, er sprach von Europa. Oder vielmehr, er sprach von den seltsamen Banden, die im Laufe der Jahrhunderte die Stadt Prag mit Europa vereint hatten. Er hatte einen Artikel von Friedrich Engels erwähnt, geschrieben im Juni 1848, der die Zweideutigkeiten einer historischen Situation meisterhaft zusammenzufassen schien, als er sich unterbrach, sich an Larrea wandte und ihm sagte, daß er bestimmt Josef Klims kennengelernt haben müsse.
Aber ja! Erinnerst du dich an das Filmfestival in Karlovy Vary, 1966? Wir haben uns dort kennengelernt. Getroffen, sagte Juan sachlich. Getroffen, wenn du willst, auch wenn du vorgibst, es vergessen zu haben! Du erinnerst dich doch an das *Moskva-Pupp*? Juan nickte: sehr hübscher Ort, sagte er, Goethe hat sich vor mir dort aufgehalten. Aber nicht Karl Marx, erwiderte Kepela. Nicht dort ist er mit Kugelmann abgestiegen! Larrea lächelte. Ich glaube dir aufs Wort, sagte er. Und was ist mit deinem Klims? Erinnerst du dich an die Kapelle des *Moskva-Pupp*?
Zweifellos erinnerte sich Larrea an Libuše, die in der Damenkapelle die erste Geige spielte. Nun begriff er, worauf Karel hinauswollte, wer Klims war.
War das der Mann, der am Schlagzeug saß, Klims? rief er.
Siehst du, sagte Karel triumphierend, siehst du, daß du es nicht vergessen hast!

Aber es ist undenkbar, Klims zu vergessen, auch wenn man seinen Namen nicht gekannt hat. Unmöglich, seine Musik zu vergessen, seinen ironischen, eisigen Blick, sein Gebaren eines ins Mittelmaß des Alltags verbannten Grandseigneurs.
Er lebt jetzt in Zürich, sagte Kepela. Und justament mit einer jungen Frau, die in der Kapelle des *Moskva-Pupp* Geige spielte.
Libuše? rief Juan.
Eine Art unbändiges Gelächter überkam ihn.
Er erinnerte sich sehr gut an den ersten Abend, im Speisesaal des *Moskva-Pupp*. Er hätte fast den Tisch gewechselt, weil er meinte, er säße zu nahe an der Kapelle. Dann hatte er Libušes Knöchel bemerkt. Eine zarte Fessel, nervös, in schwarzem Nylonstrumpf, zwischen dem Lackschuh und dem Saum der engen Hose. Er war geblieben, hatte mit dem Blick die schlanken Kurven dieser Silhouette überflogen, bis hinauf zu den aufmerksamen Augen, dem lachenden Mund.
Er hatte nicht darüber zu klagen gehabt, daß er an jenem Abend an dem ihm zugewiesenen Tisch geblieben war.
Aber Kepela beobachtet ihn, seinerseits von unbändigem Gelächter gepackt.
Du erinnerst dich auch an Libuše? kann er schließlich schluckend und prustend sagen.
Nadine Feierabend scheint ihre Erinnerung an Libuše gar nicht zu schätzen.
Seid ihr endlich fertig? Ihr seht aus wie zwei Schwachköpfe. Oder zwei kleine Kretins der Volksschule.
Franca schaltet sich ein mit ihrer glatten Stimme.
Ziemlich frühreif für Kinder der Volksschule! Sie sehen aus, als hätten sie sich prächtig amüsiert mit dieser Libuše.
Sichtlich heitern Francas Worte Nadine nicht auf. Aber Franca hat sie nicht gesagt, um Nadine aufzuheitern, gewiß nicht.
Jetzt spricht auch Antoine.
Entweder ihr sagt uns alles, in allen Einzelheiten, oder ihr

hört auf, so zu lachen. Es ist unfreundlich, seine kleinen männlichen Geheimnisse nicht zu teilen!
Nadine zuckt die Achseln.
Männlich, vielleicht, aber nicht erwachsen!
Karel und Juan geben sich Mühe, sich zu beherrschen, es gelingt ihnen.
Nur noch eine Frage zum Schluß, sagt Juan. Das *Andante con fantasia,* hattest du ihr das beigebracht?
Kepela sperrte Mund und Augen auf.
Doch was ihn so erstaunte, war nicht die Tatsache, daß Libuše in Karlovy Vary, in einem Zimmer des *Moskva-Pupp,* Larrea sofort den von Bayros entlehnten Bogenstrich hatte goutieren lassen. Das war normal: die Übermittlung von Erfahrungen, Entdeckungen ist eine der Triebkräfte des Fortschritts, in allen Bereichen. Was Kepela verblüffte, war die Vitalität der jungen Frau. Libuše war also imstande gewesen, gewissenhaft ihre Arbeit als Musikerin zu verrichten, Klims Erklärungen zu lauschen auf ihren langen Spaziergängen unter den Arkaden der Zítek-Kolonnade oder auf den bewaldeten Hügeln der Umgebung, und sich noch obendrein weit konkreter mit ihm und Larrea zu beschäftigen: das war erstaunlich! Was für eine Gesundheit, Genossen! Was für ein Fest!
Ja, sagte er zu Juan. Das *Andante* von Bayros, ich war es, der das Vergnügen hatte, sie darauf aufmerksam zu machen.
Aber Nadine Feierabend schaltete sich erneut mit scharfer Stimme ein.
Warst du nicht gerade dabei, uns von Friedrich Engels zu erzählen, Karel?
Ja, er war dabei, über einen Aufsatz von Friedrich Engels zu sprechen. Oder vielmehr, er erzählte ihnen von dem Text, den er selbst schließlich für die Zeitschrift *L'Autre Europe* geschrieben hatte und der noch nicht veröffentlicht worden war. Meran im Hintergrund mit Kortschnoi und Karpow und, in der Vergangenheit, auch Kafka und Krestinski. Wie

viele Namen, die mit einem K anfangen, habt ihr bemerkt? Wir sind mitten in Kakanien! Oder in der Kafkaphonie? Oder der Kakophonie? Und dann Venedig und Veronese: der *Raub der Europa,* symbolisch geraubt von den Soldaten der Französischen Revolution. Und die Stadt Prag, im Mittelpunkt des Strudels Europa seit so vielen Jahrhunderten.

Im Zusammenhang mit diesem Essay, den er gerade geschrieben hatte, kommentierte Kepela den Aufsatz von Engels.

Der Prager Aufstand: so lautete der Titel. Veröffentlicht am 18. Juni 1848 in der *Neuen Rheinischen Zeitung.* Ein kurzer journalistischer Text, der die Nachrichten aus der Hauptstadt Böhmens kommentiert, wo ein demokratischer Volksaufstand im Begriff ist, von den Truppen des österreichischen Gouverneurs, des Fürsten Windischgrätz, niedergeschlagen zu werden. (»Wir haben lange darüber gesprochen, Juan«, sagte er, zu Larrea gewandt. »Vielleicht werden wir das dramatische Gerüst zu *Der Weiße Berg* um diese Tage aufbauen, nicht wahr?«) Die ganze Analyse von Engels, so knapp sie sein mag, ist bemerkenswert. Aber sie endet mit folgenden erstaunlichen Zeilen, die ich euch aus dem Gedächtnis zitiere: *Wer aber am meisten zu bedauern ist, das sind die tapfern Tschechen selbst. Mögen sie siegen oder geschlagen werden, ihr Untergang ist gewiß. Durch die vierhundertjährige Unterdrückung von seiten der Deutschen, die jetzt in dem Prager Straßenkampf fortgesetzt wird, sind sie den Russen in die Arme gejagt. In dem großen Kampfe zwischen dem Westen und dem Osten Europas, der in sehr kurzer Zeit – vielleicht in einigen Wochen – hereinbrechen wird, stellt ein unglückliches Verhängnis die Tschechen auf die Seite der Russen, auf die Seite des Despotismus gegen die Revolution. Die Revolution wird siegen, und die Tschechen werden die Ersten sein, die von ihr erdrückt werden. Die Schuld für diesen Untergang der Tschechen tragen wieder die Deutschen. Es sind die Deutschen, die sie an Rußland verraten haben.*

Von diesem Moment an begann Kepelas Rede unzusammenhängend zu werden.
Oder vielmehr: ihr Zusammenhang hörte auf, rein logisch, offenkundig zu sein; er wurde innerlich, metaphysisch. Denn es war ja nicht wirklich ohne Zusammenhang, plötzlich vom Kommentar eines Textes von Engels zu einem langen Monolog überzuleiten – einem verkrampften, schmerzlichen: in der schwindelerregenden Spirale eines verzweifelten Gedächtnisses kreisend –, anläßlich des zum Ruhme Stalins auf dem Letnáhügel errichteten Denkmals gegenüber den Fenstern der Prager Wohnung der Familie Kepela.
Ganz gewiß nicht ohne Zusammenhang.
Die Errichtung des Denkmals war 1949, anläßlich des 70. Geburtstags von Stalin, im Rahmen einer internationalen Feier beschlossen worden. Der geliebte Generalissimus stand darauf, in der entsprechenden Uniform an der Spitze einer Art gigantischen Stevens aus rußfarbenem Granit. Dahinter, auf den Flanken dieses Bugs eines symbolischen Schiffes, das in die strahlende Zukunft segelte, folgten ihm Männer und Frauen auf seinem triumphalen Vormarsch. Einfache Männer und alltägliche Frauen, versteht sich: Arbeiter, Kolchosebauern, Soldaten. Man kennt Stalins Liebe zum Menschen, dem *kostbarsten Kapital:* zu den kleinen Schrauben, den Rädchen des Großen Apparats der Partei und des Staats. Aber diese megalithische und megalomane Konstruktion war so schwergewichtig, daß man den Unterbau hatte verstärken, Tonnen von Zement in die Erde des blühenden Letnáhügels hatte spritzen müssen. Vorsorglich hatten die Behörden die Gelegenheit genutzt und unter dem Denkmal, so hieß es, in den Eingeweiden des Hügels, ein Netz von Atomschutzbunkern bauen lassen.
Aber Stalin starb, verschwand zumindest körperlich. Es gab den XX. Parteitag. Man fügte sich darein, die Zerstörung des Stalin-Denkmals in Erwägung zu ziehen. Diese nahm Zeit in Anspruch, zog sich lange hin.

Ende der fünfziger Jahre war Stalin immer noch da, auf dem Hügel, überragte in seinem langen Militärmantel das Tal der Moldau, die Stadt Prag, den alten jüdischen Friedhof in Pinkas. Erinnerte durch seine marmorne Gegenwart an das schwere Erbe, das er der Geschichte Europas aufzwang; symbolisierte in der Reglosigkeit des Granits die dunkle Kontinuität seines unerreichten Prestiges, das noch immer, jahrzehntelang, die versammelten Führer des russischen Reichs in erleichterten, frenetischen Applaus ausbrechen ließ, sobald es einem von ihnen, in irgendeiner offiziellen Rede, füglich in den Sinn kam, seinen Namen in Erinnerung zu rufen.

Stalin beherrschte noch immer den Prager Horizont, als Karels Vater, Professor Oskar Kepela, sich eine Kugel in den Kopf geschossen hatte.

Karel war atemlos herbeigeeilt.

Jahre zuvor hatte er diesen Vater sozusagen verleugnet – zumindest die Werte, die dessen Leben stets verkörpert hatten –, um sich einen idealen Meister zu wählen, der die allgegenwärtige väterliche Weisheit besaß, streng, aber gerecht, wie er glaubte. An jenem Tag, vor der Leiche Oskar Kepelas, vor dem granitenen und verschlagenen Blick eines schon toten, noch lebendigen Stalins, der den Letnáhügel beherrschte, wußte er, daß sein ganzes Leben nicht ausreichen würde, eine verbissene, zähe, obsessive Trauerarbeit zu Ende zu führen: zum Ende des Hasses, der Hellsicht, des notwendigen Kampfs ohne Hoffnung und ohne Rast.

An jenem Tag, angesichts dieses Todes, beschloß er, gegen den infamen Schatten des Todes anzuleben.

Und da war er plötzlich zusammengebrochen.

Als er den Tod seines Vaters beschwor in Freneuse, mitten im Schweigen der anderen Tischgäste, am Ende des Abendessens, stürzte er hin, wie ein vom Blitz getroffener Baum, Gläser umstoßend, das weiße Tischtuch mit Brandrosa befleckend.

3.

Es gibt nichts Schöneres als einen Frauenkörper.

Die Nachttischlampe brennt noch, Nadine Feierabend hat sich in ihrem Schlaf bewegt. In ihrem Traum vielleicht. Wovon träumt Nadine diese Nacht, im Augenblick, da diese Nacht sich dem Ende zuneigt?

Er macht noch ein paar Schritte, leise. Er steht an Nadines Bett, ihr Körper wird von der Lampe beleuchtet.

Er sieht sie an.

Nadine hat sich in ihrem Traum bewegt, die Decke ist zum Teil zurückgeschlagen. Sie wendet ihm den Rücken zu, nackt, die Knie angezogen. Er sieht das rechte Profil ihres Gesichts: die Schläfe, den Wangenknochen, das schön geschwungene Ohr, die grazile Linie des Halses. Er sieht die runde Schulter, die Schwellung der Brust, den glatten Bauch, die Biegung der Hüfte.

Was gibt es Schöneres als einen Frauenkörper?

Er versucht sich an vergleichbare Schönheiten zu erinnern: ähnliche Erregungen.

Der Himmel über der Bucht von Santander, im September, zweifellos. Das *Begräbnis des Grafen von Orgaz* in Toledo, gewiß. Die Sonne auf dem Ödland und dem Ozean bei Forêt-Fouesnant. Die piazza Navona in Rom, menschenleer, an einem frühen Sommermorgen, im Rauschen ihrer Brunnen. Einige Zeilen von Rimbaud, René Char, Hölderlin, Octavio Paz, Garcilaso.

Andere Dinge, oft winzige; unvergeßliche. Leichte und schwere Dinge. Oder traurige, oder stärkende, gleichviel, aber unmöglich nachzumachen, zu imitieren, zu fälschen, zu schminken. Momente, die sich nicht verstellen oder herausstreichen.

Er betrachtet Nadines nackten Körper, und es ist kein Begehren in seinem Blick. Er befindet sich diesseits oder jenseits jeglichen Begehrens. Diese schlafende Schönheit erregt ihn nicht durch Verheißungen oder Vorgefühle des Erwachens, möglichen Besitzes. Sie erregt ihn durch sich

selbst, an sich. Durch ihre Schönheit selbst. Kein Bedürfnis, die Hast zu imaginieren, die Paarung, den Schrei.
Er fällt auf die Knie vor dem Bett dieser nackten schlafenden jungen Frau.

Antoine hatte mit ihm über Nadine Feierabend gesprochen, früher am Abend.
Kepela war soeben zusammengebrochen, plötzlich, mitten in einem Satz. Vom Blitz getroffen, Gläser auf dem Tisch umstoßend. Als hätte der Blick Stalins, wiederauferstanden aus dem schwersten und scheußlichsten Tod des Jahrhunderts, ihn mit seinem tödlichen gelben Strahl erfaßt.
Ein Weinfleck breitete sich auf dem Tischtuch aus, blutig.
Die Frauen waren erschrocken, hatten mit ungewohnter, plötzlich schriller Stimme geschrien. Antoine hatte einen säuerlichen Kommentar abgegeben: er ist ja nicht dumm, euer armer Exilant, aber er hält nicht durch.
Er hatte ihnen erklärt, daß Karel sehr wohl durchhielt und auch Alkohol vertrug, im allgemeinen. Aber daß er ihn schon auf diese Weise zusammenbrechen gesehen habe. Jenseits einer gewissen Grenze – die so fern war, daß er fast nie genug Alkohol und Müdigkeit absorbierte, um sie zu erreichen – brach er zusammen. Man müsse ihn einfach hinlegen, damit er sich gehörig ausschlafen könne.
Sie brachten Kepela in ein Nebenzimmer voller Bücher im Erdgeschoß. Während Nadine ihm die Schuhe auszog und Franca eine Decke holte, war er mit Antoine in den Salon zurückgegangen.
Erinnerst du dich an Mary-Lou? fragte Antoine plötzlich.
Er erinnerte sich an Mary-Lou.
Vor vierzig Jahren, auf den Tag genau, auf die Nacht genau, in Nizza, habe ich sie dir geschenkt, sagte Antoine.
Er nickte.
Ihren Körper, ihr Lachen, ihre Zärtlichkeit: ich habe sie dir ganz und gar geschenkt, insistierte Antoine.

Er sagte nichts. Es gab nichts zu sagen. Es ließ sich nicht leugnen.
Heute, sagte Antoine mit einer Stimme, deren Worte sich überstürzten, heute wünsche ich mir, daß du mir das Pfand zurückgibst.
Es war ein Pfand? fragte er.
Antoine hatte etwas zu trinken geholt. Champagner natürlich. Er trank einen langen Schluck.
Ein Lebenspfand, antwortete Antoine, ein Pfand brüderlicher Komplizenschaft, ja!
Juan stimmte mit einer Geste zu.
Die Brüderschaft, das kenne ich, sagte er.
Und? fragte Antoine.
Juan lächelte, aber ohne Heiterkeit: brutal.
Du hast mir noch nicht gesagt, wer dieses Pfand heute verkörpert!
Antoine zuckte die Achseln.
Nadine natürlich! Wer sonst?
Er sah ihm in die Augen.
Natürlich! Wo hatte ich meinen Kopf? rief er.
Es lag Bestürzung in Antoines Blick.
Ich will dir Nadine gerne geben, sagte Juan. Allerdings müßte sie mir dazu gehorchen, es ist nicht ausgeschlossen. Es kommt vor, daß sie von unersättlicher Unterwürfigkeit ist. Aber es wird keine Rückerstattung für eine Leihgabe sein!
Antoine dachte nach.
Was soll das heißen? fragte er.
Das soll heißen, daß ich dir dein Pfand bereits zurückerstattet habe. Daß ich mich entbunden habe. Was sagtest du über Mary-Lou? Übrigens, findest du nicht, daß Nadine ihr in gewisser Weise gleicht?
Antoine nickte.
Eben, sagte er, aber sprich weiter!
Du sagtest über Mary-Lou, du habest mir ihren Körper geschenkt, ihr Lachen, ihre Zärtlichkeit. Aber ich habe dir dafür den Körper von Franca geschenkt, auch ihr Lachen.

Was die Zärtlichkeit angeht, das weiß ich nicht. Ich kenne Francas Zärtlichkeit nicht. Aber ich habe ihren Sinn für Ewigkeit gekannt. Habe ich ihn dir geschenkt?
Antoine leerte sein Champagnerglas. Dann zerdrückte er es zwischen den Fingern seiner Hand. Blut erschien auf seiner geschlossenen Faust.
In Rom, sagte er, war sie also tatsächlich mit dir weggegangen?
Du hast es immer gewußt, Antoine, sagte Juan schroff.
Antoine sagte nichts, es gab nichts zu sagen. Ja, er hatte es immer gewußt. Wenn er es wissen wollte.
Ich habe auch alles andere immer gewußt, sagte er wild.
Juans Stimme wurde schneidend:
Du hast nie etwas anderes gewußt. Es gab nichts anderes zu wissen, nichts weiteres. Nie. Träume nicht, weine nicht über ein imaginäres, tröstliches Unglück. Es gibt nichts zu wissen! Franca gehört dir. Du behältst sie, du wirfst sie weg, du nimmst sie wieder: du tust mit ihr, was du willst. Auch was sie will, zweifellos. Aber sie gehört dir. Euch beiden!
Er bezwang sich, um nicht zu brüllen.
Er wußte genau, daß er Franca verlor, indem er Antoine gestand, was dieser immer gewußt hatte, und leugnete, was er hätte wissen wollen. Von nun an könnte er nicht fortfahren, Antoine zu verraten. Seine Treue zu Franca, zu der Liebe, die er für sie empfunden hatte, verlangte den Bruch.
Er erriet plötzlich, welcher Ausweg ihm blieb, für immer. Er erriet, was sich in seinem Leben zusammenbraute, welcher Tod.
Aber Antoine atmete stoßweise.
Er hatte die Scherben in einen Aschenbecher gelegt und kam zu Juan zurück.
In Rom, drei Tage später, als sie wieder auftauchte, hast du sie da zu mir geschickt?
Juan war ehrlich.
Ich habe sie zu deiner Malerei zurückgeschickt, sagte er. Geh und sieh dir die rote Landschaft an, habe ich zu ihr gesagt.

Ich habe sie in Nizza entdeckt, am Tag, an dem du geboren wurdest. An dem meine Freundschaft zu Antoine de Stermaria geboren wurde. Ich wußte, daß sie gehen würde, um die rote Landschaft wiederzusehen. Ich hoffte, daß du in der Galerie sein würdest. Das übrige ergab sich von selbst.
Antoine lachte.
Er lachte, wie er seit langem nicht mehr gelacht hatte.
Also sind wir quitt! Wenn du mir Nadine gibst, wird es kein zurückerstattetes Pfand sein. Sondern ein wirkliches Geschenk!
Juan blickte ihn an.
Nicht ganz quitt, immerhin! Alles muß klar sein. Denn danach hast du mir Franca zurückgegeben.
Antoine erbleichte. Juan legte ihm die Hand auf die Schulter.
Du hattest noch nie einen Akt gemalt, erinnere dich. Und dann kam der *Blaue Akt von hinten*, der *Graue Akt*, der *Akt auf ein Fenster zugehend*. Die schönsten Akte des 20. Jahrhunderts, dank Franca. Das war ein wirkliches Geschenk!
Er ist bis an den Rand der Wahrheit gegangen. Er kann keinen Schritt weiter gehen. Er steht am Rand der grausamsten Lüge.
Als die Frauen zurückkamen, lachten die Männer zusammen. Aber Franca bemerkte Antoines blutige Hand. Es ist nichts, ein Glas, das zerbrochen ist, sowas kommt vor!
Rühr nicht daran, denn es zerbrach, sagte Juan.
Er lächelte sonderbar.

Nadine hat sich in ihrem Schlaf bewegt. Er sieht sie an. Ein Streifen trüber Helligkeit beginnt zwischen den zugezogenen Vorhängen einzudringen.
Nadine, murmelt er.
Aber sie schläft, alle Frauen schlafen. Es ist Zeit zu gehen.

KAPITEL XII

Die Überfahrt über den Styx

1.

Nadine machte sich bereits in der großen Küche im Erdgeschoß zu schaffen, schuf darin die Unordnung desjenigen, der den richtigen Platz der Gegenstände nicht kennt.
Das Wasser kochte vergebens.
– Sie stehen ja recht früh auf, sagte Franca. Ich kümmere mich um den Kaffee.
– Bravo! sagte Nadine. Auch um die Toasts, wenn möglich.
Sie lächelte selig. Offenbar schlaftrunken. Oder übernächtigt. Franca stellte sich die Frage beklommenen Herzens.
– Versuchen wir zu überlegen, fügte Nadine hinzu.
Franca fand sie wiederum schön. Der Körper war geschmeidig, schlank, in langen gebräunten Flächen unter dem leichten Morgenrock sichtbar. Sehr schön sogar. Es ärgerte sie ebensosehr wie am Tag zuvor: die verstreichende Zeit änderte nichts daran. Vielleicht würde sie sich nicht daran gewöhnen.
Nadine fuhr sich durch die Haare.
– Ein gutes Täßchen Kaffee, um uns von dieser Nacht zu erholen! rief sie.
Franca gab sich nicht die Mühe, liebenswürdig zu erscheinen. Oder heiter. Sie beschäftigte ihre Hände mit der minutiösen Vorbereitung des Frühstücks.
Aber Nadines absichtlich zweideutiger Satz erinnerte sie an etwas.
Es war in Amsterdam gewesen, vor ein paar Monaten.
Antoine hatte dort eine Ausstellung; es hatte Abendgesellschaften, Journalisten, Fotos gegeben. Brimborium, sagte Antoine. Eines Abends hatten sie zusammen mit einem Paar zu Abend gegessen. Der Mann war klobig, weitschweifig,

strotzend vor Selbstsicherheit und Vitalität: also genau das, was Antoine verabscheute. Dabei war er bei weitem kein Idiot, der Batavier. Und außerdem war er ein beschlagener Sammler. Er hatte zwei der ausgestellten Bilder gekauft, die teuersten. Der *Blaue Akt von hinten* war eines davon. Man war es ihm schuldig, einen Abend der Schlemmerei.

Der Mann war in Begleitung einer jungen Schönheit. Honigblond und Pfirsichhaut: alle Obst- und Gemüsemetaphern der schwarzen Romane, in denen die Frauen mit den Stereotypen einer strahlenden Weiblichkeit bedacht werden, ließen sich auf sie anwenden. Sie war zum Anbeißen, in der Tat. Außerdem sprach sie kein Wort, sondern lächelte, freizügig ihre Beine zeigend.

Sie hatten im *Bali* gegessen, was banal war.

Später dagegen, im heißen Viertel, geschah etwas Unerwartetes.

Franca schauderte, schüttelte sich. Sie hatte zweifellos nicht genug geschlafen.

Die blonde Schönheit hieß Astrid, das war das mindeste.

Während des Essens im *Bali* hatte sie kein Wort gesprochen. Sie hatte sich darauf beschränkt, zwei- oder dreimal zu lachen, ohne rechten Sinn und Verstand, aber mit einer Freude, die nicht gespielt schien. Sie lachte also wegen nichts, aber das war ihr Naturell. Ihre Freude war überzeugend. Jedenfalls kommunikativ.

Aber sie waren nicht mehr im *Bali,* sie waren in einem Lokal im heißen Viertel.

Zu Francas großer Überraschung hatte Antoine nach dem Essen die Einladung des Holländers angenommen. Er war sofort einverstanden gewesen, als der andere einen Streifzug durch das Hafenviertel vorgeschlagen hatte. Es sah sogar so aus, als amüsiere er sich jetzt. Er war jedenfalls entspannt, etwas redselig, was die Höhe war.

Franca fragte sich, ob es am Alkohol lag – aber Antoine konnte gelegentlich wahnsinnig viel trinken, ohne daß man es sonderlich merkte – oder an der nachträglichen Trauer

darüber, den *Blauen Akt* weggegeben zu haben, den er so lange nicht hatte verkaufen wollen. Oder aber, ob nicht ganz einfach diese stumme Blondine ihn kitzelte: bei einem Mann, selbst dem intelligentesten, muß man auf alles gefaßt sein.
Sie waren also durch die Gassen des Viertels geschlendert, hatten in Matrosenkneipen ein paar Gläser getrunken; sie hatten sich lachend in recht putzige, biedere und laute Stripteaselokale gesetzt.
Das Lokal, in dem sie am Schluß gelandet waren, war von ganz anderer Art. Luxuriös, gepolstert: grabestiefe Diwans, ausgetüftelte Beleuchtung. Die Darbietung – Striptease und lebende Bilder – fand nicht in einem einzigen Saal statt, sondern verteilte sich auf allerlei separate Salons, die so eingerichtet waren, daß der sexuelle Konsum über das Stadium des Blicks oder Spiegels hinausgehen konnte; daß er, gegebenenfalls, in der angenehmen polymorphen Promiskuität von Professionellen und Kunden vor sich gehen konnte. Auch Kundinnen, versteht sich.
Franca betrachtete das Treiben, den Trubel der sozusagen greifbaren Mädchen. Sie fand sie hübsch, appetitlich, blieb jedoch gleichgültig. Vielleicht weil ihre Ausrüstung zu viele Lederpanzer und sinnlose Peitschen enthielt.
Astrid dagegen machte sie neugierig.
Auf der anderen Seite der winzigen Bühne sitzend, auf der die Mädchen sich zur Schau stellten, umgeben von den Diwans des separaten Salons, kam Astrid ihr störender vor als die sich entblätternden Mädchen. Sie bewegte ihren Körper im Rhythmus der gedämpften Musik, mit völlig hochgezogenem Rock. Plötzlich stand sie inmitten der Mädchen. Mit einer Handbewegung zog sie ihr leichtes Kleid aus, das nur ein paar Druckknöpfe an ihr festhielten. Gleich darauf stand sie im Licht, Schwarz umhüllte ihre Beine, nacktes, goldenes Elfenbein den übrigen Körper.
Franca drehte sich zu Antoine um.
Dessen Gesicht war erstarrt: graue Steinmaske, verwittert

von Regenfällen und Leidenschaften. Sein Blick war ekstatisch. Aber Antoine schien nicht nur die blonde, fleischige, vor sinnlicher Freiheit schäumende Schönheit von Astrid der Schweigsamen zu sehen, deren Körper dafür um so beredter war. Er schien über diesen Körper hinwegzusehen, durch ihn hindurch: welche Bilder der Vergangenheit?

Franca war davon zutiefst erschüttert.

Der joviale Holländer beglückwünschte Astrid, verkündete ihr, sie habe einen Lohn verdient, nicht wahr, mein lieber Antoine? Welchen Partner würde sie wohl für die ernsteren Spiele wählen?

Franca zuckte auf vor Zorn.

Sie wird Antoine wählen, natürlich, dachte sie. Das alles ist vorgesehen, gewollt, raffiniert arrangiert von Anfang an. Antoine wird sie vor meinen Augen nehmen. Darf ich das zulassen?

Aber Astrid sprach endlich.

Sie wolle Franca, sagte sie. Franca errege sie am meisten.

Die Mädchen des Lokals waren, gut abgerichtet, genau in diesem Augenblick verschwunden. Es war Sache der Kunden, diese Geschichte unter sich abzumachen, es war nicht mehr ihr Problem.

Franca war aufgesprungen. Um zu protestieren, gewiß. Um gegebenenfalls dieses Separé zu verlassen. Aber alle hatten die Geste anders gedeutet. Sie hatten gedacht, sie ginge auf Astrid zu.

Bravo! sagte der Holländer. Man kann sagen, daß Sie eine Frau haben, die Courage zeigt!

Franca wandte sich ratlos Antoine zu.

Aber Antoines Blick kam ihr nicht zu Hilfe. Es war überhaupt kein Blick, der sie ermutigte, abzulehnen, Anstoß zu nehmen. Es war ein verzweifelter, halluzinierter Blick, aber sichtlich begierig, die Fortsetzung zu sehen, wie groß der Schmerz darüber auch sein mochte.

Da machte Franca ein paar Schritte auf Astrid zu, auf den Diwan zu, auf dem diese sie erwartete, sich darbot, sich

schon öffnete. Sie begann, ihre rohseidene Bluse auszuziehen.
Später, im Sog der Lust und des Abscheus, fühlte sie die Anwesenheit von Antoine, der in sie eindrang. Unter dem Blick der beiden anderen, aufwühlende Scham. Sie schrie seinen Namen, Tränen in den Augen.

Aber sie hat nicht die Absicht, sich in diese trübe und hartnäckige Erinnerung zu verirren. Oder sonst jemanden irrezuführen, übrigens. Es geht nicht um die Episode vor ein paar Monaten im heißen Viertel. Sie hatte mit Antoine darüber gesprochen, endlich.
Im Morgengrauen, als sie Kepela nach seiner Ohnmacht die Ereignisse der Nacht erzählt hatte, war sie nach oben in die Bibliothek gegangen, um den Band von René Char zu holen. Antoine hatte sie gehört, das war vorauszusehen gewesen. Sie hatten gesprochen. Nicht nur über die Episode von Amsterdam, seit der Antoine sie gemieden, sie nicht mehr berührt hatte. Er hatte vor allem von der wahren Erinnerung gesprochen, deren Vergessen ihn quälte, von der Szene, die heimlich sein Leben, sein Begehren oder seine Mattigkeit beherrschte. Die Szene von Prag, im Atelier von Natacha Hissel, als er sich selbst entdeckt hatte als Mann, indem er Ulrike in Natachas Armen betrachtete, bevor ihn die beiden Frauen in die Gesten der Lüste einweihten.
Bevor ihn der Taumel der Leidenschaft zu Ulrike überkam.
Im Morgengrauen, endlich, nach so vielen Monaten des Schweigens, der Einsamkeit, war sie seine Frau gewesen. später, als sie in kurzem unruhigem Schlaf dämmerte, hatte sie Antoines Stimme an ihrem Ohr murmeln hören:

Schönheit, meine Aufrechte du, auf solch kargen Straßen,
Am Rastort der Lampen und des umzäunten Muts.
Daß ich erstarre und du magst mein Dezemberweib sein.
Mein künftiges Leben, das ist dein Antlitz, wenn du schläfst.

Sie hatte gelächelt, selig, das Gesicht in seine Schulter vergraben.
Aber nein, nicht mehr um diese Erinnerung handelt es sich. Franca beschäftigt sich mit präzisen Aufgaben: dem Orangensaft, dem zu toastenden Brot. Sondern um die Geschichte des guten Täßchens Kaffee, an die Nadine sie erinnert hat. *Een lekker kopje koffee,* das ist es.
Der flammende Holländer hatte sie am Ende des indonesischen Essens erzählt. Es ging um Bemerkungen von Frauen verschiedener Nationalitäten nach der Hochzeitsnacht. Eine dürftige Geschichte, zum Heulen. Die holländische Frau, wie dem auch gewesen sein mochte, verließ das Ehebett und rief, sich im voraus die Hände reibend: Und jetzt eine gutes Täßchen Kaffee!
Ja, so blöde.
Nadine stützte sich auf den langen Tisch und rauchte eine Zigarette. Sie betrachtete Francas präzise Geschäftigkeit, ohne sich zu rühren. Aber dieser war es lieber, daß man sie nicht mit ungeschicktem Eifer störte, wenn sie das Frühstück machte. Aus dem Augenwinkel beobachtete sie Nadine, die schön war wie eine Lebedame in einem Film von Josef von Sternberg.
– Was für eine Geschichte, sagte Nadine. Geben Sie zu, es ist schwer zu verzeihen!
Franca zuckte ärgerlich die Achseln.
– Verzeihen? rief sie. Wer hat die Möglichkeit dazu? Oder gar das Recht? Versuchen Sie, es zu verstehen, das ist alles!
Nadine Feierabend warf ihr einen schnellen, sofort sich verschleiernden Blick zu. Francas Ungestüm überraschte sie nicht über die Maßen.
– Aber es ist nicht zu verstehen!
Sie zerdrückte ihre Zigarette, näherte sich der dampfenden Kaffeekanne, die Franca auf den Tisch stellte.
– Seit sechs Monaten lebe ich nun mit Juan, sagte sie. Er hat mir nie ein Wort davon gesagt. Nichts, nicht die geringste

Andeutung. Dabei hat es an Gelegenheiten nicht gefehlt. Meine Arbeit in diesem Winter bezog sich auf die Deportationen, wie Sie wissen. Ist das nicht unverzeihlich? Unverständlich, wenn Sie lieber wollen?

Franca erinnerte sich an Meran. Es stimmte, daß es anders gewesen war danach. Zu wissen, daß man nicht nur das Leben eines Mannes teilt, zumindest Parzellen seines Lebens, sondern auch das Gedächtnis seines Todes. Die Liebe verändert sich dadurch.

Aber Nadine bewegte sich, der Morgenrock aus Rohseide klaffte. Franca sah die Brust der jungen Frau. Sie schloß die Augen für den Bruchteil einer Sekunde. Sie hatte sich eine Liebkosung Juans auf diesen Brüsten vorgestellt. Die Zärtlichkeit, die sie überflutete, ließ ihre Hände zittern, als sie Nadine eine weitere Tasse Kaffee einschenkte. Wie auf Juan verzichten, trotz allem?

Sie rächte sich sofort.

– Leben? Weiß man wirklich, ob man mit einem Mann lebt?

Nadine nahm einen heißen Schluck, sie lachte schallend.

– Man weiß, daß er einen bumst, sagte sie.

Franca mußte es einräumen. Sie nickte: in der Tat.

Nadine lachte weiter.

– Er fickt einen wunderbar, der alte Kauz!

Der blaue Blick strafte die Vulgarität der Worte Lügen.

Nadine hatte in diesem Moment einen ernsten Blick, voll dankbarer und unbefriedigter Zärtlichkeiten. Oder vielmehr: über die Unbefriedigtheit, die Gewißheit der Wiederkehr befriedigter Zärtlichkeiten.

Franca konnte nicht umhin loszuprusten. Diese Art zu reden verjüngte sie.

Ihre Augen begegneten sich.

– Aber Sie wissen es sicher, nicht wahr? sagte Nadine.

Es war kaum eine Frage.

Franca strich Butter auf das getoastete Brot.

– Unbedingt, murmelte sie.

Dann waren sie still. Vielleicht Rivalinnen. Oder, ganz im Gegenteil, Komplizinnen. Jedenfalls einander nahe. Sie träumten davon, jede für sich.

2.

Gestern, eine halbe Stunde vor Mitternacht, hatte Juan gewollt, daß man den Fernseher anstellte für die letzten Nachrichten.

Zu diesem Zeitpunkt war Karel Kepela bereits in seine dunkle Abwesenheit gesunken, zwischen Schlaf und Nichts.

Als die beiden Frauen Karel bequem auf ein Sofa der Bibliothek gebettet hatten und in den Salon zurückkamen, hatte Franca Antoines blutige Hand bemerkt.

Sie hatte auch seine Munterkeit bemerkt, eine gewisse fiebrige Freude. Es lag nicht nur an Kepelas Verschwinden. Wenn die Anwesenheit des Tschechen ihn zu Beginn des Abends auch verstimmt hatte, war es Antoine später doch gelungen, die Situation zu entspannen.

Nein, es war etwas anderes.

Antoine und Juan hatten während ihrer kurzen Abwesenheit miteinander gesprochen: zweifellos lag es daran.

Sie fürchtete das Schlimmste; sie argwöhnte, daß Juan sie geopfert hatte. Hatte er vorhin nicht gesagt, es sei zu spät für sie, ihren Platz wieder einzunehmen? Sie hatte geglaubt, daß er auf Nadine anspielte, auf seine wachsende Zuneigung zu der jungen Frau. Nein, sicher nicht. Er hatte übrigens mit heftiger Ironie reagiert. Nicht Nadine hatte er sie geopfert. Er hatte sie Antoine geopfert. Doch um Antoine zu überzeugen, hätte sich Juan nicht auf irgendwelche vagen Beteuerungen beschränken können. Das war undenkbar. Plötzlich, als sie die blutende Hand ihres Mannes ansah, das Taschentuch, das er um diese Hand geschlungen hatte, auf dem rote Schlieren erschienen, ahnte sie, was geschehen war.

Sie ahnte, daß Juan Antoine gestanden hatte, was dieser

nicht ignorieren konnte, auch wenn er nie ein Wort darüber verlor: ihrer beider Ausreißen nach der Ausstellung in der Bucca di Ripetta. Ihrer beider Liebe, bevor Antoine ihr begegnet war. Aber wenn Juan diese Wahrheit Antoines Eifersucht zum Fraß vorwarf, dann nicht, um das übrige zu retten; um die Türen irgendeiner Zukunft zwischen ihr und ihm offenzulassen. Ganz und gar nicht. Genau das Gegenteil. Wenn er Antoine über das Wesentliche belog, es zumindest verdunkelte, dann verriet Juan nicht seinen Freund: sie war es, die er aufgab, natürlich. Er hatte die Zukunft seiner Freundschaft zu Antoine gewählt, nicht die ihrer beider Liebe.

Sie ahnte die Wahrheit, zweifellos. Aber noch nicht die Gründe für diese Wahrheit, auch nicht ihre wahre Bedeutung. Erst am Abend dieses Sonntags, als man Juans Körper gefunden hatte, begriff sie, warum er gefürchtet hatte, daß es zu spät wäre.

Es war zu spät, in der Tat.

Aber Juan hatte die letzten Fernsehnachrichten sehen wollen.

– Interessierst du dich auch für die britische Flotte, die zu den Malwinen segelt? fragte Nadine.

– Wer interessiert sich denn sonst noch dafür?

– Karel, sagte Nadine. Vorhin hat er sogar einen Toast auf die Niederlage der argentinischen Generäle ausgebracht!

– Dem Resultat nach, verkündete Antoine, hat er wohl mehrere ausgebracht!

Sie lachten.

Das heißt, die Männer lachten. Die Frauen fanden es weniger komisch: Karel rührte sie eher.

– Er hatte völlig recht! sagte Juan.

Der ebenfalls sein Glas hob.

– Einmal wenigstens wird eine koloniale Expedition zu etwas nütze sein! fügte er hinzu.

Es folgte eine Diskussion.

– Hört zu, sagte Juan nach ein paar Minuten konfuser Debatte. Gibraltar ist spanischer Boden, keiner kann es bestreiten. Die Briten halten ihn seit irgendeinem vergessenen Krieg des 18. Jahrhunderts besetzt. In der ganzen Zeit, in der General Franco an der Macht war, hat er nicht aufgehört, die Rückgabe Gibraltars ans Mutterland zu fordern. Oder ans Vaterland, wenn ihr lieber wollt. Er hat nicht aufgehört, durch seine Geheimdienste, je nach den Fügungen der internationalen Konjunktur, Massendemonstrationen vor der englischen Botschaft in Madrid zu organisieren. Angenommen, er wäre einen Schritt weiter gegangen: er hätte einen Gewaltstreich versucht und ausgeführt, warum nicht? um den Felsen von Gibraltar in einem Überraschungscoup zurückzugewinnen. Was hätte in einem solchen Fall die Linke tun sollen, die innere Opposition, die Exilanten, wir spanischen Roten? General Franco in seinem gerechten nationalen Kampf gegen das perfide Albion unterstützen? Daß ich nicht lache! Ich persönlich wäre in eine Brigade der englischen Armee eingetreten, um Gibraltar zurückzuerobern, im Namen Ihrer Gnädigsten Majestät, und damit der Diktatur General Francos einen wahrscheinlich tödlichen Schlag zu versetzen. Das ist das mindeste, man muß immer wissen, wer der Hauptfeind ist!

Sie hatten den Fernsehapparat angestellt.

Die britische Flotte näherte sich tatsächlich den Malwinen-Inseln. Die Landung des Expeditionskorps war in den folgenden Tagen zu erwarten. Und, eine weitere gute Nachricht, der Sportverein von Saint-Etienne hatte Tours mit eins zu null geschlagen am Abend der französischen Fußballmeisterschaft, die gerade stattfand.

Die beiden Frauen wunderten sich, daß Antoine und Juan sich für so vulgäre sportliche Ereignisse interessierten. Denn sie interessierten sich dafür.

Aber es gab keine Diskussion über dieses Thema. Die Bilder, die auf dem Fernsehschirm erschienen waren, verboten es.

Antoine hatte sich in plötzlicher Besorgnis zu Juan umgedreht.
Die Stimme einer jungen Frau verkündete, daß dieser Sonntag, der soeben begann, der 25. April, der Tag der Deportation sei, gewidmet dem Gedächtnis, dem Andenken undsoweiter undsofort. Antoine lauschte nicht mehr den banalen, vor Gelegenheitsrührung bebenden, schwülstigen, ferngelenkten Sätzen. Er betrachtete auch nicht die üblichen Bilder: die Leichengruben rings um die Verbrennungsöfen, die irren Blicke, die gestreiften Skelette, die in der Aprilsonne taumelten, die Bulldozer der amerikanischen Armee, die Leichenberge auftürmten.
Antoine betrachtete nur noch Juans Gesicht.
Juan starrte auf den Fernsehschirm, ein sonderbares Lächeln in den Mundwinkeln.
Plötzlich, als diese Bilder erloschen waren, als man zur Aktualität zurückkehrte, zur ephemären Bedeutungslosigkeit des Tagesgeschehens, begann Juan zu sprechen. Mit ruhiger Stimme, in der keine Erregung zu zittern schien, der Stimme einer Tatbestandaufnahme, eintönig, als läse er ein notarielles Schriftstück vor, erzählte er.
Der Rauch, ja.
Er begann mit dem Rauch des Krematoriums, mit dem Rauchgeruch über dem Ettersberg. Er begann dort, wo alles endete, einst: mit jenem Augenblick, da das Leben in Rauch aufging. Es gab immer, jeden Tag, einen Kumpel, der in Rauch aufging. Er begann mit dem Geruch des in Rauch aufgehenden Lebens, dem unvergeßlichen. Mit jener Erinnerung, die er mit keinem teilen konnte, der nicht dabei gewesen war, es nicht überlebt hatte. Sogar die ehemaligen Deportierten des sowjetischen Gulag, sagte Juan, deren Gedächtnis die gleichen grausigen Schätze birgt, zweifellos noch reichere, noch monströsere, sogar sie kennen den Rauchgeruch der Krematorien über den Landschaften Europas nicht. Das ist unser Hab und Gut, die Essenz unseres Lebens!

Er sprach lange. Mit immer der gleichen ruhigen Stimme, ohne Emphase.
Im Sommer nach seiner Rückkehr aus Deutschland hatte Juan Antoine in Antibes aufgesucht, wo dieser in jenem Jahr, 1945, in einem Haus auf den Wallanlagen sein Atelier hatte. Er war unangemeldet gekommen, mit Laurence. Er hatte erzählt, stundenlang. Nächtelang. Aber dann, bis heute, bis zu diesem Aprilsamstag, hatte Juan diese Erinnerung nie wieder erwähnt. Ihm gegenüber jedenfalls nicht. Antoine vermutete, daß er mit niemandem darüber sprach; daß er mit niemandem je darüber gesprochen hatte.
Er hatte dieses Schweigen respektiert, obwohl er manchmal in Sorge war wegen der destruktiven Ladung, die es zwangsläufig barg.
Auch Franca hatte Juan einmal, in Meran, dieses tödliche Erleben, diesen erlebten Tod erzählen hören. Ein einziges Mal. Sie hatte mit Antoine darüber gesprochen, ohne ihm die genauen Umstände zu erzählen, versteht sich.
Aber Nadine hatte nicht die geringste Ahnung. Sie konnte sich nicht vorstellen – wie auch? –, daß ein dunkles Schicksal sie ausersehen hatte, sein Vergessen zu sühnen: Juan auf dieser Reise ans Ende des Vergessens zu begleiten.
Sie konnte die Vorstellung nicht ertragen, daß Juan den wesentlichen Teil seines Lebens vor ihr verborgen hatte. Sie nahm dieses Schweigen für Gleichgültigkeit. Schlimmer noch, für Verachtung. Und ihr Groll verstärkte sich noch, als sie, durch einen beiläufigen Satz von Antoine verstand, daß Franca und er nicht in derselben Lage waren wie sie.
Sie konnte die Situation nicht ertragen.
Als Juan, nach einer sehr langen Zeit, plötzlich zu sprechen aufhörte, stand Nadine auf, verließ den Salon und sagte im Vorbeigehen, daß sie ihm dieses Schweigen nicht verzeihen könne.
Juan blickte Franca und Antoine an.
– Und ich, murmelte er, kann ich es mir verzeihen?

Doch Franca schüttelte sich, sah Nadine an, fragte sich, ob Juan und sie möglicherweise eine Auseinandersetzung gehabt hatten, als er, sehr viel später, in ihr Zimmer hinaufgegangen war.

Mit Juan leben? sagte sie. Wir wissen beide sehr gut, daß nur eine einzige Frau wirklich mit ihm lebt, nämlich Laurence!

Sofort wurde Nadine fiebrig.

Laurence? Das war es ja gerade; nie hatte sie in Erfahrung bringen können, was sie davon halten sollte. Schon in den ersten Tagen ihrer Geschichte kam Juan mit einer schneidenden Klarstellung. (»Was ist das, eine Geschichte, Juan?« hatte Franca eines Tages gefragt. »Eine Geschichte eben, wörtlich: Erinnerung, Narben, Lachen, Riten, eine Zukunft.« – »Also dann gibt es keine Geschichte zwischen uns«, hatte sie ausgerufen, »da es keine Zukunft gibt! Ich meine: daß die Zukunft nur der heutige Tag sein kann, unendliche Male wiederholt. Aber als Gegenwart-Vergangenheit, nicht als Zukunft. Eine Folge von Arten von Stunden, außerhalb der Zeit!« Ja, das stimmte, er mußte es einräumen.)

Eine schneidende Klarstellung, was für eine Klarstellung?

Er hat mir erklärt, sagte Nadine, daß er eine Frau habe, daß ihn das nicht daran hindere, frei zu sein, aber daß er diese Bindung, diesen Status nie in Frage stellen werde; daß er ihn nie aufgeben werde. War das klar genug?

Es war sehr klar, aber es brachte mich zum Lachen, sagte Nadine. In der ersten Zeit eines Abenteuers mit einem Mann, der verfügbar zu sein schien, kümmert man sich nicht um eine mögliche legitime, ansonsten aber unsichtbare Frau. Nicht wahr? Auch nicht um die Dauer, das Engagement, den Status dieses Verhältnisses. Man entdeckt, man genießt, man redet, man sucht seine Befriedigung auf jede erdenkliche Weise!

Franca nickte. Sie dachte das gleiche.

Dann vergehen die Wochen, man beginnt sich zu fragen, wer

diese Frau ist; warum es Augenblicke des Nichtgesagten, sogar Untersagten gibt im Leben mit diesem Mann, sagte Nadine. Aber es ist mir nicht gelungen, Juan zum Sprechen zu bringen. Und da, zugegeben, habe ich versucht, es selbst herauszubekommen. Ich habe in der ehelichen Wohnung, wie man so schön sagt, angerufen, in die ich natürlich nie eingeladen worden war. Ich sagte nichts. Ich lauschte dieser Stimme, fasziniert. Dann habe ich auf der Straße auf sie gelauert, vergeblich. Ich habe versucht, Laurence zu überraschen, ohne Erfolg. Keine Frau, die ihr glich, hat das Haus je betreten oder verlassen. Denn ich hatte mir Fotos von ihr besorgt. Ich hatte in der Presse, den Illustrierten, den Zeitschriften gesucht: ich hatte ihr Bild, oft unscharf oder im Profil, halb verborgen, wie ein Phantom, in einigen Artikeln aus den fünfziger Jahren gefunden, besonders aus den frühen sechziger Jahren, Artikeln über Pariser Abendgesellschaften, Premieren von Juans Stücken zum Beispiel. Aber sie selbst, in Fleisch und Blut, Laurence leibhaftig zu überraschen, wenn sie ihr Haus betrat oder verließ, ist mir nie gelungen. Manchmal habe ich sogar an ihrer Existenz gezweifelt!
Franca sah sie an, ihre Stimme war tonlos.
Laurence existiert, sagte sie. Aber sie geht nie aus!
Nadine stellte ihre Kaffeetasse ab, verstand nicht.
Wie könnte sie auch ausgehen, sie ist gelähmt!
Laurence hatte einen sehr schweren Autounfall gehabt, erklärte Franca. Mehrere Wochen zwischen Leben und Tod. Sie hatte überlebt, aber mit einer unheilbaren Rückenmarkverletzung. Ihr Geist hatte nicht gelitten, auch nicht die Schönheit ihres Gesichts, wie es schien. Aber ihre unteren Gliedmaßen waren gelähmt, sie konnte sich nur im Rollstuhl bewegen.
Wieder trat Schweigen ein.
Es arbeitete langsam in ihrem Gedächtnis.
Der Unfall geschah wohl 1965? fragte Nadine.
Warum?

Nach dieser Zeit habe ich in der Presse keinerlei Andeutung auf Laurence mehr gefunden. Das war mir aufgefallen.
Franca nickte.
Es war in dem Jahr, in dem Ihr Mann eine Ausstellung in Rom hatte, wenn ich mich nicht irre, sagte Nadine.
Antoine war noch nicht mein Mann, erwiderte Franca schroff.
Natürlich, murmelte Nadine. Und sie waren dreiundzwanzig, wenn ich noch zählen kann.
Sie können es noch!
So alt wie ich heute, haargenau, schloß Nadine.
Franca sah sie mit einer Art banger Begehrlichkeit an.
Aber es ging nicht mehr um ihr Verhältnis mit Juan, sondern um sie, ihre Jugend, ihren dreiundzwanzigjährigen Körper. Sie lächelte sonderbar, grausam.
Ja, sagte sie. Aber zu meiner Zeit waren Antoine und Juan fast zwanzig Jahre jünger!
Nadine fuhr auf, verlor ihre sonstige Schlagfertigkeit.
Die Küchentür flog auf, Kepela trat ein.
– Wo ist Juan? rief er. O Pardon: guten Morgen, meine Schönen! Ich muß ihn sofort sprechen. Ich habe eine geniale Idee für den *Weißen Berg!*
Nadine mimte mit den Händen den Aufflug eines Vogels.
– Auf und davon, sagte sie. Als ich die Augen aufmachte vorhin, war er ausgeflogen. Er kann nicht weit sein: seine Bücher und Arbeitsnotizen liegen noch auf dem Tisch.
Kepela bat um eine Tasse Kaffee.
– Ich habe sie gesehen, sagte er, ich komme von oben. Übrigens arbeitet er nicht an unserem Plan, der Verräter, er beschäftigt sich mit Lord Curzon!

Die Vignette des *ex libris* zeigte die Säulenhalle, dorische Säulen zudem, eines schönen Patrizierhauses. Die Tür am Ende, an deren Schwelle Hunde warteten, öffnete sich auf eine englische Landschaft.

Warum englisch?
Zweifellos war das Buch englisch: der Name seines ehemaligen Besitzers, der auf dem *ex libris* stand, war es ebenfalls. Sogar auf metaphysische Weise britisch. Englisch in alle Ewigkeit. Daher vielleicht hatte sein Auge diesen ländlichen Ausblick jenseits der offenen Tür der Vorhalle sogleich als englisch qualifiziert.
Aber er hätte sich ebensogut als römisch erweisen können, als provenzalisch, sächsisch (wenn man, in letzterem Fall, den Reisenotizen Heinrich von Kleists glauben darf!). Es handelte sich jedenfalls um eine gesittete Landschaft, gezähmt von der Arbeit des Menschen: eher eines Gärtners als eines Bauern übrigens. Eine geordnete Landschaft mit Alleen, Bassins, Spalieren: kurz, eine mit der Schnur gezogene.
Unten auf der Vignette des *ex libris* stand der Name des ehemaligen Besitzers: Randolph S. Churchill.
Karel Kepela hatte den dritten Band der monumentalen Biographie über George Nathaniel Curzon von Ronaldshay auf den Tisch zurückgelegt, ein Buch, das einem Sohn Sir Winstons gehört hatte, bevor Juan ihn sich beschaffte. Ein Lesezeichen markierte die Seite 344.
Er wußte, daß Larrea sich für Lord Curzon interessierte.
Man kann kein Buch über Zeitgeschichte aufschlagen, hatte Juan zu ihm gesagt, ohne irgendwo auf eine »Curzon-Linie« zu stoßen. Überall, wo das britische Reich an die Grenzen der barbarischen Welt stieß, im Nahen Osten, in Persien, in Nordindien, hatte Lord Curzon seit Beginn des 20. Jahrhunderts Demarkationslinien gezogen. Auch in Europa, dort, wo die Teilung Europas immer am empfindlichsten, am blutigsten war, anders gesagt in Polen – nichts für ungut, Karel! Denn deine Vision Europas ist zu beschränkt und einschränkend, zu geographisch, wie mir scheint. Dein ideales Europa deckt sich mit den Grenzen Kakaniens: das ist viel zu eng! Auch wenn es unmöglich ist, Europa ohne Kafka, Musil, Broch, den Prager und den Wiener Kreis zum

Beispiel zu denken, so befindet sich doch die wahre, die blutende und brennende, niemals vernarbte Grenze Europas in Polen! –, da unten also gibt es ebenfalls eine »Curzon-Linie«, vielleicht die bekannteste. Auch wenn sie apokryph ist, denn nicht Lord Curzon, so scheint es, sondern Lloyd George selber hat 1920 den Verlauf dieser Grenze zwischen Europa und der Sowjetunion Lenins vorgeschlagen. Deshalb interessiere ich mich für das Leben dieses englischen Lords, einer Art althusserlschen Demiurgen, der seine Zeit als Politiker und Diplomat damit verbrachte, quer durch die Welt Demarkationslinien zu ziehen!

Und ist seine Biographie interessant? Kannst du ein Stück daraus machen? hatte er Juan gefragt.

Vielleicht. Aber ich habe die Lösung noch nicht gefunden, den dramatischen Knoten, in dem man die Person, ihr Wirken in der Geschichte einschließen könnte, um die starke Metapher der »Curzon-Linie« auszubauen.

Warum hast du nie historische Stücke geschrieben? Oder vielmehr Stücke über historische Personen, deren biographische Daten zwingend sind, weil zu bekannt, um übergangen oder verfälscht zu werden: Winckelmann, die Lafargues, Kafka, Walter Benjamin, Eleanor Marx, Malcolm Lowry, nun ja, alle deine Figuren!

Juan hatte nicht geantwortet.

Oder vielmehr hatte er sich darauf beschränkt, kategorisch zu versichern, daß er die jämmerlichen kleinen Geheimnisse der Autobiographie verabscheue.

Kepela hatte nicht insistiert. Aber er sah den Zusammenhang nicht. Er hatte ihn zumindest an jenem Tag nicht gesehen.

– Was macht man in Frankreich sonntags auf dem Land? fragte er jetzt, zu Franca gewandt.

Sie hörte ihm nicht zu.

Ohne ersichtlichen Grund hatte Unruhe sie befallen. Wo

war Juan? Ein Traumbild durchzog ihre Angst, verschwommen, brutal. Das Bild von Ulrike von Stermaria, die auf dem grauen Wasser der Moldau trieb, mit geöffneten Adern, inmitten roter und weißer Rosen. Im Morgengrauen, als sie Antoine wiedergefunden hatte, hatte er sich endlich von jener Erinnerung befreit.
Franca spürte ihr Herz sehr heftig schlagen. Sie versuchte sich zu sagen, daß es keinen Zusammenhang gab.

3.

Das Wasser des Flusses war dunkel.
Es wurde eisig, als er auf dem steilen Ufer ausrutschte, denn eine Wurzel hatte plötzlich unter seinem Gewicht nachgegeben.
Das Wasser war dunkel zu dieser frühen Morgenstunde. Es wurde eisig, benahm ihm den Atem, als er bis zu den Schultern eintauchte. Außer Atem, von eisiger Faust gepackt, keuchend.
Er bezwang eine instinktive Bewegung des Zurückweichens, des Aufbäumens seines Körpers. Wenn du wüßtest, wohin ich dich führe, dachte er. Ein grimmiger Hochmut durchdrang ihn. Noch eine Anstrengung: einsinken, sich die Lungen mit dieser kalten Ewigkeit füllen. Sich das Maul stopfen, den Mund überschwemmen mit der faden Flut des Flusses.
Er hob den Kopf, ein letztes Mal.
Der Fluß stieg zum Horizont der aufgehenden Sonne. Schimmernde Straße, in die Dichte der grünenden Hügel geschnitten. Im Vordergrund, unter seiner Hand, war das Wasser dicht, dunkel. Doch am Ende der Landschaft, auf dem Kamm einer Fluchtlinie, wo der Fluß sich in den bewölkten, im Hintergrund von einer nahen Frühlingssonne beschienenen Himmel zu ergießen schien, wurde das Wasser des Flusses bläulich.
Das Irisieren dieser erblühenden, zum Teil noch verborge-

nen Sonne legte eine Art leuchtende, von azurblauem Dunst getrübte Patina auf die schattige Landschaft des Tals.
Ein letztes Mal, ein letzter Blick.
Kindheitswörter explodierten nun, schrill, unvermutet, auf den Wolken reitend.
Anilin!
Aprilblau und Anilinblau, Indigohimmel. Intensiv blauer Himmel auf den abschüssigen Straßen zum Park in Madrid. Indogofluß, heute, am Horizont, im gedämpften, aber herzzerreißenden Lärm der Wörter, wiedergekehrt wie die Schreie der Scherenschleifer einst.
Er ließ sich fallen wie ein Stein, lachend.
Das Wasser des französischen Flusses füllte ihm den Mund.

Er erstickte, schlug um sich, erinnerte sich in einem blendenden Blitz an die Badewanne der Gestapo, bemühte sich, ruhig zu bleiben, reglos, wie damals, dachte im Feuer seines Gedächtnisses, daß es damals darum ging, zu überleben, Kräfte zu bewahren, daß es heute darum ging, zu sterben, tauchte von neuem auf, Wasser und Schlick speiend, fiel wieder zurück, erschöpft, erinnerte sich an Laurence, er hatte alle Zyklen des Lebens mit ihr durchlaufen, bis zur erkalteten Liebe, zum Verrat, zur Verzweiflung, sie wußte es schon, er hatte sie im Morgengrauen angerufen, wo bist du? in Freneuse, ich werde sterben, es gibt nichts anderes zu tun, ich bin ausgewichen, habe betrogen, meine Welt getäuscht, es holt mich ein, Adieu, Schrei von Laurence, Septemberlicht auf dem Garten in Joigny, er wußte, daß er sich in Patinirs Fluß ertränkte, Franca würde es eines Tages verstehen, dachte an die blaue Eidechse der Faraglioni, erinnerte sich an den rosa Kastanienbaum, der zu blühen begann, hatte ihn einen Augenblick lang betrachtet, auf dem Weg zum Fluß, auf dem Grashang, der Baum würde ihn überleben, was für ein Glück, würde weiterblühen, die Welt würde ohne ihn ihre Schönheiten entfalten, die Frauen, sank in die

Tiefe, seine Lungen platzten, dachte mit Schrecken, daß er keine Spuren seines Lebens hinterließe, wirkliche Spuren, lebendige, kein Kind, er hätte gewollt, Nadine, ihre Nacktheit, in dieser Nacht, zu spät, er versank für immer...

Das Wasser des Flusses Styx trug ihn fort in seinen Fluten.

INHALT

Erster Teil

Zweiter Teil

Dritter Teil

Die Bücher von Jorge Semprun im Suhrkamp Verlag und im Insel Verlag:

Der zweite Tod des Ramón Mercader
Roman. 1974
suhrkamp taschenbuch 564. 1979

Die große Reise
Roman
suhrkamp taschenbuch 744. 1981

Was für ein schöner Sonntag
1981
suhrkamp taschenbuch 972. 1984

Yves Montand. Das Leben geht weiter
1984
suhrkamp taschenbuch 1279. 1986

Algarabía oder Die neuen Geheimnisse von Paris
Roman. 1985

Der weiße Berg
Roman. 1987